REBECCA RUSS

DER WEG
JEDER SCHRITT KÖNNTE
DEIN LETZTER SEIN

RL rütten & loening

REBECCA RUSS

DER WEG

JEDER SCHRITT KÖNNTE DEIN LETZTER SEIN

THRILLER

 rütten & loening

FSC www.fsc.org
MIX
Papier | Fördert
gute Waldnutzung
FSC® C083411

ISBN 978-3-352-00984-6

Rütten & Loening ist eine Marke
der Aufbau Verlage GmbH & Co. KG

1. Auflage 2025
© Aufbau Verlage GmbH & Co. KG, Berlin 2025
www.aufbau-verlage.de
10969 Berlin, Prinzenstraße 85
Der Verlag behält sich das Text- und Data-Mining
nach § 44b UrhG vor, was hiermit Dritten
ohne Zustimmung des Verlages untersagt ist.
Bei Fragen zur Sicherheit unserer Produkte wenden Sie sich
bitte an produktsicherheit@aufbau-verlage.de.
Satz Greiner & Reichel, Köln
Druck und Binden CPI books GmbH, Leck, Germany

Printed in Germany

Für meinen Großvater,
der mit mir im Regen durch die schottischen Highlands
gestapft ist, damit mich die Inspiration finden kann.

Prolog

Der Wind schneidet durch die Baumkronen und peitscht den Regen gegen mein Gesicht. Ich stolpere weiter durch das Dickicht, meine Wanderkleidung durchweicht, die Hände aufgerissen von dem Gestrüpp, durch das ich mich kämpfe. Der Weg vor mir, der nicht einmal ein richtiger Weg ist, verliert sich im Matsch. Meine Schritte sind schwer, jeder Atemzug zieht schmerzhaft in meiner Brust.

Immer wieder bleibe ich stehen und lausche, doch da ist nichts außer dem dumpfen Dröhnen des Regens und dem Rauschen des Windes. Meine Beine zittern vor Anstrengung, aber ich zwinge mich weiter. Immer weiter. Gerade ist Bewegung meine einzige Rettung gegen die beißende Kälte.

Meine Fingerspitzen streichen über die Rinde eines Baumes, feucht und kalt, während ich mich daran abstütze, um nicht auf dem glitschigen Laub auszurutschen. Regen und Nebel erschweren mir die Sicht. In dem dunstigen Schleier verschwimmen die bleichen Birken um mich herum zu geisterhaften Skulpturen. Manchmal glaube ich eine Bewegung aus dem Augenwinkel wahrzunehmen, ein Schatten, der im Nebel verschwindet. Dann rufe ich wieder, laut und verzweifelt, meine Stimme heiser vor Angst. Aber niemand antwortet.

Ein beklemmendes Gefühl breitet sich in mir aus, sickert wie Eiswasser durch meinen Körper, bis es sich in meinem Bauch zu einer grauenvollen Gewissheit verdichtet.

Ich bin ganz allein hier draußen.

Und ich habe keine Ahnung, wo ich bin.

1.

Bei unserer Ankunft hält Schweden sich noch vor mir verborgen. Dichte Regenschleier verhüllen die Landschaft, tauchen alles in ein nebliges Grau, aus dem nur hin und wieder verschwommene Farbtupfer auftauchen. Hier das Aufblitzen vom Blau eines sich windenden Flusses, da das verwässerte Rot einer einsamen Blockhütte.

Ich starre gebannt aus dem Fenster des Linienbusses, denn ein Blick auf meine Garmin-Sportuhr verrät mir, dass es nun nicht mehr allzu lange dauern kann, bis wir in Ammarnäs eintreffen, dem eigentlichen Startpunkt unserer Reise. Das kleine Dorf am Rande des Vindelfjällen-Naturreservats ist so weit abgelegen, dass es uns fast einen ganzen Tag gekostet hat, von Frankfurt aus hierherzukommen. Meine Beine sind inzwischen taub vom vielen Sitzen, und mein Rücken ächzt, obwohl er den schweren Trekkingrucksack bislang nur wenige Meter hat tragen müssen. Dabei würden die richtigen Strapazen morgen erst anfangen. 78 Kilometer zu Fuß in unwegsamem Gelände fernab jeder Zivilisation über Berge, Hochmoore und von Flüssen durchzogene Täler. Nur ich, ein einsamer Weg und meine beste Freundin Nicki.

Die Wanderung auf dem sagenumwobenen Königsweg

in Schweden war ihre Idee. Ich war etwas überrascht, als Nicki den Vorschlag machte. Zu unserer Studienzeit, als wir noch Mitbewohnerinnen waren, haben wir oft solche Trekkingtouren unternommen. Mit nicht mehr als unseren Rucksäcken waren wir auf dem West Highland Way in Schottland wandern gewesen und haben die Dolomiten in Italien bestiegen.

Aber je älter wir wurden, desto weniger wurden diese Abenteuer, bis sie irgendwann überhaupt nicht mehr stattfanden. Vor allem im letzten Jahr haben wir uns kaum mehr gehört und noch weniger gesehen, was zum Teil meine Schuld ist. Ich habe einen neuen Job in einer Werbeagentur angenommen, wo ich ständig Überstunden machte, und dann lernte ich auch noch Lars kennen.

Lars, der so anders war, als alle Männer, die ich davor gedatet hatte und der mein Leben in kürzester Zeit völlig auf den Kopf stellte. Nach nur einem halben Jahr machte er mir einen Heiratsantrag, und ich war verliebt genug, dass ich sofort Ja sagte. Die letzten Monate waren ein Wirbelsturm aus Hochzeitsvorbereitungen, Umzugschaos und Gefühlshochs. Der Kontakt zu Nicki brach dabei völlig ab.

Am Ende hatten uns seit fast einem Jahr nicht mehr gesehen, und dann tauchte sie gestern Nachmittag plötzlich vor meiner Tür auf, zwei Flugtickets und eine Broschüre in der Hand, und verkündete, sie habe eine Überraschung für mich. Sie war sichtlich nervös und strich immer wieder mit den Fingern über die beschichteten Papierkanten. Die Broschüre entpuppte sich beim näheren Hinsehen als Wanderkarte, auf dessen Titelseite ein grünes Tal, umrahmt von steilen Berghängen, prangte, in der Mitte ein glasklarer See: der Kungsleden-Wanderweg in Schweden. Sie hatte diese verrückte Idee, anstelle eines klassischen Junggesellinnenabschieds eine Trekkingtour zu unternehmen.

Eigentlich wollte ich diese Tradition komplett auslassen – Partys hatten seit Lars ohnehin ihren Reiz verloren. Aber Wanderschuhe statt High Heels und frische Nordluft statt stickiger Clubs? Das klang schon mehr nach meinem Geschmack. Ich konnte mir keine schönere Art vorstellen, einen neuen Lebensabschnitt zu beginnen. Es war schon immer ein Traum von uns gewesen, einmal im hohen Norden zu wandern, im Land der Nordlichter, wilden Rentierherden und endlosen Fjells.

Aber der Flug würde bereits am nächsten Morgen gehen, und ich hatte in den nächsten Tagen noch Termine beim Floristen und meiner Änderungsschneiderei. Abgesehen davon war ich überhaupt nicht mehr in Form für so eine lange Wanderung und nicht sicher, ob meine Ausrüstung ausreichen würde. Unsere letzte große Tour lag Jahre zurück, doch Nicki sagte, sie hätte bereits ein neues Zelt gekauft. Ich brauchte nur mich selbst, einen Rucksack und genug Wechselkleidung mitbringen. Um alles andere würde sie sich kümmern.

Da war etwas in ihrem Blick, das keine Widerrede duldete, und am Ende sagte ich Ja, woraufhin wir uns jubelnd vor Freude in die Arme fielen.

Ich fing sofort an zu packen, und nicht einmal vierundzwanzig Stunden später sind wir tatsächlich hier, nur noch ein paar Straßenwindungen und Hügel vom Kungsleden entfernt.

Lächelnd drehe ich mich in meinem Sitz zu Nicki um, die im Bus neben mir sitzt, um einen witzigen Kommentar über Trinkspiele auf unserer Wanderung zu machen, aber ich sehe, dass sie schon wieder in ihr Notizbuch vertieft ist. Bereits im Flieger hat sie ständig darin geschrieben. Das kenne ich noch von unserer Studienzeit. Obwohl Nicki inzwischen hauptberuflich in der Marketingabteilung eines Verlags arbeitet, weiß ich, dass es immer noch ihr größter Traum ist, eines Tages Autorin zu werden.

»Schreibst du wieder an einem Roman?«, frage ich und recke den Kopf, aber Nicki klappt das lederne Heft zu, bevor ich einen Blick darauf erhaschen kann.

»Nicht wirklich«, entgegnet sie und schlägt ihre Hände über dem Heft zusammen.

»Wenn doch, musst du ihn mich unbedingt lesen lassen.«

Nickis Mundwinkel zucken verhalten. »Versprochen.«

»Ich habe deine Geschichten immer geliebt. Vor allem die übernatürlichen. Weißt du noch, die mit dem Mädchen, das den Tod vorhersehen konnte?«

»O mein Gott, bitte erinnere mich nicht daran.« Nicki schneidet eine Grimasse. »Das war doch Kinderkram. Da war ich noch so jung, als ich das geschrieben habe.«

»Also, ich fand die Geschichte toll. Ich würde sie jederzeit wieder lesen.«

»Du hattest schon immer einen fragwürdigen Büchergeschmack«, neckt Nicki mich. »Du fandest ja auch Twilight spannend.«

»War es auch!«

Bevor ich weiter ausholen kann, streckt Nicki den Arm an mir vorbei zum Busfenster. »Jules, sieh nur!«, sagt sie mit geweiteten Augen.

Auf der Straße vor uns strecken sich vier Holzpfeiler in die Höhe, wo sie wie die Spitzen eines Tipis zusammenlaufen und dabei ein hölzernes Schild stützen: »Välkommen till Ammarnäs« steht darauf, am Rand daneben die Silhouetten zweier weißer Polarfüchse, das Symboltier des Naturreservats.

Ich grinse vor Vorfreude, während wir unter dem Willkommensschild hindurchfahren.

Ammarnäs.

Endlich sind wir da.

* * *

Es ist bereits zu spät, um heute noch loszuwandern, weshalb wir unsere erste Nacht in einer kleinen, rustikalen Pension in Ammarnäs verbringen. Es ist das einzige Mal, dass wir auf unserer Tour in einem warmen Bett schlafen, für die übrigen Nächte haben wir Schlafsäcke und Nickis großes Zweipersonenzelt eingepackt. Auf dem Kungsleden zwischen Ammarnäs und Hemavan gibt es zwar Schutzhütten, die deutlich komfortabler wären, aber Nicki und ich möchten lieber etwas abseits der Hauptpfade schlafen, wo wir für uns sind und die wahre Natur genießen können. In Schweden gilt das Jedermannsrecht, was bedeutet, dass wir uns in der Wildnis völlig frei bewegen dürfen: Zelten, Feuer machen, Beeren sammeln, alles ist erlaubt, und diese Freiheit wollen wir auch nutzen.

Noch immer prasselt der Regen von einer grauen Wolkendecke auf die Erde. Von der Busstation bis zum Hotel sind es zwar nur wenige Gehminuten, dennoch sind wir völlig durchnässt, als wir an der Rezeption eintreffen.

»Ich sagte doch, wir hätten unsere Regensachen auspacken sollen«, brummt Nicki und fährt mit der Hand durch ihre kurzen braunen Haare, um das Wasser aus den Strähnen zu schütteln.

»Jetzt sind wir doch da, und im Zimmer können wir uns gleich umziehen. Es gibt sogar eine Sauna.« Das ist einer der Vorteile an Schweden: Sogar die kleinste Hütte ist hier mit einer Sauna ausgestattet, und meine unterkühlten Glieder können die trockene Hitze gerade gut gebrauchen. Vorher müssen wir allerdings noch einchecken.

Nicki, die alles organisiert hat, holt ihr Handy mit der Reservierungsbestätigung hervor und legt es auf den Holztresen der Rezeption. Die Frau dahinter ist um die fünfzig, trägt eine grüne Strickjacke und strahlt uns aus einem rundlichen, freundlichen Gesicht heraus an, in dem feine Lachfältchen um ihre Augen hervortreten.

»Hej«, heißt sie uns auf Schwedisch willkommen und legt den Zeigefinger auf Nickis Handybildschirm, um die Reservierung zu lesen. »Frau Faber und Frau Lauter?«, fährt sie auf Englisch fort.

»Genau«, antwortet Nicki. »Wir haben für eine Nacht reserviert.«

»Euer Zimmer ist bereits fertig.« Die Frau deutet auf unsere Rucksäcke, die wir gegenüber von der Rezeption auf den Boden gestellt haben.»Ihr wollt den Kungsleden gehen, nehme ich an?«

Ich lächle breit.»Ja. Morgen geht es los.«

Ein kleiner Seufzer entweicht ihren Lippen.»Kein gutes Wetter für eine Wanderung, überlegt euch das besser noch mal. Heute sind deswegen schon zwei Gruppen wieder heimgekehrt.«

»Etwas Regen macht uns nichts aus.« In Schottland hat es während unserer Wanderung auch die Hälfte der Zeit geregnet. Nicki und ich sind für jedes Wetter gerüstet.

Die Frau zuckt mit den Schultern und klickt mehrmals mit der Computermaus über den altmodischen, kastenartigen Bildschirm vor sich.»Wie ihr meint. Aber denkt daran, dass ihr ab einem gewissen Punkt nicht mehr so einfach umkehren könnt. Hier sind eure Schlüssel. Die Straße runter ist ein kleiner Laden, falls ihr euren Proviant noch etwas aufstocken müsst.«

»Danke.«

»Frühstück ist um sieben. Seht zu, dass ihr euch zumindest ordentlich stärkt, bevor ihr losgeht. Braucht ihr sonst noch irgendwas? Wanderkarten? Schutzhüttenreservierungen? Ihr seid allerdings etwas spät dran in der Saison, weshalb die meisten Hütten bereits geschlossen haben.«

»Kein Problem«, erwidert Nicki und nimmt die Schlüssel an sich.»Wir wollen eh wild zelten.«

Die Frau gibt uns noch ein paar Infobroschüren über den Kungsleden und das Vindelfjällen-Reservat mit, anschließend schleppen wir unsere tropfenden Rucksäcke ins obere Stockwerk. Die Pension ist einfach, aber gemütlich, wie fast alles hier im Ort, in dem nur etwa hundert Einwohner leben. Das Zimmer besteht aus zwei Einzelbetten, einem kleinen Tisch und zwei Stühlen – mehr Luxus, als wir später auf dem Trail haben werden. Ich bin froh, endlich hier zu sein, und schäle mich sogleich aus meinen nassen Klamotten, um in einen warmen Jogginganzug zu wechseln.

Draußen peitscht noch immer der Regen gegen die Fenster. Der Himmel ist grau und dunkel, obwohl es erst fünf Uhr Nachmittag ist. Nun machen mir die Worte der Rezeptionistin doch etwas Sorgen.

»Meinst du, dass es morgen besser wird?«, frage ich Nicki, die gerade ihren Kulturbeutel im Bad ausräumt. »Der Regen sieht echt übel aus.«

»Keine Ahnung, aber du hast doch alles eingepackt, was ich dir aufgeschrieben habe, oder? Regenjacke? Überhose? Poncho?«

»Alles dabei«, antworte ich und klopfe auf meinen fest verschnürten Rucksack. Im Packen bin ich nach unseren vergangenen Touren geübt. Es ist ein Balance-Akt aus Gewicht und Notwendigkeit. Nach ein paar Kilometern spürt man jedes zusätzliche Gramm am Rücken, weshalb nur das Wichtigste mitdarf.

»Nach dem Chaos heute Morgen bin ich mir bei dir nicht mehr so sicher«, sagt Nicki neckend.

»Witzig«, brumme ich.

In meiner Verpeiltheit hätte ich unsere Reise fast zum Platzen gebracht. Ich habe meinen Pass verloren. Ich war mir sicher, ihn in meiner Schreibtischschublade verstaut zu haben, doch als ich ihn gestern Abend rausholen wollte, um ihn ganz vorne in meinem Rucksack zu verstauen, war er nicht mehr da.

Ich stellte alles auf den Kopf. Durchsuchte jede Lade, jede Handtasche, jede Jacke, doch ohne Erfolg. Ich verbrachte drei Stunden lang mit Suchen, bis ich Nicki schließlich völlig aufgelöst anrief, um ihr mitzuteilen, dass ich morgen nicht in den Flieger steigen konnte.

Doch davon wollte Nicki nichts hören. Sie schickte mich noch in der Nacht zur Polizei, damit ich eine Verlustanzeige aufgab, und heute Morgen waren wir gleich die Ersten beim Passamt, um mir einen Notpass ausstellen zu lassen. Zum Glück schien die Dame hinterm Schalter Mitleid mit mir zu haben und beschleunigte den Prozess, so dass wir rennend gerade noch das Abfluggate erreichten, bevor das Boarding für unseren Flug nach Umeå schloss.

»Mach dir keine Sorgen wegen des Wetters«, ruft Nicki aus dem Badezimmer. »Die Vorhersagen haben sich schon wieder gebessert. Und selbst, wenn nicht. Ein bisschen Wasser hat uns doch noch nie aufgehalten.«

»Stimmt«, antworte ich zu leise, als dass Nicki mich verstehen kann. Dann lasse ich mich aufs Bett fallen und hole mein Handy hervor, um Lars zu antworten. Er hat mir in der letzten Stunde bereits zwei Nachrichten geschrieben, die erst jetzt bei mir eintreffen. Während der Busfahrt durch die dichten Wälder vor Ammarnäs hatte ich kaum Empfang.

Seid ihr schon da?, gefolgt von: *Du fehlst mir jetzt schon.*
Schmunzelnd tippe ich eine Antwort:
Sind eben im Hotel angekommen. Es regnet in Strömen, aber sonst geht es uns gut. Du fehlst mir auch.
Dazu mehrere Kuss-Emojis.

Als Lars gestern von der Arbeit kam und mich packen sah, war er erst überhaupt nicht begeistert von meinen Plänen. So plötzlich, ohne jede Vorankündigung und dann auch noch kurz vor der Hochzeit, so dass die restlichen Vorbereitungen an ihm hängen blieben. Und wieso ausgerechnet eine Trekkingtour? Wieso konnte ich nicht wie ein normaler Mensch meinen Junggesellinnenabschied in einer Bar feiern? Aber Lars sorgte sich auch wegen der Abgeschiedenheit der Route. Da draußen sind wir fernab jeder Zivilisation, ohne Handyempfang, ohne Zugang zu fremder Hilfe, wenn etwas passieren sollte. Lars ist selbst kein Wanderer und versteht den Reiz der Wildnis nicht: Meilenweit zu blicken, ohne einen einzigen Menschen am Horizont. Die Stille, die Weite. Luft, die so rein ist, dass sie beim Einatmen in der Lunge prickelt.

Ich bin in mein Handy vertieft und bemerke Nicki erst, als sie direkt vor mir steht. »Ist das Lars?«, fragt sie mit einem seltsamen Unterton in der Stimme.

»Ja. Er ist etwas besorgt wegen der Wanderung, aber ich habe ihm versprochen, dass ich in einem Stück vorm Altar erscheinen werde.«

Nicki erwidert mein Lächeln nicht. Sie mag Lars nicht sonderlich, das habe ich sofort gespürt. Bislang haben sie sich nur einmal getroffen, zu meiner Geburtstagsfeier im

Februar. Nicki hat ihn wie Luft behandelt, kaum ein Wort geredet und ist früh gegangen. Wahrscheinlich liegt es an seiner Herkunft. Lars ist mit Geld aufgewachsen, hat es vervielfacht, indem er mit Mitte zwanzig Bitcoin gekauft und mit dem Gewinn eine erfolgreiche Krypto-Trading-Plattform gegründet hat. Nicki hingegen kommt aus sehr ärmlichen Verhältnissen, hat immer sparen müssen, immer nur secondhand gekauft und schimpft gerne über die reichen Bonzen, die unsere Wirtschaft ruinieren. Ich kann mir vorstellen, dass sie deshalb viele Vorurteile gegenüber Lars hegt, die ich hoffentlich während unserer Tour etwas zerstreuen kann.

Gerade will ich etwas in der Art sagen, als ich bemerke, wie Nicki erneut ihre Schuhe überstreift. »Gehst du noch mal raus?«

»Der Regen lässt etwas nach«, murmelt Nicki mit dem Rücken zu mir. »Ich dachte, ich gehe noch schnell zum Laden, bevor er schließt. Ich möchte sicherheitshalber noch eine Gaskartusche kaufen und vielleicht ein paar Snacks.«

»Snacks klingen gut. Soll ich nicht mitkommen?«, frage ich und greife bereits nach meinen Schuhen.

»Nicht nötig«, wehrt Nicki ab und schlüpft in ihre Regenjacke. »Es reicht, wenn eine von uns nass wird.«

Kurz vor der Tür rufe ich sie noch mal zurück. »Warte! Sollen wir vielleicht noch irgendwas in Ammarnäs unternehmen, bevor es morgen losgeht?«

»Was meinst du?« Nickis Blick gleitet an mir vorbei, ohne mich direkt anzusehen.

»Keine Ahnung, ich hatte noch nicht allzu viel Zeit zu recherchieren, aber ich hab zum Beispiel gelesen, dass es hier die weltbesten Rentierburger geben soll.«

Nicki verzieht die Mundwinkel. »Klingt ja widerlich.«

»War auch nur eine Idee.« Aus irgendeinem Grund fange ich an zu stammeln. »Aber vielleicht finden wir ein anderes nettes Restaurant. Oder wir machen uns einen entspannten Spa-Abend in der Sauna.«

»Ich glaube, ich möchte mich heute einfach nur ausruhen, wenn das für dich okay ist«, erwidert Nicki nach einer kurzen Pause, während ihre Finger unruhig den Türstock hinabgleiten. »Die Wanderung morgen wird sicher anstrengend, aber geh ruhig in die Sauna, während ich weg bin, dann können wir danach unten im Hotel abendessen gehen.«

»Ja, klar. Passt für mich.« Obwohl ich lieber mit ihr gemeinsam in die Sauna gegangen wäre, zwinge ich mich zu einem Lächeln. »Dann bis später.«

Nicki nickt mir zum Abschied zu. Stirnrunzelnd blicke ich ihr nach, als sie die Tür hinter sich schließt. Ich kann den Gedanken nicht abschütteln, dass es zwischen uns anders ist. Eine Distanz, die früher nicht da war. Nicki hat sich verändert, sie ist stiller geworden, zurückgezogener. Auch optisch hätte ich sie gestern fast nicht erkannt. Mit der Kurzhaarfrisur und den ungewohnt weiten Klamotten. Obwohl Nicki schon immer schlank und durchtrainiert war, hat sie im letzten halben Jahr sicher fünf Kilo abgenommen, so dass ihre Jeans beim Gehen über ihre hervorstehenden Hüftknochen rutscht und ihr spitzes Kinn scharf hervorsticht.

Veränderungen sind normal, das sollte mich nicht wundern. Als wir noch zusammenwohnten, waren wir fast noch Kinder, gerade erst zwanzig geworden, den Kopf voller großer Träume und das Herz stets auf der Zunge. Bestimmt bin ich auch nicht mehr dieselbe wie damals, dennoch habe ich gehofft, dass es wieder so wie früher wäre, wenn wir einmal unterwegs sind. Ich vermisse Nicki und unsere Freundschaft, gerade jetzt, da ich davorstehe, einen der wichtigsten Schritte überhaupt zu machen: Ehe und vielleicht sogar bald Kinder. Manchmal macht mir das Angst.

Ich liebe Lars, aber zwischen uns ist alles so furchtbar schnell gegangen, dass ich kaum Zeit hatte, Luft zu holen und alles in Ruhe zu durchdenken weshalb ich eine Freundin gerade gut gebrauchen könnte. Eine, die mich kennt wie niemand sonst auf der Welt, die mir zuhört und deren Ratschlägen ich vertrauen kann.

Doch obwohl wir zu zweit auf dem Trip sind, fühle ich mich in dem Moment allein.

2.

In der Nacht höre ich den Wind heulen, wie er an der Hotelfassade reißt und gegen das Fensterglas peitscht, doch als ich aufwache, ist alles ruhig. Sonnenlicht fällt in einem diesigen Strahl durch einen Vorhangspalt in unser Zimmer und lässt mich blinzeln. Ein einzelner Vogel ruft, wie um das Ende des Unwetters anzukündigen.

Ein Seufzer der Erleichterung entfährt mir. Nicki hatte also recht. Regen hätte uns zwar nicht aufgehalten, aber in trockenen Schuhen zu wandern ist doch deutlich angenehmer. Vor allem heute während unserer ersten Tagesetappe, bei der wir über sechshundert Höhenmeter erklimmen müssen.

Beschwingt schlage ich die Decke zurück und gehe zum Fenster, um die Vorhänge beiseitezuziehen. Die dunklen Gewitterwolken haben sich verzogen und geben den Blick auf einen hellblauen Himmel frei. Erstmalig erhasche ich auch einen Blick auf die Berge des Vindelfjällen-Naturreservats mit ihren sanften Rundungen und weiß schimmernden Schneefeldern. Plötzlich kann ich es kaum mehr erwarten, dort oben zu sein, und spüre, wie meine Lippen sich zu einem Lächeln verziehen. Noch immer gefesselt von der majestätischen Aussicht, mache ich mit meinem Handy ein Foto, um es Lars gemeinsam mit einem Guten-Morgen-Gruß zu schicken. Es ist Samstagfrüh, wahrscheinlich schläft er noch, aber sobald wir einmal unterwegs sind, werde ich kein Netz mehr haben. Gut möglich, dass dies das letzte Mal ist, dass ich ihm schreibe.

Zu meiner Verwunderung antwortet Lars sofort, fast so, als hätte er auf meine Nachricht gewartet: *Guten Morgen! Bitte sei vorsichtig. Ich habe gesehen, dass schwere Unwetter in der Region wüten. Vielleicht solltet ihr eure Wanderung besser verschieben.*

Zur Beruhigung schicke ich Lars noch ein Foto, diesmal mit Fokus auf den klaren Morgenhimmel. »Das Gewitter ist schon vorbei, keine Wolke mehr in Sicht.«

Während ich schreibe, höre ich Wasser durch die Rohre im angrenzenden Badezimmer rauschen. Nicki scheint ebenfalls wach zu sein und gönnt sich die letzte warme Dusche, bevor wir uns die restlichen Tage mit kaltem Flusswasser waschen müssen.

Geplant ist, dass wir noch vor acht Uhr aufbrechen, um den meisten Wochenendausflüglern zuvorzukommen. Nach Nicki springe ich ebenfalls rasch unter die Dusche, bevor wir alles zusammenpacken und uns für die Wanderung anziehen.

»Hast du Mückenspray dabei?«, fragt Nicki, während ich Jacke und Schuhe hervorhole.

»Na klar. Ich bin gestern früh extra noch mal schnell zur Apotheke. Wollen wir uns gleich einsprühen?« Die Mücken in der Gegend sollen eine echte Plage sein. Als sie nicht antwortet, hebe ich den Blick und merke, wie Nicki mich anstarrt. »Alles okay?«

»Was ist das?« Nicki beäugt mein Wanderoutfit. Ich trage eine türkisfarbene Softshelljacke aus wasserfestem Material, schwarze Trekkinghosen und neue, hoch geschnittene Wanderschuhe aus Nubukleder. Die langen Haare trage ich zu einem Pferdeschwanz gebunden, bedeckt von einem ebenfalls türkisfarbenen Cappy mit Berglogo.

Etwas verlegen zucke ich mit den Schultern. »Meine Wanderausrüstung war schon ziemlich alt. Lars hat mir zum Geburtstag alles neu gekauft.« Sich selbst hat er dabei ebenfalls neu ausgestattet, damit wir zusammen Tagesausflüge unternehmen können. Bislang ist es dazu aber noch nicht gekommen. Obwohl mein Geburtstag schon über ein halbes Jahr zurückliegt, trage ich die neue Wanderausrüstung heute zum ersten Mal.

Nicki schüttelt den Kopf. »Du wirkst wie aus einer Sportartikelwerbung.«

Ich könnte es als Scherz auffassen, wenn Nickis Tonfall nicht so abfällig wäre. Meine Wangen werden spürbar heiß. »Sie sind funktional, darauf kommt es doch an, oder?«

Schnaubend dreht Nicki sich weg, um ihre eigenen ergrauten Wanderschuhe überzuziehen, die sie bereits vor fünf Jahren auf unseren Touren getragen hat. »Ich hoffe nur, du kriegst keine Blasen in den Schuhen«, brummt sie. »Die sehen nicht aus, als ob sie schon richtig eingelaufen wären.«

Wie denn, nachdem sie mich mit dieser Wandertour so plötzlich überfallen hat? Doch ich schlucke den bissigen Kommentar hinunter, der mir auf der Zunge liegt. Ich will nicht streiten. Schon gar nicht, bevor unsere Wanderung überhaupt begonnen hat.

Wir gehen noch mal den Inhalt unserer Rucksäcke durch, um zu prüfen, ob wir auch wirklich alles dabeihaben, denn in den nächsten Tagen werden wir keine weitere Möglichkeit haben, Proviant aufzustocken. Danach checkt Nicki uns aus, während ich schon mal in den Frühstücksraum gehe und uns zwei große Tassen Kaffee organisiere.

Obwohl es noch früh am Morgen ist, ist der Raum jetzt schon erfüllt von Besteckklappern und munteren Gesprächen. Außer mir sehe ich noch mindestens zwei Wandergruppen mit hohen Rucksäcken neben den Tischen und ausgebreiteten Wanderkarten zwischen Tassen und Tellern. Ihre verkrusteten Wanderschuhe und sonnengebräunten Wangen verraten mir, dass sie schon länger unterwegs sind, vielleicht sogar den gesamten Kungsleden gehen, der in seiner Gänze über vierhundert Kilometer lang ist und sich bis in den tiefsten Norden Schwedens erstreckt. Der Weg zwischen Ammarnäs und Hemavan ist nur eine kurze Etappe davon, die Nicki und ich in sechs Tagen bewältigen wollen. Sechs Tage, die mir entweder sehr kurz oder sehr lang erscheinen werden.

Ich nehme einen großen Schluck aus meiner Kaffeetasse, als es in meiner Hosentasche vibriert. Ich verschlucke mich, Kaffee tropft über den Rand und auf die Tischdecke, dennoch lächle ich, als ich abhebe. Es ist Lars.

»Hallo, Schatz. Du hast Glück. Noch sind wir im Hotel und haben Empfang.«

»Deshalb rufe ich auch so früh an. Ich hatte gehofft, ich erwische dich noch, bevor ihr aufbrecht. Wie geht es dir?«

»Gut«, antworte ich, während ich mit einer Serviette den verschütteten Kaffee auftupfe. »Etwas aufgeregt vielleicht, aber ich freue mich schon, dass es nun gleich losgeht.«

»Und das Wetter hat sich gebessert, sagst du?«, fragt er, begleitet von leisem Tassenklappern. Ich stelle mir vor, wie Lars in der Küche steht und die Kaffeemaschine vorbereitet, den Trichter mit frisch gemahlenem Kaffee füllt, während Röstaromen den Raum erfüllen. Normalerweise mache ich das jeden Morgen für uns, seitdem ich bei ihm eingezogen bin.

Ich drehe mich zum Fenster auf der anderen Raumseite und betrachte den blauen Himmel draußen. »Ja, keine Wolke in Sicht. Du brauchst dir keine Sorgen zu machen.«

»Unmöglich. Ich werde die ganze Woche kein Auge zubekommen, solange du weg bist. Ich kann es immer noch nicht fassen, dass du wirklich zu dieser wahnwitzigen Reise aufgebrochen bist und mich kurz vor der Hochzeit allein lässt.«

Ich brumme leise ins Telefon. »Wer weiß, vielleicht tut es dir ja ganz gut, mich zu vermissen.«

»Als wäre ich nicht schon verrückt genug nach dir«, raunt Lars. »Und Nicki? Wie geht es ihr?« Seine Stimme bekommt immer diesen merkwürdigen Tonfall, wenn er über sie spricht, so dass ich laut seufze.

»Ich wünschte wirklich, du würdest ihr eine Chance geben. Sie ist meine beste Freundin.«

»Ich weiß, und ich gebe mir auch Mühe.« Lars gibt ein frustriertes Geräusch von sich. »Vielleicht liegt es auch daran, dass ich sie kaum kenne, aber sie hat so einen Ausdruck im Gesicht, wenn sie dich ansieht, der mich stört.«

Genervt tippe ich mit den Fingern über die Tischkante. »So ein Blödsinn. Was meinst du?«

»Keine Ahnung. Als wäre sie eifersüchtig auf dich.« Lars' Tonfall wird wieder leichter. »Aber vielleicht bilde ich mir das auch nur ein. Ich will euch nicht die Stimmung verderben. Genieß heute deine Wanderung, wenn du das unbedingt durchziehen willst, aber versprich mir, dass du aufpasst. So eine Tour ist nicht ungefährlich.«

»Ich weiß. Ich verspreche, ich bin vorsichtig.«

»Gut. Ich habe nämlich eine Überraschung für dich, wenn du wiederkommst.«

In dem Moment sehe ich Nicki den Frühstücksraum betreten. Sie trägt ihre Wanderjacke über dem Arm und hält Ausschau nach mir. »Eine Überraschung?« Schmunzelnd winke ich Nicki über die Tische hinweg zu. »Ist die Ehe nicht Überraschung genug?«

»Ich habe nicht gesagt, dass die Überraschung nichts mit unserer Ehe zu tun hat. Besser gesagt, mit unseren Flitterwochen. Mehr verrate ich aber noch nicht. Bloß, dass du deine Wanderschuhe dort höchstwahrscheinlich nicht brauchen wirst.«

»Schade. Und ich hatte gehofft, du entführst mich auf den Mount Everest.«

Wir verabschieden uns gerade, als Nicki den Tisch erreicht und den freien Stuhl zu sich zieht. »Hat alles geklappt?«, frage ich sie, als ich das Stirnrunzeln auf ihrem Gesicht sehe.

»Ja«, erwidert sie knapp und greift nach ihrer Kaffeetasse. »Wir sollten uns aber beeilen, sonst sind alle vor uns auf dem Wanderweg.«

Gleich darauf kommt eine Kellnerin zu uns. Nicki und ich bestellen beide zwei große Schüsseln Joghurt mit Früchten und Nüssen und Sandwiches für unterwegs. Nach dem Frühstück und einer weiteren Runde Kaffee geht es dann auch schon los.

Die Luft ist noch kühl vom Regen, als wir nach draußen treten. Mich fröstelt leicht, dennoch lasse ich meine Überjacke noch im Rucksack, denn ich weiß aus Erfahrung, dass mir nach ein paar Schritten schnell warm werden wird.

Ammarnäs entpuppt sich bei Sonnenschein als beschaulicher Ort, voller Bäume und traditioneller schwedischer Holzhäuser, deren Fassaden in kräftigen Rot- und Brauntönen gestrichen sind. Die erste Etappe führt uns mitten durchs Dorf, entlang der Hauptstraße, wobei wir einen Fluss queren, bevor wir den Parkplatz erreichen, wo das Abenteuer offiziell beginnt. Hier steht eine große Holztafel und am Eingang des Pfades ein Pfeiler mit mehreren Schildern, die die verschiedenen Etappen anzeigen.

Kungsleden steht an oberster Stelle.

»Lass uns ein Selfie machen«, sage ich, den Arm ausgestreckt, während ich das Handy schwenke, um das Schild im Hintergrund einzufangen. Ich presse Nicki an mich und grinse breit in die Kamera. Erst nachdem ich abgedrückt habe, merke ich, wie erschrocken Nicki aussieht, die Augen viel zu groß in dem schmalen Gesicht. »Bist du bereit?«, frage ich sie vorsichtig.

Sie kramt in ihrer Jackentasche, ohne mich anzusehen, den Blick starr auf den Wald gerichtet, ein seltsam steifes Lächeln auf den Lippen. »Klar«, murmelt sie.

Ist sie etwa nervös? Das sieht ihr ganz und gar nicht ähnlich. Vor allem, nachdem wir schon deutlich anspruchsvollere Wanderungen gemeistert haben.

Ich senke das Handy, schicke das Foto aber noch an Lars, bevor ich es in meine Jackentasche stecke. »Los geht's«, tippe ich darunter.

»Kungsleden, wir kommen«, sage ich in einem aufmunternden Ton.

Dann nehme ich einen letzten tiefen Atemzug und wende mich dem schmalen Pfad zu, der zwischen den ersten Bäumen verschwindet. Nah hintereinander treten wir in den dichten Mischwald ein, und mit einem Schlag wird die Welt dunkler und stiller.

Ich merke sofort, wie gut mir die Bewegung tut, das monotone Voranschreiten, während sich mein Brustkorb bei jedem Atemzug weitet. Die Rucksackriemen lasten schwer auf meinen Schultern, aber auch dieser Schmerz tritt schnell in den Hintergrund, wird ein Teil der Kulisse, gemeinsam mit dem Rhythmus meiner Schritte, dem Knirschen von Kieseln und meiner immer lauter werdenden Atmung.

Gott, wie habe ich das vermisst!

Nicki, die ein paar Schritte vor mir geht, verhält sich nach wie vor ungewöhnlich still und redet nur das Nötigste mit mir. Ich versuche mich nicht zu sehr von ihrer Laune beeinträchtigen zu lassen, aber ihre Schweigsamkeit ist wie ein Splitter in meiner Ferse, den ich einfach nicht ignorieren kann. Fast kommt es mir vor, als wäre sie sauer auf mich. Weil ich mich letztes Jahr so rar gemacht habe? Viel öfter hat sie sich auch nicht gemeldet. Wieso wollte sie überhaupt diese Wanderung mit mir machen, wenn sie ohnehin nicht mit mir reden will?

Seufzend lenke ich meinen Blick auf die umliegende Landschaft und den Weg vor mir. Wir haben Mitte September, und das Laub beginnt bereits, sich zu verfärben. Die Luft riecht nach feuchter Erde und dem Harz der Bäume. Der Weg steigt immer mehr an, und ich muss mich konzentrieren, um auf dem schlammigen Untergrund meinen Halt zu bewahren. Bald läuft mir der Schweiß den Nacken hinunter, und ich keuche vor Anstrengung. Ich würde gerne langsamer gehen, aber Nicki gibt ein straffes Tempo vor. Der Abstand zwischen uns wird immer größer. Meine Beine ächzen, während ich mich bemühe, zu ihr aufzuschließen.

»Kurze Pause«, bitte ich keuchend und greife nach hinten nach meiner Wasserflasche. Nicki bleibt ein paar Meter über mir stehen, doch kaum dass ich die Wasserflasche abgesetzt habe, marschiert sie bereits weiter, so dass ich sprinten muss, um den Kontakt zu ihr nicht zu verlieren.

Meine Lungen brennen. Bei dem Tempo werde ich nicht lange durchhalten, und dabei hat unsere Wanderung gerade erst angefangen. Nickis kurzer Haarschopf verschwindet hinter der nächsten Biegung außer Sicht. Da reicht es mir. Ich ramme die Fersen in den Boden und streife die Rucksackriemen ab.

»Was ist bloß los mit dir?«, rufe ich laut, während ich mich kraftlos auf einen Felsen sinken lasse.

Mein Herz pocht wie wild, und meine Hände zittern, so dass ich den Reißverschluss meiner Jackentasche fast nicht aufbekomme, als ich nach einem Energieriegel fische.

Eine Sekunde später kommt Nicki wieder in Sichtweite und läuft mit großen Schritten zu mir herab. »Was meinst du?«

Ich zerre so fest an der Folienverpackung, dass der Energieriegel zwischen meinen Fingern entzweibricht. »Keine Ahnung, aber ich dachte, dass wir diese Wanderung gemeinsam unternehmen. Stattdessen rennst du einfach voraus und redest kein Wort mit mir.«

Nickis dunkle Augen weiten sich. »Tut mir leid, ich war in Gedanken. Ich wollte gar nicht rennen.«

»Du bist die ganze Zeit schon so komisch. Als ob du mich überhaupt nicht dabeihaben möchtest.« Meine Stimme bricht. Um mich abzulenken, schiebe ich ein Stück des Energieriegels in meinen Mund.

Nicki lässt ihren Rucksack nun ebenfalls sinken und setzt sich auf den Felsen neben mich. »Natürlich will ich das! Du bist der Hauptgrund, aus dem ich hier bin.«

»Was ist dann los? Wieso ignorierst du mich die ganze Zeit?«

»Tut mir leid«, sagt sie erneut, während ihr Kinn herabsinkt. »Das war keine Absicht. Ich hab einfach viel im Kopf. Um ehrlich zu sein ... Es waren ein paar harte Monate, sind es eigentlich immer noch.«

Krampfhaft schlucke ich. »Was ist passiert?«

»Viel.« Ein bitterer Ausdruck kreuzt Nickis Gesicht, sie verhakt ihre Hände im Schoß ineinander. »Ich bin ...« Sie zögert. Dann holt sie tief Luft. »Mir ging es in letzter Zeit nicht so gut. Es wurde immer schlimmer, eine Zeit lang konnte ich nicht zur Arbeit gehen. Letzten Monat haben sie mir gekündigt.« Sie schüttelt leicht den Kopf. »Gerade hab ich keine Ahnung, wie es weitergehen soll.«

Plötzlich fühle ich mich wie die schlechteste Freundin der Welt.

»Das wusste ich nicht. Wieso hast du nie was gesagt?« Mitfühlend nehme ich ihre Hände in meine.

»Ich hatte nicht die Kraft, über alles zu reden. Damals noch nicht. Deshalb wollte ich unbedingt mit dir wandern gehen.« Nicki drückt meine Hände fest. »Wir haben viel zu lange nicht mehr geredet.«

»Das stimmt«, bestätige ich und erwidere sanft den Druck, während ich mich gleichzeitig frage, wieso eigentlich. Ich erinnere mich daran, wie schwer es im letzten Jahr war, Nicki überhaupt zu erreichen. Wenn sie mal ans Telefon ging, wirkte sie distanziert, und für jeden Vorschlag, sich zu treffen, hatte sie eine Ausrede parat: zu viel Arbeit, eine Erkältung, Kopfschmerzen. Anfangs hatte ich es immer wieder versucht, aber nachdem Lars in mein Leben getreten war, hatte ich es allmählich sein gelassen. Jetzt schäme ich mich, dass ich so leicht nachgegeben habe. Ich hätte es besser wissen müssen. Hätte merken müssen, dass hinter ihrem Rückzug mehr steckt. Schließlich sind Freundinnen genau dafür da: um einander beizustehen, gerade in schweren Zeiten. Aber ich war so in meinen eigenen Alltag verstrickt, dass ich ihre plötzliche Distanz einfach hingenommen habe, ohne weiter nachzuforschen.

»Tut mir leid wegen des hektischen Starts, aber die nächsten Tage gehören nur uns.« Nicki deutet den Weg hinauf. »Nach dieser Steigung müsste laut Karte ziemlich bald eine Brücke mit einem Fluss kommen. Dort machen wir richtig Pause, was hältst du davon?«

»Klingt gut.« Ich lasse mich von Nicki hochziehen, und zum ersten Mal seit Beginn unserer Reise habe ich das Gefühl, dass wir uns richtig in die Augen sehen.

Am liebsten würde ich nachhaken, sie fragen, was genau passiert ist, aber Nickis Blick zeigt mir, dass sie dafür noch nicht bereit ist, und das ist okay. Wir haben schließlich die ganze Woche für uns. Diesmal wird nichts sich zwischen uns stellen.

Lächelnd mache ich den ersten Schritt. »Dann mal weiter.«

* * *

Die nächsten Stunden unserer Wanderung verbringen wir dennoch größtenteils schweigend, konzentriert auf unsere Schritte und unsere Atmung, doch es ist eine andere Art von Stille. Sie ist nicht mehr wie ein Loch, das zwischen uns klafft und uns trennt, sondern geprägt von Verbundenheit. Zwei Freundinnen, die gemeinsam einen steinigen Weg bestreiten, weil sie wissen, dass es die Mühe wert ist. Und das ist es wirklich.

Nachdem wir den Wald hinter uns gelassen haben, betreten wir ein breites Plateau. Ich bleibe kurz stehen, meine Schultern heben und senken sich schwer vom Aufstieg. Der Blick ins Tal ist weit und offen. Ammarnäs liegt dort unten, eingebettet zwischen Hügeln und Wäldern, daneben ein großer See, dessen stilles Wasser silbern schimmert. Die Landschaft des Fjells um uns herum ist karg, durchzogen von Felsen und niedrigen Sträuchern und Flechten, die in Rot- und Goldtönen in der Sonne leuchten und sich eng an den steinigen Untergrund klammern. Ringsum ragen Berge in die Höhe, ihre Gipfel von weiß glitzernden Schneefeldern bedeckt, die sich gegen den klaren Himmel abheben. Ein leichter Wind geht. Er zerrt an den Haaren unter meinem Cappy und weht mir den Duft von blühendem Heidekraut um die Nase. Ich atme ihn in einem tiefen Zug ein, während ich das Kinn hebe, um mein Gesicht von der hoch stehenden Sonne bescheinen zu lassen.

Nicki tritt von hinten neben mich, so dass unsere Arme einander streifen. »Herrlich, oder?«

Schweiß glänzt auf ihrer Stirn, und ihre Wangen sind rot vor Anstrengung, dennoch sieht sie besser aus als noch zu

Beginn unserer Wanderung. Etwas von dem alten Feuer ist in ihre Augen zurückgekehrt.

»Danke«, sage ich.

»Hm?« Gierig trinkt Nicki aus ihrer Wasserflasche und wischt sich mit dem Handrücken über die Lippen. »Wofür?«

»Dafür, dass du mich hergebracht hast. Ohne dich hätte ich diese Wanderung niemals unternommen.«

Bevor Nicki gestern vor meiner Tür auftauchte, hatte ich seit Ewigkeiten keinen Fuß mehr auf einen Wanderweg gesetzt. In letzter Zeit habe ich meine Freizeit hauptsächlich mit Lars verbracht, und der ist für Outdooraktivitäten wenig zu begeistern. Die Wandersachen, die er für sich gekauft hat, sind sofort ganz hinten in den Schrank gewandert, sogar die Etiketten sind noch dran. Wir bleiben meistens in der Stadt, gehen gemeinsam essen, besuchen Ausstellungen oder elegante Partys. Das macht auch Spaß, aber ein Teil von mir hat sich nach dem hier gesehnt wie die Wüste nach einem Regenschauer: dem wilden Herzklopfen nach einer anstrengenden Steigung. Nach dem Wind, der Weite. Nach dem berauschenden Gefühl, die eigenen Grenzen zu spüren und darüber hinauszuwachsen.

Nicki schlingt einen Arm um mich und drückt mich fest an ihre Seite. »Dafür brauchst du mir doch nicht zu danken. Ich bin froh, dass wir hier sind.«

»Ich auch«, sage ich so leise, dass ich mich selbst kaum verstehe. »Ich auch.«

Wir machen erneut Pause, um die Aussicht noch etwas länger zu genießen, und teilen uns eines der Sandwiches, die wir uns vom Frühstück mitgenommen haben. Nicki holt die Wanderkarte aus ihrer Jackentasche und klemmt sie unter zwei Steinen fest, damit sie vom stärker werdenden Wind nicht weggeweht wird.

»Wir sind ungefähr hier«, sagt sie und legt ihren Finger auf einen Punkt auf der Karte.

Im Navigieren ist sie schon immer deutlich besser gewesen als ich, weshalb ich bloß nicke.

»Bis zur Schutzhütte ist es noch etwa eine Stunde zu Fuß, aber ich würde gerne irgendwo hier oben auf einem Plateau unser Zelt aufschlagen«, fährt Nicki fort, während ihr Finger weiter die Karte entlangwandert. »Der Sonnenaufgang muss atemberaubend sein. Stell dir vor, das ist das Erste, was wir morgen nach dem Aufstehen sehen.«

Ich stelle mir vor allem vor, wie der Wind ungehindert über die Felsen fegt, aber Nickis Augen strahlen in dem Moment so hell, dass ich mich von ihrer Begeisterung mitreißen lasse. »Klingt abenteuerlich«, erwidere ich mit einem schiefen Grinsen.

Inzwischen freue ich mich schon darauf, unser Camp aufzuschlagen und etwas Warmes zu essen. Doch das letzte Stück stellt uns noch einmal auf die Probe. Nicht weil der Weg besonders anspruchsvoll wäre, sondern weil der Wind hier oben mit unverminderter Stärke weht und dabei eine schneidende Kälte mit sich bringt, die sich durch jede noch so warme Kleiderschicht bohrt.

Obwohl der Kungsleden ein beliebter Wanderweg ist, begegnen wir nur wenigen anderen Wanderern. Die kühle Herbstluft und das Ende der Saison haben die meisten wohl schon vertrieben, was uns den Vorteil verschafft, dass wir die Weite des Fjells fast ganz für uns allein haben. Nicki und ich lassen uns Zeit für diesen letzten Abschnitt. Immer wieder bleibe ich stehen, um Fotos und Videos zu machen oder einfach nur die Aussicht in mich aufzusaugen und die Stille der Wildnis zu genießen. Der Anblick berührt etwas tief in mir, weitet mein Herz und lässt meine Gedanken ruhiger werden.

Dann treibt mich Nicki doch wieder schneller an, weil die Kälte sonst nicht länger auszuhalten ist. Während wir knapp hintereinanderher marschieren, verändert sich der Boden. Er wird weicher, sumpfiger, und schließlich tauchen lange Holzbohlen vor uns auf, die den schlammigen Untergrund überspannen. Sie führen wie schmale Brücken durch die Wildnis, flankiert von vereinzelten Birken, deren bleiche Stämme klein und vom Wind gekrümmt sind. Unter den Bohlen schimmert das stehende Wasser, durchzogen von goldgelben Grasbüscheln und dichten Moosflechten.

Vorsichtig setze ich einen Fuß vor den anderen. Die Bohlen sind stabil genug, um angenehm darauf gehen zu können, allerdings rutschig vom Regen der letzten Nacht. Es dauert keine fünf Schritte, bis ich ausgleite. Mein Fuß verliert den Halt, und mit einem dumpfen Geräusch lande ich unsanft auf meinem Rucksack. Der Aufprall raubt mir den Atem. Fluchend winde ich mich zur Seite, um mich aufzurappeln, als plötzlich ein kleines, rundliches Fellbündel unter den Bohlen hervorschießt.

Ich zucke zusammen, verliere erneut das Gleichgewicht

und plumpse diesmal auf meinen Hintern zurück. Das Tier, nicht größer als eine Faust, huscht blitzschnell zwischen den Bohlen hindurch und verschwindet in einer Mulde im feuchten Boden darunter.

Nicki, die das Ganze beobachtet hat, kann ein Lachen nicht unterdrücken. »Keine Panik. Das ist nur ein Lemming. Die verstecken sich gerne unter den Holzbohlen.«

»Mistviecher«, murmle ich verlegen.

»Soll ich einen Kammerjäger rufen?« Grinsend reicht Nicki mir die Hand, um mich hochzuziehen. Ihre Mundwinkel zucken immer noch vor Lachen.

Schnaubend ergreife ich ihre Hand. Die Rückseite meiner Beine und mein Hintern sind nun schlammverkrustet. Ich versuche den Dreck abzuklopfen, gebe es aber bald auf, dann stapfe ich vorsichtig weiter, langsamer diesmal, um nicht gleich wieder auszurutschen.

Ein Schatten fällt auf den Weg, als die Sonne hinter einer Wolke verschwindet. Ich sehe auf und bemerke, wie sich der Himmel verändert hat. In der Nähe der Berge sind die Wolken fast schwarz.

»Vielleicht wäre die Schutzhütte doch keine so schlechte Idee für die Nacht«, sage ich zögernd, während wir weitergehen. »Nur für heute, falls es noch ein Unwetter gibt.« Ich muss wieder an die Rezeptionistin denken, die unverhohlene Sorge in ihren Augen.

Nicki winkt ab. »Unser Zelt hält das aus. Selbst wenn es regnet, sind wir gut vorbereitet.« Leichtfüßig balanciert sie über die Bohlen. Sie hat nicht ganz unrecht: Die Schutzhütten sind zwar immer zugänglich, aber nicht mehr bewirtschaftet, und ein wenig Regen dürfte wirklich kein Problem sein.

Nach einigen Minuten erreichen wir wieder festen Boden. Die Holzbohlen enden abrupt, und der Weg verwandelt sich zurück in einen schmalen, steinigen Pfad, der sich durch das windige Fjell zieht. Wir gehen noch etwa zwei Kilometer über die Hochebene, bevor Nicki den perfekten Zeltplatz bestimmt: mitten auf einer Anhöhe, von der aus wir ungehindert in alle Himmelsrichtungen blicken können. Außer uns ist nirgendwo auch nur ein einziger Mensch zu sehen. Hier oben habe ich das Gefühl, wir wären ganz allein auf der Welt.

Um zu der Anhöhe zu gelangen, mussten wir den ausgeschilderten Weg um ein paar Hundert Meter verlassen, aber Nicki geht so bestimmt voraus, dass ich mir keine Sorgen mache. Außerdem sollte es uns dank der meilenweiten Aussicht keine Mühe kosten, wieder zurück auf den Weg zu finden. Der Kungsleden ist gut markiert, mit roten Kreuzen auf Pfählen und farbigen Punkten auf Felsen.

Meine Glieder schmerzen inzwischen vor Anstrengung, als wir endlich unsere Rucksäcke absetzen. Der erste Tag ist immer der anstrengendste, bevor der Körper sich an die Strapazen gewöhnt. Heute fühlt sich alles wund an. Beine. Füße. Arme. Schultern. Dennoch fühle ich mich so stark und befreit wie schon lange nicht mehr. Als wäre durch die Bewegung etwas in mir erwacht, das davor in Fesseln gelegen hat.

Obwohl unsere letzte gemeinsame Tour Jahre zurückliegt, sind Nicki und ich noch immer ein eingespieltes

Team. Ohne viel Worte teilen wir uns die bevorstehenden Aufgaben auf: Nicki baut das Zelt auf, während ich den Gaskocher aus meinem Rucksack krame und das Abendessen vorbereite. Für heute wähle ich eine Tüte mit gefriergetrocknetem Kichererbsen-Reis-Eintopf, den ich in heißem Wasser quellen lasse. Nicht gerade meine Leibspeise, aber mein Magen knurrt so stark, dass mir beim Anblick dennoch das Wasser im Mund zusammenläuft.

»Hilfst du mir kurz?«, fragt Nicki, deren Gestalt von der grünen Zeltwand verdeckt ist. Sie hat Probleme, die Heringe im Boden zu verankern. Der Boden hier ist schlammig und steinig, was den Verankerungsstiften nur wenig Halt gibt. Ich gehe zu ihr und greife nach einem der Heringe, der schon halb wieder aus der Erde gerutscht ist, um ihn erneut in den Boden zu drücken. Mit einem Stein, den ich in der Nähe finde, klopfe ich vorsichtig nach.

Für zusätzlichen Schutz sammeln wir größere Steine und legen sie auf die Ecken des Zeltbodens und über die Heringe, um sie besser im Boden zu verankern.

»Glaubst du, das reicht?«, frage ich und werfe einen Blick auf die Zeltwand, die im immer stärker werdenden Wind flattert.

»Es muss reichen«, antwortet Nicki und zieht die letzte Leine so straff wie möglich, bevor sie sie mit einem weiteren Stein sichert. »Mehr können wir hier nicht tun.«

Trotz der Konstruktion fühle ich mich unbehaglich, als eine besonders starke Böe aufkommt, die das Zelt erzittern lässt. Hoffentlich wird das Wetter bald besser, aber die dunklen Wolken am Horizont verheißen etwas anderes. Als wir uns zum Abendessen hinsetzen, sind unsere Gesichter rot und glänzend vor Schweiß. Die Sonne verschwindet zwischen den Bergen und lässt uns in einem orange durchtränkten diesigen Licht zurück. Mit der Sonne verschwindet auch das letzte bisschen Wärme. Es wird kalt hier oben, vor allem durch den Wind, der immer heftiger über die Anhöhe bläst, weshalb wir uns trotz der malerischen Aussicht ins Zeltinnere verziehen. Der Eintopf schmeckt fad und breiig, aber wir essen dennoch restlos auf und teilen uns anschließend einen Schokoriegel zum Nachtisch.

Danach bereiten wir uns langsam auf die Nacht vor, ziehen uns um und breiten unsere Schlafsäcke auf den Isomatten aus. Draußen wird es inzwischen dunkel, bis nur noch das gelbe Licht einer LED-Laterne das Zeltinnere erhellt. Viel Platz haben wir nicht. Unsere Isomatten liegen Rand an Rand, aber das stört mich nicht. Was mich stört, ist, dass Nicki wieder anfängt, diese Maske aufzusetzen. Wie ein Gespenst sitzt sie neben mir, den Blick nach innen gerichtet, während sie gedankenverloren ihre wunden Füße eincremt.

Ich versuche sie in ein Gespräch zu verwickeln, indem ich über das Wetter und die einzelnen Etappen plaudere, die uns morgen erwarten, aber Nicki geht nicht darauf ein, gibt nur zustimmende Laute und ein halbherziges Nicken von sich. Dann schlägt sie wieder ihr Notizbuch in ihrem Schoß auf und fängt an zu schreiben.

Noch bin ich nicht gewillt aufzugeben. Zum Glück habe

ich eine Geheimwaffe im Gepäck, um die Situation aufzulockern. Ich greife tief in meinen Rucksack, wo ich eine Flasche Rotwein, eingewickelt in ein Mikrofaserhandtuch, versteckt habe, die ich heimlich kurz vor Abflug im Duty Free gekauft habe.

Nickis Augen werden groß, als ich die Flasche mit wackelnden Augenbrauen hochhalte. »Hey, hast du mir am Flughafen nicht verboten, Alkohol mitzunehmen?«

»Ich weiß. Weil ich Gewicht sparen wollte, aber dann dachte ich, was für ein Junggesellinnenabschied soll das werden ohne einen Tropfen Alkohol? Zumindest an unserem ersten Abend wollte ich mit dir anstoßen.«

»Du bist verrückt.« Grinsend legt Nicki ihr Notizbuch wieder zur Seite.

»Hast du je daran gezweifelt? Gib mir mal deine Tasse.«

Als wir mit unseren klobigen Thermobechern anstoßen, steigt uns der Duft von dunklen Kirschen in die Nase.

Der erste Schluck ist himmlisch. Beim zweiten spüre ich endlich, wie sich die Verspannungen zwischen meinen Schulterblättern lösen. Mit einem wohligen Kribbeln im Bauch klemme ich den Becher zwischen meinen Knien ein.

»So. *Jetzt* ist es Junggesellinenabschied.«

»Ich hoffe, du hast nicht auch noch einen Brautschleier irgendwo da drinnen versteckt«, sagt Nicki mit einem amüsierten Lächeln und nickt zu meinem Rucksack.

»Das nicht, aber wenn wir die Flasche leeren, stehen die Chancen gut, dass ich mir meinen Schlafsack auf den Kopf setze.«

Nicki prustet in ihren Becher, so dass winzige Rotweintropfen ihre Lippen benetzen. Sie wischt sich über den Mund und fährt dann mit etwas ernsterer Miene fort:»Ich habe das noch gar nicht gefragt, aber hast du eigentlich schon ein Kleid?«Kurz gleitet ihr Blick dabei zu meinem Ringfinger, zu dem feingliedrigen weißgoldenen Band mit dem eingefassten Diamanten in der Mitte, den Lars mir zur Verlobung angesteckt hat, als ich Ja gesagt habe. Selbst im gedimmten Laternenlicht funkelt er noch in einem blassen, silbrigen Schimmer.

»Ja, aber es ist kein typisches Hochzeitskleid«, antworte ich leicht verlegen.»Zwar weiß, aber eher schlicht. Mehr wie ein Cocktailkleid, ohne Schärpe oder Rüschen oder sonstigen Schnickschnack.«

Lars hat es mit mir ausgesucht. Davor hatte ich zwar auch einige der typischen Prinzessinnen- und Meerjungfrauenkleider anprobiert, aber die fand er alle furchtbar. Erst als ich das simple Seidenkostüm anprobierte, fingen seine Augen an zu leuchten:»Das ist es. Das ist dein Kleid.« Eigentlich hatte ich etwas anderes im Sinn gehabt, aber er fand mich so schön darin, dass ich mich auch selbst schön fand, und geht es nicht genau darum am eigenen Hochzeitstag? Außerdem passt es besser zum Setting. Lars und ich planen eine kleine, familiäre Hochzeit im engsten Kreis. Nicht mehr als zwanzig Leute. Ein ausuferndes Brautkleid mit zig Lagen und opulenten Verzierungen wäre da ohnehin übertrieben.

»Und wie geht es dir sonst mit allem? Bist du aufgeregt?« Es ist das erste Mal, dass Nicki mit mir direkt über meine Hochzeit spricht. Davor hat sie das Thema gemieden.»Natürlich! Manchmal kann ich nachts kaum noch schlafen.« Etwas verlegen drehe ich meinen Becher hin und her und betrachte die roten Schlieren, die den Rand hinabgleiten. »Ich liebe Lars, aber ich gebe zu, es geht alles ziemlich schnell. Letzten Monat sind wir erst zusammengezogen. Manchmal kommt es mir verrückt vor, dass wir in drei Wochen bereits vor dem Altar stehen werden. Mann und Frau. Für immer eigentlich. Das ist schon ein großer Schritt, oder?«

»Macht er dich denn glücklich? Ist er …« Nicki beißt sich auf die Unterlippe, während sie nach den richtigen Worten zu suchen scheint. »Ist er gut zu dir?«

»O ja! Er ist großartig. Und er vergöttert mich.« Ich muss schmunzeln. »Das sagt er mir immerzu. Und ständig macht er mir Geschenke. Manchmal ist mir das fast schon unangenehm.« Wie das eine Mal, als er mir ein MacBook nach Hause geschickt hat, nachdem mein Laptop eingegangen war. »Aber er sagt, er kann nicht anders.«

»Das meinte ich nicht.« Nickis Stirn liegt in Falten. Mit einem schweren Seufzer stellt sie ihren fast leeren Becher ab. »Weißt du, ich will dir schon die ganze Zeit etwas sagen.«

Ich hebe die Hand. »Bevor du etwas sagst, ich habe auch noch eine wichtige Sache, die ich schon ewig vor mir herschiebe.« Vielleicht ist es der Wein, vielleicht die Intimität dieser kleinen Welt, die wir inmitten der Wildnis geschaffen haben, aber endlich finde ich den Mut, es auszusprechen.

Nicki runzelt die Stirn noch mehr. »Okay?«

»Ich weiß, du bist kein Fan von zeremoniellen Anlässen, aber ich habe darüber nachgedacht, und Lars will unbedingt, dass ich seine Schwester nehme – was sich einfach nicht richtig anfühlt. Ich will, dass du es bist.«

»Was meinst du?«, fragt Nicki vorsichtig.

Mit einem Grinsen fasse ich nach Nickis Hand. »Ich will, dass du meine Trauzeugin wirst.«

Nicki erbleicht. Ihre Lippen öffnen sich zu einem stummen »O«, doch kein Ton kommt heraus. Ihre Hand zuckt leicht unter meiner, bevor sie sie langsam zurückzieht. »O Jules, ich weiß gar nicht ...« Ihre Stimme klingt brüchig, und die Pausen zwischen ihren Worten dehnen sich qualvoll. »Ich liebe dich, aber ich glaube nicht – «

Nickis restliche Worte werden von lautem Donnergrollen verschluckt. Gleichzeitig packt eine kräftige Windböe das Zelt und bringt alles im Inneren zum Erzittern.

Ein paar Sekunden später trommeln die ersten Regentropfen auf das Zeltdach.

* * *

Nicki und ich wollen nicht gleich aufgeben und hoffen, dass der Sturm schnell vorüberzieht. Steif vor Anspannung kauern wir in unseren Schlafsäcken, während der Wind erbarmungslos gegen die Planen peitscht, die wilde Wellen schlagen. Der Regen hämmert so laut, dass wir unsere eigenen Worte kaum verstehen. Zuckende Blitze zeichnen geisterhafte Silhouetten auf die Zeltwände.

Dann kommt eine besonders starke Böe auf. Sie packt das

Zelt wie eine Faust und schüttelt es kräftig durch. Ich höre die Heringe und Spannleinen nachgeben. Das Zeltdach sackt mit einem nassen Klatschen auf unsere Köpfe herab. Nicki und ich schreien auf. Die Rotweinflasche kippt um, gluckernd ergießt sich der Inhalt über den Boden, durchtränkt meine Decke und das Fußende meines Schlafsacks. Nickis panischer Blick findet mich im Halbdunkel. Ohne Worte treffen wir eine Entscheidung: Hier können wir nicht länger bleiben.

Danach geht alles ganz schnell. Innerhalb von Sekunden packen wir zusammen und stopfen alles, was wir greifen können, obenauf in unsere Rucksäcke. Am Schluss bleiben nur die Isomatten übrig. Hektisch rolle ich sie zusammen. Dabei fällt mir Nickis Notizbuch entgegen, das sie beim Einräumen übersehen hat. Weil sie bereits draußen ist, schiebe ich es in meine Jackeninnentasche und steige in meine Wanderstiefel, bevor ich rückwärts aus dem Zelt stolpere. Die Kälte des Regens ist ein Schock. Ich schnappe nach Luft, bemüht, mich zu sammeln, einen kühlen Kopf zu bewahren, während der Donner wie ein wild gewordenes Tier über unseren Köpfen grollt. Alles ist laut und dröhnend. Der Regen scheint in jede Öffnung zu dringen: in die Ohren, die Nasenlöcher, unter den Kragen meiner Jacke und den Schaft meiner Stiefel. Das Zeltinnere ist überschwemmt. Von einer trockenen Nacht können wir von hier an nur noch träumen. Aber noch wichtiger ist, dass wir jetzt Schutz finden.

»Also doch zur Schutzhütte?«, frage ich Nicki.

»Zu weit weg«, verneint sie und deutet die Anhöhe hinab. »Wir müssen nur von dem Plateau runter und rein in den Wald.«

Wegen des Windes haben wir Mühe, das Zelt richtig abzubauen. Wir können es gerade so notdürftig zusammenfalten und klemmen uns Stangen und Planen unter die Arme. Dann rennen wir los. Dunkelheit und Regen verschleiern uns die Sicht. Ich schalte eine Taschenlampe ein, aber selbst mit dem kräftigen Lichtstrahl können wir uns nur schrittweise vortasten. Wie blind taumeln wir über den steinigen Boden, stolpernd und rutschend, während der Lichtstrahl meiner Lampe in der Dunkelheit zittert.

Nicki und ich gehen eng beisammen, um einander inmitten des Sturms ja nicht zu verlieren. Dennoch drehe ich mich immer wieder zu ihr um, als könnte der Wind sie von einer Sekunde auf die andere einfach davontragen.

»Warte!«, ruft sie plötzlich und zieht an meinem Arm, so dass ich strauchle. »Ich glaube, der Wald war in der Richtung!«

»Bist du sicher?«

Nickis Blick geht hektisch hin und her. »Nein, aber er war auf jeden Fall weiter den Hang hinunter. Wir müssen einfach bergab gehen, dann können wir ihn kaum verfehlen.«

Ich spare mir eine Antwort, weil es zu viel Kraft kostet, gegen den Wind anzuschreien. Ich folge Nicki einfach, als sie weiter vorausgeht, und festige meinen Griff um die Taschenlampe, um ihr den Weg zu leuchten. Es ist erschreckend, wie Regen und Dunkelheit die komplette Landschaft verändert haben. Nichts kommt mir mehr bekannt vor. Jeder Stein, jeder Strauch wirkt fremd, die Konturen verzerrt und formlos.

Ohne Nicki wäre ich hier verloren.

Es dauert fast eine halbe Stunde, bis wir endlich die ersten Bäume passieren. Eine halbe Stunde, in der ich so stark zittere, dass ich nicht einmal mehr normal reden kann. Am liebsten würde ich mich sofort an Ort und Stelle auf den Boden fallen lassen, aber Nicki drängt mich, weiterzugehen. Wir brauchen mehr Schutz, müssen noch ein kleines Stück tiefer in den Wald. Nicki hat recht. Der Wind wird bald besser, und der Regen kommt zumindest nur mehr von oben und strömt nicht länger von allen Richtungen auf uns ein. Doch Blattwerk und Wurzeln machen den Weg auch unwegsamer. Wir befinden uns auf keinem klaren Pfad, müssen immer wieder hochsteigen oder uns bücken, um voranzukommen. Dabei verfangen sich Blätter in meinem Haar, und Äste kratzen mir übers Gesicht.

»Hier«, sagt Nicki endlich und legt die Zeltplanen ab, die sie den ganzen Weg fest an ihre Brust gedrückt hielt. »Hier ist es perfekt.«

Ich möchte weinen vor Erleichterung. Stattdessen atme ich einmal hörbar aus. Mit kältetauben Fingern bauen wir das Zelt erneut auf. Alles ist nass und schlammig. Nicki und ich wischen das Innere mit Tüchern sauber, um den Schlafplatz halbwegs trocken zu bekommen, bevor wir unsere Matten im Inneren ausbreiten. Zumindest hat der Regenschutz über unseren Rucksäcken gehalten, so dass Kleidung und Schlafsäcke trocken geblieben sind. Das Gefühl, in einen warmen Pullover zu schlüpfen, ist himmlisch, dennoch klappern mir vor Kälte immer noch die Zähne.

Ich suche den Gaskocher, um uns Tee zu kochen, doch bevor ich ihn aus meinem Rucksack fischen kann, spüre ich Nickis Hand auf meiner Schulter. Sie scheint etwas sagen zu wollen, doch die Worte versagen ihr, gehen in ein trockenes Hüsteln über.

Sofort lasse ich den Rucksack los und rutsche auf meinen Knien zu ihr herum. »Nicki, was ist los? Alles in Ordnung?«

»Es tut mir so leid«, antwortet Nicki mit einem stockenden Wimmern in der Stimme. »Das ist alles meine Schuld.«

»Hey, hör auf«, sage ich bestimmt und drücke ihren Arm. »Es ist doch alles gut. Wir sind jetzt hier.«

»Nichts ist gut! Du weißt genau, wie das hätte enden können! Wir sind hier mitten in der Wildnis. Was, wenn du dich verletzt hättest?«

»Hab ich aber nicht. Wir sind in Sicherheit. Dank dir. Du hast uns hierhergeführt, schon vergessen? Ohne dich hätte ich nie in den Wald gefunden.«

»Aber ohne mich wärst du auch nie auf die hirnrissige Idee gekommen, auf einem Plateau ohne irgendeinen Schutz zu zelten.« Nicki schlägt sich mit der flachen Hand gegen die Stirn. »Wie selten dämlich kann man nur sein.«

Ich ziehe Nickis Hand von ihrem Gesicht und sehe ihr fest in die Augen. »Das ist nun mal ein Abenteuertrip, oder etwa nicht? Solche Dinge passieren. Es geht mir gut, und ich kenne die Gefahren genauso wie du. Ich hätte Nein sagen können, habe ich aber nicht, also hör auf, dir die Schuld zu geben.«

»Ich wollte einfach, dass alles perfekt ist, weißt du«, sagt Nicki mit einem heiseren Flüstern und wischt sich mit dem Ärmel über die Nase.

Lächelnd breite ich meine Decke aus und ziehe sie um unser beider Schultern hoch. »Du Dummerchen. Es ist doch längst alles perfekt.«

3.

Ich erwache mit einem stummen Schrei, den Mund weit aufgerissen, der Herzschlag rasend. Ich kann mich nicht bewegen. Arme und Beine werden von einem festen Widerstand zurückgehalten. Ich werde immer panischer, strample wie wild um mich, bis mit einem Schlag die Erinnerungen wiederkehren: das Knirschen von Kieseln unter schweren Wandersohlen. Wind. Regen. Der Geruch von Harz und nassem Fels.

Ich befinde mich auf dem Kungsleden in Schweden. Gemeinsam mit Nicki. Was ich für Fesseln hielt, ist nur der Schlafsack, der sich eng um meinen Körper schmiegt. Ich muss einen Albtraum gehabt haben. Mein Herz schlägt noch immer wie verrückt. Die nächsten Sekunden liege ich einfach nur da, starre gegen die finstere Zeltdecke, atme tief ein und aus.

Es muss noch sehr früh sein. Die Sonne ist noch nicht richtig aufgegangen und das Zeltinnere nur durch vage Schemen auszumachen. Fast muss ich nun über meinen Panikausbruch lachen. Ich will Nicki davon erzählen und drehe mich auf die Seite, um zu sehen, ob sie auch schon wach ist. Doch als ich den Arm nach ihr ausstrecke, berühren meine Finger nur kühlen Stoff.

Nickis Schlafsack ist leer.

Ich fahre hoch und greife hektisch nach der LED-Lampe. Doch das Licht zaubert Nicki nicht auf magische Weise wieder herbei. Einzig ihr Rucksack steht noch vor dem Eingang, doch ihre Schuhe und Nicki selbst sind verschwunden. Erst jetzt fällt mir das leise, surrende Geräusch von der Zeltöffnung auf. Der Reißverschluss ist nur zur Hälfte zugezogen, so dass Kälte und Wind durch die Öffnung hereinströmen. Kein Wunder, dass es mich so fröstelt. Zumindest hat es aufgehört zu regnen, aber ich bin dennoch genervt, dass Nicki nicht ordentlich hinter sich zugemacht hat. Schließlich müssen wir hier mitten im Wald mit wilden Tieren rechnen. Im Reservat leben nicht nur Rentiere und Elche, sondern auch Wölfe, Bären und Luchse, die leicht vom Geruch unseres Proviants angelockt werden können.

Ich ziehe das letzte Stück vom Reißverschluss auf und spähe ins Halbdunkel nach draußen. Fast erwarte ich Nicki dort hocken zu sehen, wie sie Kaffee kocht oder sich die Zähne putzt, aber der Platz vor dem Zelt ist genauso leer wie ihre Schlafstelle.

Meine Gedanken galoppieren, doch dann versuche ich mich zu beruhigen. Wahrscheinlich musste sie auf Toilette. Oder sie konnte nicht schlafen und ist kurz spazieren gegangen, um die Gegend auszukundschaften, bevor wir uns wieder auf den Weg machen.

Aber das flaue Gefühl in meinem Magen bleibt. Unsicher blicke ich auf meine Sportuhr, aber der Akku hat mich in der Nacht im Stich gelassen. Anhand des gräulichen Dämmerlichts schätze ich, dass es noch vor sechs Uhr morgens sein muss.

Ich ziehe meine Jacke über und räume den Gaskocher aus, um Kaffee und Frühstück zu machen. Bis der Kaffee fertig ist, ist Nicki bestimmt wieder da.

Doch das ist sie nicht. Die Minuten verstreichen. Der Kaffee erkaltet. Der Haferbrei stockt. Vor Sorge bringe ich es nicht einmal über mich, die bittere Flüssigkeit runterzuschlucken, geschweige denn zu essen.

Die Sonne geht hinter den Wolken auf und erhellt langsam die Schatten um unseren Zeltplatz. Es ist diesig. Nebel hängt tief zwischen den Bäumen, so dass ich nur wenige Meter weit blicken kann.

Dann reicht es mir. Inzwischen muss über eine Stunde vergangen sein. Was, wenn Nicki einen Fluss gesucht hat, um sich zu waschen, und dabei ins Wasser gestürzt ist? Vielleicht braucht sie Hilfe. Auf keinen Fall kann ich länger untätig hier rumsitzen.

Ich lasse meinen Rucksack ebenfalls hier, ziehe mich jedoch warm an, für den Fall, dass die Suche länger dauert. Dann beginne ich damit, Kreise um das Camp zu ziehen, erst kleine, dann immer größere. Dabei rufe ich immer wieder in den Wald hinein nach Nicki.

Keine Antwort. Einzig der Schrei von ein paar Vögeln durchdringt die frühmorgendliche Stille.

Mein Herzschlag beschleunigt sich. Wieso hat sich Nicki so weit entfernt? Das sieht ihr nicht ähnlich. Vor allem an einem uns fremden Ort bei Nacht.

»Nicki!« Ich höre nicht auf, nach ihr zu rufen. Jedes

Mal lausche ich danach angestrengt, ob ich irgendwo in der Ferne ihre Antwort hören kann. Ich bin mir so sicher, dass sie jede Sekunde zurückrufen wird. Etwas schuldig, ein wenig überrascht, aber mit lauter, fester Stimme. Sie wird sagen, sie habe Pilze gesammelt oder nach einem ausgeschilderten Weg gesucht, dem wir später folgen können. Ich würde kurz wütend werden, aber nachdem ich uns den Kaffee aufgewärmt habe, würden wir schon wieder darüber lachen. Bloß ein weiteres Abenteuer. Eine weitere Anekdote, die wir nach unserem Trip ausschmücken und unseren Kolleginnen und Freundinnen erzählen.

Doch meine Rufe bleiben weiterhin unbeantwortet. Verhallen zwischen moosbewachsenen Stämmen und dichten Nebelschwaden.

Ich wünschte, ich wüsste, wo wir sind, dann hätte ich eine Ahnung, wo ich nach ihr suchen könnte, doch bei unserem überstürzten Aufbruch letzte Nacht habe ich komplett die Orientierung verloren. Selbst mit Karte wüsste ich nicht, wohin ich gehen sollte, und die befindet sich in Nickis Rucksack. Der schwere Nebel ist keine Hilfe. Er ist so dicht, dass die Morgensonne kaum hindurchdringt und den Waldboden in ein trübes Halbdunkel taucht. Alles ist grau und finster.

Dann ertönt wieder das Prasseln von letzter Nacht. Regentropfen fallen erst tröpfelnd, dann immer stärker vom Himmel, bis sie schließlich laut trommelnd gegen die gelb verfärbten Blätter der Baumkronen schlagen. Der Wald bietet zumindest etwas Schutz, doch nicht genug, um trocken zu bleiben, weshalb ich die Kapuze meiner Jacke hochziehe und fest unter meinem Kinn verschnüre.

Ich gehe weiter, rufe noch ein paar Mal nach Nicki, aber der Regen nimmt schnell zu, schwächt meine Rufe und meine Schritte. Dann bleibe ich stehen, sehe mich um. Vielleicht sollte ich umdrehen. Nicki hat eine gute Orientierung. Sie weiß, wo unser Zeltplatz liegt. Früher oder später wird sie dorthin zurückkehren, und dann ist es besser, wenn ich sie erwarte.

Ich habe meinen Entschluss gerade gefasst und mache auf dem Absatz kehrt, als ein vertrautes Vibrieren mich mitten im Schritt straucheln lässt. Ungläubig fasse ich an meine Jackentasche, wo mein Handy steckt. Ich habe gar nicht mehr darauf geachtet, weil ich schon seit gestern Mittag keinen Empfang mehr hatte, doch als ich nun auf den Bildschirm blicke, sehe ich gleich mehrere neue Nachrichten aufploppen. Keine von Nicki, aber wenn ich hier Empfang habe, hat sie vielleicht auch welchen? Die Empfangsleiste zeigt jedoch wieder null Balken an. Der Empfang muss ein paar Meter hinter mir gewesen sein.

Ich drehe wieder um, recke das Handy hoch über mir in die Luft. Mein Blick ist auf den Bildschirm geheftet. Dann sehe ich es wieder, einen einzelnen, weißen Balken in der oberen Reihe, und japse leise vor Freude.

Was ich nicht sehe, ist der Ast am Boden vor mir. Ich spüre nur, wie meine Schuhspitze auf plötzlichen Widerstand stößt. Ich versuche mich mit dem anderen Fuß zu fangen, aber der Boden ist aufgeweicht vom Regen, die Erde rutscht einfach unter mir weg, und dann falle ich. Das

Handy fliegt mir aus der Hand. Ich schaffe es gerade noch, die Arme über dem Kopf zu schließen, dann wird alles für einen Moment schwarz.

Ich rolle und rolle, spüre Gestein und Wurzeln unter mir, dann reißt plötzlich etwas an meinem Bein. Der Schmerz lässt mich aufschreien, doch zumindest höre ich auf zu fallen, bleibe endlich liegen, während der Regen mir aufs Gesicht tropft.

Im ersten Moment kann ich mich nicht bewegen. Mein Kopf pocht, und mein Bein schmerzt. Es hat sich in einem Strauch verfangen, aus dem ich mich nun lostrete. Ächzend ziehe ich mich an einem Baum nach oben. Zumindest scheint nichts gebrochen zu sein. Erleichtert stelle ich fest, dass ich noch mit beiden Beinen auftreten kann, auch wenn mir jeder Muskel wehtut. Und sie werden noch viel mehr wehtun, denn der schwierige Part kommt erst: Ich muss wieder die Böschung hinauf, die ich hinuntergefallen bin, aber das ist schwieriger als gedacht. Ich komme höchstens drei Schritte weit, bevor meine Schuhe wieder im Schlamm nach unten rutschen. Es gibt keinen Halt, nichts, an dem ich mich festhalten oder hochziehen könnte.

Wie weit bin ich abgestürzt? Zehn Meter? Zwanzig Meter? Das obere Ende der Böschung ist nicht mehr zu erkennen. Mein Handy liegt irgendwo dort oben, genau wie der Weg zurück zum Zelt. Ich muss es einfach schaffen. Erneut versuche ich es, indem ich um ein paar Meter versetzt gehe, aber auch hier das Gleiche: Der Boden rutscht einfach unter mir weg.

Ich werde einen anderen Weg finden müssen. Wieder spähe ich nach oben und versuche mich zu erinnern, aus welcher Richtung ich gekommen bin. Links? Rechts? Plötzlich weiß ich es nicht mehr. Baumstämme und Sträucher verschwimmen im Regen.

Keine Panik. Jetzt bloß keine Panik. Aber wem mache ich etwas vor? Ich bin allein hier draußen. Ohne Nicki. Ohne Orientierung. Und nun auch noch ohne Handy.

Ich sammle so viel Luft in meiner Lunge, wie ich nur kann, und schreie aus vollem Hals, schreie ihren Namen mit all der Verzweiflung, die ich in dem Moment empfinde.

Noch einmal.

Und noch einmal.

Ein aufgescheuchter Sperling schießt aus einem Strauch hinter mir nach oben und lässt mich verstummen. Hektisch flatternd erreicht er die Baumkronen und erhebt sich in den grauen Himmel darüber. Voller Neid blicke ich ihm nach, von dem Wunsch zerfressen, die Anhöhe ebenso mühelos überwinden und ihm einfach folgen zu können, doch mit einem weiteren kräftigen Flügelschlag verschwindet der Sperling aus meiner Sicht. Er lässt mich allein.

Genau wie Nicki.

4.

Ich werde nie die Nacht vergessen, als ich Lars Christensen zum ersten Mal traf. Andere Frauen behaupten, dass sie zuerst auf die Augen achten, die Körpergröße oder das Gesicht. Aber das Erste, was ich von Lars sah, waren seine Hände. Ein breiter Handrücken mit langen, schlanken Fingern. Kein Ehering, dafür eine teure Uhr mit Goldrahmen und schwarzem Lederarmband.

Die Hand tauchte wie aus dem Nichts neben meinem Gesicht auf, als ich mich zum Schutz vorm nächtlichen Wind einer Hausmauer zugewandt hatte und vergeblich am Rad meines Feuerzeugs drehte, um die Zigarette zwischen meinen Lippen zu entzünden.

»Sie sind viel zu hübsch, um zu rauchen«, sagte er und ließ die silberne Klappe seines Feuerzeugs aufschnappen. Eine kleine Flamme flackerte auf, tauchte sein Gesicht in warmes Licht, während er sie ans Ende meiner Zigarette hielt.

Ich zog fest am Filter, bis das Ende in der Dunkelheit aufglomm. Kalter Rauch füllte meine Lungen. Ich blies ihn durch den Mundwinkel, weg von dem Mann, und lehnte mich leicht zurück, um ihn besser betrachten zu können. Die geschwungenen Wangenknochen, der definierte Kiefer. Selbst das matte Licht der Straßenlaternen ließ keinen Zweifel daran, wie attraktiv er war.

»Und Sie sind zu fremd, um mir irgendwelche Ratschläge erteilen zu dürfen«, bemerkte ich und unterdrückte ein Lächeln. »Außerdem rauche ich nur, wenn ich Alkohol getrunken habe.«

Was ich heute definitiv getan hatte, und nicht zu knapp. Es war ein ausgelassener Abend mit meinen Freundinnen, beziehungsweise war er das bis vor wenigen Stunden gewesen. Jetzt war es vier Uhr morgens, die Nacht neigte sich dem Ende zu.

Der Mann vergrub seine Hand samt Feuerzeug in seiner Manteltasche und blickte die leere Straße hinab. »Warten Sie auf ein Taxi?«

Ich schnippte die Asche meiner Zigarette auf den Asphalt. »Nicht wirklich. Ich hasse Taxis. Ich gehe lieber zu Fuß.« Das stimmte nicht ganz. Mein letztes Geld war für eine Runde Tequila-Shots für meine Freundinnen draufgegangen, die ich unbedingt noch hatte ausgeben wollen. Ich hatte unterschätzt, wie teuer Drinks geworden waren, und war zu stolz, um mir danach Geld von ihnen zu borgen.

»Um diese Uhrzeit?«

Bemüht nonchalant zuckte ich mit den Schultern. »Ich wohne nicht allzu weit.« Weit allerdings für die hohen Schuhe, die ich an diesem Abend trug und in denen meine Füße jetzt schon vor Schmerzen pulsierten. Deshalb die Zigarette. Eigentlich verabscheute ich den Geschmack, aber ich brauchte etwas für die Nerven.

»Soll ich Sie nach Hause begleiten? Ich gehe gerne spazieren.«

Ich lachte. »Danke, aber ich bin durch für heute. Ich will nur noch in mein Bett. Und zwar allein.«

»Das habe ich nicht gefragt. Ich habe gefragt, ob ich Sie zur Haustür begleiten darf.«

Mit hochgezogenen Augenbrauen zog ich erneut an meiner Zigarette. »Bei Männern heißt das normalerweise etwas anderes.«

Der Mann lächelte amüsiert, was meinen Blick auf seine Lippen lenkte. Er hatte schöne Lippen. Voller als gewöhnlich und mit dieser leichten Falte in der Mitte, was seinem Lächeln etwas Verwegenes gab. »Ich bin vielleicht nicht wie die meisten Männer.«

»Vielleicht.« Eine kühle Brise fegte durch die Straße, und ich zog meine Jacke über meinem knappen Cocktailkleid enger um mich. »Ich will trotzdem allein nach Hause gehen.«

»Und wenn ich zufällig in die gleiche Richtung muss?«

Ich schielte auf seine Uhr, die wahrscheinlich mehr kostete als meine Wohnzimmereinrichtung. »Müssen Sie nicht.«

»Vielleicht nicht. Trotzdem würde ich Sie gerne begleiten. Ich kann auch Abstand halten, aber sonst werde ich die ganze Nacht an Sie denken müssen und mich fragen, ob Sie auch sicher nach Hause gekommen sind.«

»Hm.« Betont langsam nahm ich einen weiteren Zug von meiner Zigarette, spürte meine Mundwinkel zucken. »Womöglich gefällt mir die Vorstellung.« Dank der Nacht und des Alkohols fühlte ich mich verwegener als sonst.

»Lars' Lächeln vertiefte sich kaum merklich. »Dann hätten wir beide eine schlaflose Nacht. Sie, weil Sie wissen, dass ich an Sie denke. Und ich, weil ich mir Sorgen machen müsste.« Er legte den Kopf leicht schief, als würde er mich herausfordern. »Klingt das nicht nach einer Verschwendung?«

Jeden anderen Mann hätte ich zu diesem Zeitpunkt zum Teufel geschickt. Ich weiß bis heute nicht, wieso ich es bei Lars nicht tat. Vielleicht war es sein Blick, dieser Mund oder auch nur die Tequila-

Shots, die mich in meinen Entscheidungen und auf meinen Absätzen wanken ließen.

Stattdessen schüttelte ich bloß lächelnd den Kopf. »Tun Sie, was Sie nicht lassen können.« Ich nahm noch einen letzten Zug, drückte meine Zigarette an der Hausmauer aus und ließ sie durch die Öffnung eines Straßengitters fallen.

Das Brennen in meinen Fußsohlen ignorierend, marschierte ich los. Der Mann wartete etwa eine halbe Minute, dann begann er, mir nachzugehen, blieb dabei jedoch immer mindestens zehn Meter hinter mir. Abgesehen von uns waren die Straßen leer, weshalb ich den Klang seiner Schritte hinter mir tatsächlich als beruhigend empfand, obwohl das natürlich dämlich von mir war. Schließlich war er genauso fremd und wenig vertrauenswürdig wie jeder andere Mann, der hier nachts durch die Gegend streifte. Zumindest lenkte seine Anwesenheit mich von dem Schmerz in meinen Füßen ab, und der Rückweg verging schneller als sonst.

Als ich nach der nächsten Biegung endlich den graugrünen Putz meines Wohnhauses ausmachte, beschleunigte ich meinen Schritt, bis ich die letzten Meter fast rannte. Ich schlüpfte durch die Haustür, bevor der Mann auf den Gedanken kommen könnte, mir zu folgen, oder schlimmer noch: ich auf den Gedanken, ihn einfach reinzulassen. Etwas an ihm ließ mich nicht los.

Als ich schon auf halbem Weg die Treppe hoch war, drehte ich mich noch mal um und fischte einen alten Kassenbon und einen Stift aus meiner Tasche. Bringen Sie mir morgen Frühstück?, schrieb ich auf die Rückseite, dann drückte ich die Tür einen Spalt auf und warf den Zettel hindurch. Vielleicht würde er ihn sehen, vielleicht auch nicht. Wahrscheinlich war er längst umgedreht, nachdem ich in den Hausflur verschwunden war.

Aber das war er nicht.

Acht Stunden später stand er wieder davor. Mit einer Papiertüte voller Croissants, belegter Bagels und zwei Bechern duftender Cappuccinos.

Er klingelte bei jedem Namen und verärgerte einen Großteil meiner Nachbarn, bevor er endlich bei mir landete und ich ihn reinließ.

»Ich bin Lars«, sagte er, als ich ihm die Tür öffnete und lächelte wieder dieses leicht schiefe Lächeln, bevor er mir einen der Becher überreichte.

5.

Es hört einfach nicht auf zu regnen. Inzwischen kann nicht einmal mehr das Softshellmaterial meiner Jacke die Nässe fernhalten. Sie kriecht durch sämtliche Schichten meiner Kleidung und hinterlässt eine nasskalte Eisschicht auf meiner Haut, die mich am ganzen Körper zittern lässt.

Ich habe es aufgegeben, nach Nicki zu rufen. Mein Hals ist heiser, und meine Glieder sind taub vor Kälte. Inzwischen will ich nur noch zum Zelt zurück, mich in eine Decke kuscheln und meine tauben Finger an einer heißen Tasse Kaffee wärmen. Wahrscheinlich ist Nicki ohnehin längst zurück und wundert sich, wohin ich verschwunden bin. Es war dumm von mir, sie unvorbereitet zu suchen und mich dabei so weit vom Lager zu entfernen.

Mein Zeitgefühl sagt mir, dass es nun nicht mehr allzu weit sein kann, was mir Mut macht und Kraft gibt. Ich nehme meine Energiereserven zusammen und beschleunige meinen Schritt. Da vorne ist eine Birke mit gespaltenem Stamm, die mir vage bekannt vorkommt, unser Zeltplatz müsste gleich dahinter sein. Doch als ich den Baum passiere, sehe ich nur noch mehr Bäume. Kein Zelt und keine Nicki weit und breit.

Ich stapfe weiter, hebe meine augenblicklich wieder

schwerer gewordenen Beine über nasse Flechten und verrottetes Geäst, während mein Herz vor Unruhe rast. Angst breitet sich in mir aus, und sie wird stärker, als ich merke, dass sich die Bäume um mich herum allmählich lichten. Schließlich trete ich auf eine offene Ebene, der Wald liegt hinter mir, und vor mir dehnt sich das karge Fjell aus, durchsetzt von schroffen Felsen, zerzausten Gräsern und niedrigen Sträuchern, die sich im nassen Wind biegen.

Ich sehe mich in alle Richtungen um in der Hoffnung, irgendwo eine bekannte Markierung zu erkennen, vielleicht sogar den Ansatz eines Weges, aber Nebel und Regen erschweren die Sicht. Während ich gestern noch meilenweit über die Hochebene blicken konnte, bildet sich nun nach wenigen Metern eine graue Wand vor mir, die alles verschluckt.

Nasser Wind peitscht mir ins Gesicht, zerrt an meiner Kleidung und bringt mich fast aus dem Gleichgewicht. Ich wage noch ein paar Schritte hinaus auf die Ebene in der Hoffnung, mehr erkennen zu können, doch die Windböen zwingen mich bald zurück. Also wende ich mich um, kehre in den bleichen, sturmgebeugten Birkenwald zurück und hoffe, dass mich hier wenigstens die Bäume vor dem schlimmsten Regen schützen.

Ist das die Richtung, aus der wir gestern Nacht gekommen sind? Wenn ja, kann ich vielleicht den Weg wiederfinden, den wir genommen haben. Ich wandere eine Zeit lang die Baumgrenze entlang und halte Ausschau, gebe die Hoffnung nicht auf, irgendetwas Vertrautes zu erspähen, aber das Bild vor meinen Augen scheint sich kaum zu verändern. Immer sehe ich nur Birken, windgekrümmtes Geflecht und bleichen, nassen Fels. Irgendwann werden Wind und Regen so heftig, dass ich nicht mehr dagegen ankomme. Der Wind dringt durch jede Pore meiner Kleidung, und das Prasseln des Regens wird zu einem endlosen Trommeln. Rasch flüchte ich tiefer in den Wald und kauere mich unter eine dichte Baumreihe, deren Blätterdach zumindest etwas Schutz bietet.

Ich brauche etwas Zeit, um mich zu sammeln und einen Plan zu schmieden, wie ich wenigstens für einen Augenblick von dieser klammen, grauenvollen Kälte wegkomme.

Meine Finger zittern so stark, dass ich mehrere Versuche brauche, um die Reißverschlüsse meiner Jackentaschen zu öffnen, und der Inhalt ist nicht einmal sonderlich befriedigend. Das meiste meiner Ausrüstung befindet sich in meinem Rucksack oder in unserem Zelt. Mein Handy habe ich unterwegs verloren. Alles, was ich jetzt noch bei mir trage, sind zwei Energieriegel, eine Packung Taschentücher und eine winzige Tüte Erdnüsse, die noch von unserem Snackpaket vom Flug stammt.

Was ich nicht habe: Wasser, Karten, Kompass, Wechselkleidung und ausreichend Nahrung.

Wasser sollte das geringste Problem sein. Im Ernstfall könnte ich Regenwasser sammeln, aber durch das Reservat fließen so viele Bäche und Flüsse, dass es nicht lange dauern sollte, einen zu finden, aus dem ich Trinkwasser schöpfen kann.

Meine größten Probleme sind Nässe und Kälte. Ich trage nur einen Teil meiner Regenausrüstung, meine aktuelle

Kleidung hält gerade mal meine Füße trocken, und nicht einmal das sonderlich gut.

Nicki und ich sind solche Situationen schon einmal durchgegangen. Was tun wir, falls wir uns verlaufen oder einander verlieren? Wir haben ausgemacht, dass wir uns in dem Fall immer am letzten Ausgangspunkt treffen würden, aber genau daran scheitere ich. Es war mein Fehler, weil ich den Zeltplatz ebenfalls verlassen habe, und nun finde ich nicht mehr zurück. Bei besserer Sicht würde es mir deutlich leichter fallen, mich zu orientieren, aber was mache ich jetzt? Planlos herumlaufen kostet mich bei dem Wetter nur wichtige Energie und bringt mich möglicherweise noch weiter von Nicki weg, aber hierbleiben und nichts tun ist auch keine Option. Aktuell sieht es nicht so aus, als würde der Regen bald nachlassen. Die dichte Wolkenwand färbt den Wald so finster, dass ich jedes Zeitgefühl verliere. Es könnte bereits Mittag sein oder noch immer früh am Morgen.

Ich ziehe meine Knie an meine Brust und lege die Arme um mich, um das letzte bisschen Wärme in meinem Körper zu speichern. Unterkühlung ist aktuell meine größte Gefahr. Irgendwie muss ich es schaffen, trocken zu werden und meine Glieder zu wärmen. Feuer ist bei dem Regen keine Option, zumal ich kein Feuerzeug bei mir trage und keine Ahnung habe, wie man ohne eins entfachen kann.

Erst jetzt merke ich, wie unvorbereitet ich eigentlich inmitten dieser Wildnis bin. Ich hielt mich für so erfahren und gerüstet mit meiner Hightech-Kleidung und meinem voll bestückten Rucksack. Doch auf mich gestellt zeigt sich, dass die Natur mächtiger ist, als ich gedacht habe. Lars' Bedenken habe ich mit einem Lachen abgetan, die Abgeschiedenheit des Reservats verstärkte für mich nur den Reiz des Abenteuers. Doch nun sehe ich die Dinge anders. Hier draußen bin ich völlig allein, weit entfernt von jedem markierten Pfad, auf dem ich auf Hilfe hoffen könnte.

Nur die Natur und ich. Wie sehr habe ich mir das gewünscht. Ich hatte nur nicht damit gerechnet, dass sich die Natur gegen mich wenden könnte.

Ich beschließe, hier erst einmal auszuharren und den schlimmsten Regenguss abzuwarten, bevor ich weiterziehe. Ich sammle große Farnblätter und ziehe sie zwischen die Äste über mir, um mir eine Art Unterschlupf zu bauen. Der Regen prallt an meinem improvisierten Dach ab, aber die Kälte bleibt. Sie kriecht mir so tief in die Knochen, dass ich an nichts anderes mehr denken kann.

Vielleicht muss ich doch weitergehen und mich bewegen, um mich aufzuwärmen, aber wenn ich meinen Unterschlupf verlasse, bin ich auch wieder dem Regen ausgesetzt, und die Nässe macht die Kälte noch schlimmer. Meine Gedanken drehen sich im Kreis. Nichts ergibt mehr Sinn. Jeder Weg scheint der falsche zu sein.

Was würde Nicki an meiner Stelle tun? Wahrscheinlich hätte sie nie aufgehört, nach mir zu suchen, egal wie sehr sie gegen die Witterung ankämpfen musste. So ist Nicki, so war sie schon immer. Stur. Tatkräftig. Nicht zu entmutigen. Bei unserem ersten Treffen hat sie mich eingeschüchtert. Damals konnten wir uns nicht ausstehen, worüber wir später oft Witze machten. Nicki hielt mich für unfähig und eingebildet und ich sie für ungehobelt und streitlustig. Ich fuhr sie mit dem Auto an. Unabsichtlich natürlich. Das Ganze passierte auf dem Campusparkplatz kurz nach Beginn unseres ersten Semesters. Ich hatte mir den alten VW Polo von meiner Mutter geliehen und suchte verzweifelt nach einem Parkplatz. Weil ich vor einer Baustelle im Stau gestanden hatte, war ich spät dran und kaute nun vor lauter Stress auf meiner Wangeninnenseite herum. Der Parkplatz war überbelegt, nichts war frei.

Als ich schon meine zweite Runde drehte, fuhr endlich ein Wagen weg und ließ eine Lücke frei, die breit genug war, dass ich mich als Fahranfängerin traute, einen Versuch zu starten. Ich scherte weit aus, um rückwärts einzuparken und dann hörte ich diesen Rums: metallenes Quietschen, gefolgt von einem spitzen Aufschrei. Vor Schreck würgte ich den Motor ab. Ein paar Sekunden später erschien ein wütendes Frauengesicht vor meinem Seitenfenster.

Nicki.

Sie hatte es schon immer geliebt, ihre Frisuren je nach Stimmung und Lebenslage zu ändern. Damals trug sie ihre Haare schulterlang mit einem glattfrisierten Pony und dunkelroten Strähnen.

»Bist du bescheuert? Hast du keine Augen im Kopf?«, schrie sie und schlug mit der flachen Hand gegen den Autorahmen, was wegen der vielen silbernen Ringe an ihren Fingern ein schrilles Klackern verursachte.

Ich ließ das Fenster runter, aber nur einen kleinen Spalt.
»Tut mir leid. Ich hab dich nicht gesehen. Hab ich dich irgendwie erwischt?«

»Nicht gesehen?« Vor Entrüstung blähte Nicki ihre geröteten Wangen auf. »Wie blind kann man sein? Scheiße, sieh dir nur mein Fahrrad an!«

Tatsächlich lugte hinter dem Heck meines Wagens ein am Boden liegender Fahrradreifen hervor. Das Gestell war jedoch so dreckig und verrostet, dass es mich wunderte, wie es davor überhaupt einen Meter gefahren war.

Vor Nervosität knetete ich das Lenkrad. »Mist, ist irgendetwas kaputt gegangen? Habe ich dich verletzt? Soll ich einen Arzt rufen?«

»Am besten einen Augenarzt«, erwiderte Nicki schnaubend. »Du hast Glück, dass ich zu einer Vorlesung muss. Komm mir bloß nicht mehr in die Quere!« Grummelnd hievte sie ihr Fahrrad vom Boden auf, dessen Vorderrad bei jeder Drehung ein hohes Quietschen von sich gab. Sie schob das rostige Ding noch ein paar Meter weiter, bevor sie es gegen einen Baum warf und zum Eingang des Unigebäudes sprintete. Ihre gefärbten Strähnen schimmerten feuerrot im Sonnenlicht.

Ich sah ihr nach, bis sie außer Sicht war, erst dann traute ich mich, auszusteigen und ebenfalls zur Vorlesung zu eilen.

Von da an rollte ich nur noch in Schrittgeschwindigkeit über den Campusparkplatz.

Dass wir zwei Monate später wieder zusammentrafen, war purer Zufall. Ich war von heute auf morgen aus meiner WG geschmissen worden, weil die Freundin des Hauptmieters beschlossen hatte einzuziehen und kein weiteres weibliches Mitglied duldete. Ich hätte wieder bei meiner Mutter einziehen können, doch deren Wohnung lag über eine Stunde vom Campus entfernt. Ich fuhr meine gesamten Habseligkeiten im Auto durch die Gegend und wusste nicht, wohin mit mir. Dann schickte mir meine Mutter den Screenshot eines Facebookposts, wo eine junge Studentin eine Mitbewohnerin suchte. Sie war knapp und direkt formuliert, wie es schon immer Nickis Art war: »Zimmer in Zweier-WG frei. 36 Quadratmeter. Teilmöbliert. Nichtraucher. Nur Frauen!« Darunter ihre Mailadresse, keine Telefonnummer. Das Facebookprofil zeigte lediglich eine Bergsilhouette, kein Gesicht. Hätte ich gewusst, dass die Anzeige von der Wütenden vom Parkplatz stammte, hätte ich niemals reagiert, aber so schrieb ich ihr noch am selben Tag. Nicki lud mich sofort ein, und knappe zwei Stunden später stand ich vor ihrer Wohnungstür.

»Oh«, sagte sie nur, als sie mich erkannte. An ihren Ohren baumelten braun gesprenkelte Muschelanhänger, von denen ich später erfuhr, dass sie sie selbst gebastelt hatte.

»Hi.« Ich lächelte zaghaft, während mein Herz mir in die Kehle sprang.

Ihrem abschätzigen Blick nach zu urteilen war ich mir sicher, sie würde mich wieder wegschicken, doch dann trat sie seufzend beiseite, um mich reinzulassen. Den Unfall erwähnte sie mit keinem Wort.

Die Wohnung lag im obersten Stock eines alten fünf-stöckigen Wohnhauses. Möbel und Böden waren abge-nutzt, dennoch strahlte die Wohnung einen gemütlichen Charme aus, bei dem ich mich sofort heimelig fühlte. Die Decken waren hoch und luftig und die Fensterbretter voll-gestellt mit Pflanzen, die einen frischen, erdigen Geruch verbreiteten.

Nicki erzählte mir, dass die Wohnung ihrer Tante ge-hört hatte und sie erst seit Kurzem hier wohnte. Eigentlich wollte sie allein leben, aber die Betriebskosten waren doch höher als gedacht.

»Wann kannst du einziehen?«, fragte Nicki nach Ende der Führung, die nicht einmal fünf Minuten gedauert hatte.

Ich war vollkommen perplex. Sie hatte mir nicht eine einzige Frage zu meiner Person gestellt. Dass ich sofort einziehen könnte, quittierte sie mit einem zufriedenen Lä-cheln. Gleich darauf bekam ich einen Schlüssel ausgehän-digt, Miete war Ende des Monats in bar fällig. Geputzt wurde im Wochenwechsel. Keine geteilten Lebensmittel. Und das war's. Von da an waren wir Mitbewohnerinnen.

In den ersten paar Tagen sah ich dennoch nur sehr wenig von Nicki. Höchstens morgens, wenn wir beide am Vormit-tag eine Vorlesung hatten und zur selben Zeit aufstanden. Dann war sie immer furchtbar gestresst, goss Kaffee in ih-ren Thermobecher und rannte kreuz und quer durch die Wohnung, um ihre Unterlagen zusammenzusuchen. Un-sere Gespräche beschränkten sich auf »Guten Morgen«, »Hallo«, »Tschüss« und »Die Milch ist alle.«

Trotz allem fing ich an, unser Zusammenleben zu mögen. So schroff Nicki auch war, sie war keine schlechte Mitbewohnerin. Sie hatte keine komischen Marotten, ließ keine offenen Take-Away-Packungen herumliegen oder hörte den ganzen Tag wummernde Musik. Sie fasste meine Hygieneartikel nicht an und machte keine Witze über mein Fach mit glutenfreien Produkten. Nachts war es meistens still in ihrem Zimmer. Keine Partys und kein peinlicher Männerbesuch.

Bis auf diese eine Nacht, die alles zwischen uns veränderte.

Ich wurde davon wach, dass die Wohnungstür mit einem Knall zugeworfen wurde. Laut meinem Handy war es vier Uhr morgens, aber da ich wusste, dass Nicki am Abend mit ihren Freundinnen ausgegangen war, dachte ich mir nicht viel dabei. Doch dann hörte ich ein weiteres Geräusch: polternd, als wäre etwas oder jemand zu Boden gegangen.

Sofort sprang ich auf und rannte zur Tür. Das Dielenlicht war an und beleuchtete, wie ein Mann gerade Nicki am Arm nach oben zog. Sie schien gestürzt zu sein, grinste jedoch.

»Hey, alles in Ordnung?«, fragte ich und blickte zwischen den beiden hin und her. Die Anwesenheit des fremden Mannes war mir etwas unangenehm. Ich trug nur ein übergroßes T-Shirt, das gerade mal den Saum meiner Unterhose bedeckte.

Statt einer Antwort kicherte Nicki bloß und vergrub ihr Gesicht an dem Hals des Mannes. Sie musste sich die Haare an diesem Tag gefärbt haben, was erklärte, wieso das Bad den ganzen Nachmittag über blockiert gewesen war. Statt braun und dunkelrot waren sie nun schwarz und zu einem lockeren Pferdeschwanz gebunden, aus dem sich bereits einige Strähnen gelöst hatten, die ihr im Nacken klebten.

»Alles in Ordnung«, antwortete der Mann an Nickis Stelle und lächelte breit. »Sorry, dass wir dich geweckt haben. Ich bin Milo.«

Milo. War das Nickis Freund? Sie hatte nie einen erwähnt. Er wollte nicht recht zu dem Bild passen, das ich von ihr hatte. Er war jünger als wir, wahrscheinlich gerade mal zwanzig, glatt rasiert und trug ein gebügeltes, weißes Polohemd und beigefarbene Chinos. Gürtel und Schuhe sahen teuer aus, aber sein Aftershave roch billig.

Ich gab mir dennoch Mühe, einen freundlichen Gesichtsausdruck beizubehalten. »Schon okay. Ich habe nur ein Poltern gehört und dachte, ich schau besser nach. Braucht ihr Hilfe?«

»Nicht nötig. Ich bringe sie nur schnell ins Bett.« Milos Blick wanderte zu der Tür gegenüber von meiner. »Ist das hier ihr Zimmer?«

Also nicht ihr Freund. Mein Magen verhärtete sich, als ich sah, wie er sie fest an sich gepresst hielt, damit sie nicht zur Seite wegkippte. Nickis Augen waren offen, aber unfokussiert. Sie schien kaum zu registrieren, wo sie war oder mit wem.

Als Milo Anstalten machte, sie zu ihrer Zimmertür zu zerren, stellte ich mich vor die beiden und griff nach Nickis freiem Arm. »Hey, danke, dass du sie heimgebracht hast. Ab hier übernehme ich.«

»Kein Ding. Ich hab alles im Griff.« Milo zwinkerte und versuchte, sich an mir vorbeizuschieben, doch ich blieb, wo ich war.

»Ich meine es ernst. Du solltest nach Hause gehen. Ich kümmere mich um Nicki.«

Da verschob sich etwas in Milos Gesicht. Der verwegene Charme wich etwas anderem, Dunklerem. »Für wen hältst du dich? Ihre Mutter? Sie hat mich zu sich eingeladen.«

Mein Herz raste. Doch ich reckte das Kinn, bemüht, mir meine Unsicherheit nicht anmerken zu lassen. »Wenn Nicki wieder nüchtern genug ist, um das zu bestätigen, kannst du gerne wiederkommen, aber bis dahin musst du leider gehen.«

»Das geht dich absolut nichts an!«

»Tut es doch. Ich wohne hier. Und Nicki ist meine Freundin.« Das war zwar gelogen, doch das musste Milo nicht wissen.

»Ich habe uns extra ein Taxi hierher bezahlt! Und sie wollte es! Sie hat mich den ganzen Abend angebaggert.«

»Brauchst du Geld für die Rückfahrt? Ich kann dir was geben.« Ich hätte ihm alles gegeben, was ich hatte, damit er einfach verschwand.

»Ich brauch deine Scheißkohle nicht!« Milo schien noch mehr sagen zu wollen, doch in dem Moment gab Nicki ein leises Stöhnen von sich. Ihr Oberkörper krampfte, und dann erbrach sie einen Schwall sauer riechender Flüssigkeit.

Fluchend ließ Milo sie auf der Stelle los, so dass sie umgefallen wäre, wenn ich sie nicht festgehalten hätte.

»Weißt du was, du kannst sie behalten!«, blaffte Milo mit einem angewiderten Gesichtsausdruck und wich vor uns zurück.

Ich war erleichtert, als er kurz darauf die Wohnungstür hinter sich zuwarf.

»Scheißkerl«, murmelte ich.

Dann schleppte ich Nicki, die sich schon wieder übergeben musste, ins Bad. Ihr Körper wurde von Krämpfen geschüttelt, während ich ihre Haare zurückhielt und ihren Rücken streichelte. Sie stand noch immer neben sich, war aber zumindest ansprechbar genug, dass ich ihr anschließend beim Waschen und Umziehen helfen konnte. Ich zog ihr eins meiner Schlafshirts über, weil ich nicht in ihren Sachen rumwühlen wollte. Sie murmelte etwas über ein Wolfsmädchen und dass sie Cocktails hasste, doch als sie ins Bett fiel, schlief sie sofort ein. Ich blieb noch eine Weile bei ihr, kontrollierte ihre Atmung und achtete darauf, dass sie seitlich und nicht auf dem Rücken schlief für den Fall, dass sie sich noch mal übergeben musste.

Als ich danach in mein eigenes Bett kroch, war ich so erschöpft, als hätte ich ebenfalls die halbe Nacht gefeiert.

Nicki schlief den ganzen nächsten Vormittag über. Erst gegen zwölf hörte ich wieder erste Lebenszeichen von ihr: ihre schlurfenden Schritte auf den knarzenden Holzdielen, wie sie sich erst ins Bad schleppte und anschließend in der Küche auftauchte, wo ich gerade bei einem späten Frühstück aus Cornflakes und Kaffee saß. Nicki trug noch immer mein T-Shirt mit dem verblichenen Rosenaufdruck und darüber ihren lose gebundenen grünen Bademantel.

Ihre Augen waren zu müden Schlitzen verengt und von schwarzen Mascararesten verklebt.

»Hey«, sagte sie zur Begrüßung und gähnte in ihre Handfläche. »Hast du Kaffee gemacht?«

Ich blickte zum Herd, wo unser Mokkakocher stand. »In der Kanne müsste noch was sein.«

»Meine Rettung.« Nicki schenkte sich großzügig ein, dann setzte sie sich zu mir an den Tisch. Das tat sie sonst nie. Seit ich hier eingezogen war, hatten wir noch nie gemeinsam gegessen oder beisammengesessen.

Die Cornflakes knisterten in meinem Mund. »Geht's dir schon besser?«, fragte ich zwischen zwei Bissen.

»Na ja.« Nicki verzog die Mundwinkel und nahm einen großen Schluck Kaffee. »War nicht unbedingt mein Abend.«

Ich unterdrückte ein Lächeln. »Dachte ich mir fast.«

»Danke übrigens. Für gestern.« Nickis Ohrenspitzen färbten sich rot, während sie betreten die Kaffeetasse zwischen ihren Händen hin- und herdrehte.

»Keine Ursache. Ich hoffe, es war okay, dass ich den Kerl weggeschickt habe.«

»Ja, das war schon gut so. Der war eh ein Idiot. Keine Ahnung, was mich da geritten hat.« Stöhnend legte Nicki ihr Kinn auf ihrem Unterarm ab. »Er meinte, dass seine Mutter als Lektorin in einem großen Verlag arbeitet und er mein Manuskript bei ihr unterbringen könnte. Im Nachhinein klingt das bescheuert, aber gestern war ich so betrunken, dass ich ihm jedes Wort geglaubt habe und mich von ihm hab abfüllen lassen.«

Ich spülte den letzten Bissen Cornflakes mit einem großen Schluck Kaffee herunter und schob die Schüssel beiseite. »Ich wusste gar nicht, dass du schreibst.«

»Keine Sorge, das tut der Rest der Welt auch nicht. Ist nicht gerade Shakespeare.«

»Zeigst du mir mal was?«

Nicki zuckte die Schultern. Sie wandte den Blick ab, um ihre Mundwinkel spielte ein Lächeln. »Wenn du willst. Du darfst es dann aber nicht gegen mich verwenden.«

»Das kann ich nicht versprechen.«

Nicki verdrehte die Augen, und ich lachte laut. In dem Moment wurden wir Freundinnen. Ein paar Wochen später nahm sie mich mit auf unsere erste Wandertour zum Großen Feldberg, wo ich zum ersten Mal dieses Glühen in der Brust spürte, als ich mit brennenden Lungen über die Welt unter mir blickte. So hoch oben wurde alles andere klein und nichtig. Probleme und Gedanken lösten sich einfach auf, fortgetragen vom Wind, zerbröselt von der Kraft meiner Schritte. Durch Nicki lernte ich die Natur lieben und entdeckte einen wichtigen Teil in mir, aus dem ich Kraft schöpfte, wann immer das Leben versuchte, mich in die Knie zu zwingen. Sie wurde mein Anker, genau wie Nicki.

Ihr Name dröhnt unaufhörlich durch meinen Geist, vermischt sich mit dem Prasseln des Regens und dem Heulen des Windes.

Nicki.

Ich darf nicht einfach aufgeben. Das würde sie auch nicht. Was, wenn sie wirklich verletzt ist und mich braucht?

Womöglich zählt jede Sekunde, in der ich mich hier tatenlos unter einem Baum verstecke.

Ich schüttle meine Glieder, die von der Kälte steif geworden sind, und zwinge mich aufzustehen. Dichte Regentropfen prasseln nach wie vor durch Lücken im Blätterdach, dennoch kommt es mir vor, als hätte der Regen nachgelassen.

Bevor ich aufbreche, sammle ich einen flachen Stein vom Boden auf und ritze mit der spitzen Kante ein großes X in die bleiche Rinde der Birke, unter der ich Schutz gesucht habe. Es wird Zeit, dass ich eine Struktur in meine Suche bringe und nicht länger kopflos durchs Dickicht stolpere. Ich behalte den Stein und wiederhole die Markierung etwa alle zehn bis fünfzehn Meter an den Bäumen, die meinen Weg kreuzen. Dadurch hoffe ich die Gebiete einzugrenzen, die ich bereits durchkämmt habe, und nicht Gefahr zu laufen, mich im Kreis zu bewegen. Oder mich noch mehr zu verlaufen.

Ich rufe auch wieder nach Nicki – nicht ständig, um meine Stimme zu schonen, aber immer wieder für den Fall, dass ich in ihre Nähe komme und sie mich hören kann. Ich rätsele immer noch, was sie dazu bewegt haben könnte, nachts das Zelt zu verlassen. Mich einfach allein zu lassen hier draußen in der Wildnis. Ohne Nachricht oder Hinweis, wohin sie so plötzlich verschwunden ist. Das sieht ihr nicht ähnlich. Aber wie ich gestern bereits feststellen musste, haben wir uns in den letzten Jahren verändert. Vielleicht kenne ich Nicki nicht mehr so gut, wie ich immer dachte.

Mit tauben Fingern hebe ich den Stein erneut an, um ein X in die Rinde des Baumes vor mir zu ritzen. Inzwischen habe ich bereits über zwanzig Bäume auf meinem Weg markiert, dennoch werde ich das dumpfe Gefühl nicht los, mich immer tiefer im Wald zu verirren. Als würde eine unsichtbare Macht mich davon abhalten, den richtigen Weg zwischen all den Steinen und Wurzeln zu finden.

Vielleicht sollte ich doch umkehren und zurück zur Baumgrenze laufen. Auf dem offenen Gelände der Hochebene habe ich zumindest die Chance, mich etwas zu orientieren, sobald sich Nebel und Wolken verzogen haben und die Sicht wieder klar ist. Dann könnte ich versuchen, zurück auf den Kungsleden zu finden. Bei dem Wetter ist es zwar unwahrscheinlich, dass ich auf andere Wanderer treffe, aber der Weg führt direkt an mehreren Schutzhütten vorbei, und ein paar davon haben vielleicht ein Notfalltelefon, mit dem ich Hilfe holen könnte. Für mich selbst – aber was ist mit Nicki? Den Wald zu verlassen hieße, sie ein Stück weit aufzugeben und dazu bin ich noch nicht bereit.

Ich wünschte bloß, ich hätte irgendeinen Anhaltspunkt, damit ich mich bei meiner Suche nicht gar so verloren fühle. Einen Hinweis. Eine Spur. Irgendwas, das mir Hoffnung gibt.

Und da höre ich es: ein dumpfes Rascheln inmitten all des Regens. Sofort wirble ich herum, doch das Geräusch stammt bloß von einem Zweig, den der Wind gelöst hat. Er fällt durch das raschelnde Laub zu Boden, bevor alles wieder still ist. Sonst ist da nichts. Bloß die gleiche Reihe weißer Stämme mit schwarzen Flecken, die mich schon seit

Stunden begleitet. Eine geisterhafte Figur nach der nächsten, aber keine Menschenseele. Keine Nicki. Dennoch bleibe ich kurz stehen und spähe in die neblige Tiefe des Waldes. »Hallo? Nicki, bist du da?« Meine Stimme klingt fremd in meinen Ohren, verschluckt von der dämpfenden Stille um mich herum. Der Nieselregen zieht wie ein feiner Schleier durch die Luft und legt sich kühl auf meine Haut. Nichts rührt sich. Ich bin allein. Mit kältesteifen Fingern ritze ich eine weitere Markierung in den Baum vor mir und setze meinen Weg fort. Das Gelände fällt hier ab, wird steiler und steiniger, so dass ich besonders auf meine Schritte achten muss und nur noch langsam vorankomme. Bedächtig setze ich einen Fuß vor den anderen, während ich mich an den nassen Baumstämmen zu meinen Seiten abstütze. Dazwischen halte ich immer wieder inne, um zu rufen und zu lauschen. Meine Atmung ist laut, der Regen noch lauter. Das Hämmern der Tropfen auf den Blättern über mir überdeckt fast alles andere, aber dann höre ich doch wieder etwas. Dröhnend und kräftig.

Ich kann es erst nicht klar zuordnen, aber ich gehe weiter, immer dem Geräusch nach, bis sich die Landschaft vor mir langsam ändert. Die Vegetation wird lichter, die Birkenstämme stehen nun weiter auseinander, zwischen ihnen wuchern dichte Farne und Gräser, die mir bis über die Knie reichen. Gleichzeitig wird der Boden weicher, matschiger. Meine Stiefel sinken tief ein und hinterlassen spiegelnde Pfützen.

Das Geräusch wird deutlicher: ein tiefes, gleichmäßiges

Rauschen, das sich mit dem Regen vermischt und über alles andere hinwegdröhnt. Ich ducke mich unter einem quer stehenden Ast hindurch richtigliege, und entdecke schließlich den Fluss. Dunkel und sprudelnd schiebt sich das Wasser vorwärts, angeschwollen durch den anhaltenden Regen, der die Strömung zu einem wilden, reißenden Strom hat anschwellen lassen.

Ich atme auf. Ein Fluss bedeutet Orientierung. Womöglich ist es sogar derselbe Fluss, den wir bereits auf dem Hinweg überquert haben. Zwar habe ich keine Karte, um das zu bestätigen, aber wenn ich richtig liege, brauche ich dem Verlauf bloß talabwärts folgen, um aus dem Wald herauszukommen. Im Moment hat jedoch erst etwas anderes Vorrang: Beim Anblick des Wassers merke ich, wie durstig ich bin. Meine Mundhöhle zieht sich zusammen, und meine Lippen beginnen zu prickeln. Habe ich heute Morgen nach dem Aufstehen überhaupt etwas getrunken, ehe ich aufgebrochen bin? Die Angst um Nicki hat mich alles andere vergessen lassen. Nicht einmal meinen Kaffee habe ich angerührt.

Den Hunger werde ich noch einige Stunden überbrücken können, nicht aber den Durst. Doch wieder einmal stellt sich mir die Natur in den Weg. Vor dem Ufer fällt das Gelände steil ab. Die Felsen davor sind spitz und glitschig vom Regen. Ich finde kaum Halt darauf, weshalb ich mich auf allen vieren bewegen muss, während ich vorsichtig über die Felsen hinweg nach unten zum Wasser klettere. Der Fluss rauscht laut unter mir. Über die Oberfläche wirbeln verfärbte Blätter und abgebrochene Äste. Die

Schnelligkeit der Wirbel zeigt, wie stark hier die Strömung ist und wie vorsichtig ich sein muss, um nicht abzustürzen und von ihr fortgetragen zu werden. Das Wasser ist so dunkel, dass es fast schwarz wirkt. Den Grund kann ich nicht erkennen.

Meine Beine und Arme zittern vor Anspannung, während ich bewusst langsam weiterklettere. Wenn ich meinen Fuß ausstrecke, könnte ich mit der Spitze meiner Wanderstiefel bereits die Wasseroberfläche berühren. Ich taste herum und finde endlich einen Vorsprung, auf dem ich mit beiden Beinen Halt finde. Vorsichtig gehe ich auf dem Felsen in die Knie und beuge mich über die schäumenden Wassermassen unter mir.

Normalerweise fließt das Wasser in den umliegenden Flüssen und Seen glasklar, doch der viele Regen hat es trüb und schmutzig gemacht, durchzogen von Erdpartikeln und Pflanzenteilen. Trotzdem schöpfe ich daraus und trinke gierig aus meinen Handflächen. Wer weiß, wann ich das nächste Mal etwas zu trinken finde? Das eiskalte Wasser hinterlässt einen bitteren, erdigen Geschmack auf meiner Zunge. Ich trinke, bis mir fast übel wird, die Erde knirscht zwischen meinen Zähnen. Als ich ausspucke, kämpfe ich mit einem Würgereflex.

Keuchend hebe ich den Blick und folge dem Lauf des Flusses, wie er sich zwischen Felsen hindurchwindet und über moosbewachsene Steine hinwegströmt. Ein paar Meter weiter flussabwärts hat sich ein quer liegender Baumstamm verfangen, dessen Zweige bis ans andere Ufer reichen und dadurch eine Art Brücke bilden.

Äste und Blätter treiben im trüben Wasser vor dem Baumstamm im Kreis, gefangen im aufgewühlten Strudel. Und da schwimmt noch etwas, das meinen Blick fesselt, eine grelle Farbe, die inmitten des grauen Nebels hervorsticht: hellblaues Plastik. Eine Trinkflasche.

Mein Atem stockt.

Nicki hat so eine hellblaue Trinkflasche.

6.

Lars hatte eigentlich nur ein Abenteuer für mich sein sollen. Lockere Dates mit viel Wein, gutem Sex und spontanen Wochenendausflügen in schicke Hotels, die Lars großzügig mit seiner Kreditkarte bezahlte. Er war gut darin, mich zu verwöhnen, aber für mehr schienen wir zu unterschiedlich zu sein. Er der Großstadtjunge aus gutem Haus mit dem durchgetakteten Terminkalender und dem Tesla-Firmenwagen, während ich mich mit schlecht bezahlten Praktika und Gelegenheitsjobs über Wasser hielt und nach dem Studium immer noch nicht wirklich wusste, wohin mit meinem Leben.

Dennoch ertappte ich mich dabei, dass ich immer öfter an ihn dachte. Dass mich der Klang seines Namens zum Lächeln brachte und dass ich ständig mein Handy in der Hand hatte in der Hoffnung, eine neue Nachricht von ihm zu sehen.

Scheiße. Ich war tatsächlich verliebt, und zwar so richtig, zum ersten Mal seit Jahren. Ein berauschendes Gefühl, aber auch eines, das mir Angst machte.

Weil Lars gerade so viel mit einem neuen Projekt um die Ohren hatte, sahen wir uns hauptsächlich am Wochenende, was den Samstag für mich zu dem Tag in der Woche machte, auf den ich am meisten hin fieberte. An diesem Samstag hatte ich die Zusage für einen neuen Job bekommen, zur Feier des Tages lud Lars mich in ein exklusives argentinisches Steakhaus ein. Normalerweise beschränkten sich meine kulinarischen Ausflüge auf den Familienitaliener um die Ecke, und obwohl ich keine große Fleischesserin war, freute ich mich auf den Abend.

Sogar ein neues Kleid hatte ich mir gekauft, das ich mir früher niemals geleistet hätte: ein weinrotes Cocktailkleid mit Spaghettiträgern und verführerischen Spitzendetails am Ausschnitt. Ich wusste, dass Lars die Farbe an mir liebte, und konnte es kaum erwarten, mich ihm darin zu zeigen.

Er holte mich wie immer mit dem Auto ab. Ich stand bereits draußen und wartete auf ihn, als er vorfuhr. Zu meiner Enttäuschung telefonierte er gerade, aber das hinderte mich nicht daran, ihm beim Einsteigen einen Kuss auf die Wange zu hauchen, bevor ich mich auf dem weichen Ledersitz neben ihm niederließ.

Die Fahrt dauerte ewig. Das Restaurant lag ein gutes Stück außerhalb, und im Feierabendverkehr brauchten wir über eine Stunde. Aber das war es wert. Lars bestellte mir zur Vorspeise ein Rindercarpaccio, dessen hauchdünne Scheiben auf meiner Zunge zerschmolzen. Als Hauptgang servierte man mir ein medium gebratenes Filetsteak auf Kürbisgemüse mit Bratkartoffeln. Dazu kräftigen Rotwein, den unser Kellner auf Lars' Winken hin immer wieder nachschenkte, bis ich einen leichten Schwips verspürte.

»Du hast alles aufgegessen. Ich bin beeindruckt«, neckte Lars mich, nachdem ich das Besteck beiseitegelegt hatte und mich mit einem Ächzen gegen die Stuhllehne sinken ließ.

»Ich bin nur beeindruckt, dass mein Kleid noch nicht geplatzt ist. Ich hab schon davor kaum Luft darin bekommen«, sagte ich und hielt mir übertrieben den Bauch, der sich durch den dünnen Stoff nach außen wölbte.

»Es ist die Strapazen wert. Du siehst atemberaubend aus.« Lars strich beim Reden mit dem Daumen über meinen Handrücken. Seine Lippen waren zu seinem verführerischen schiefen Lächeln verzogen. »Ich stelle mir schon den ganzen Abend über vor, wie ich dich später da rausschälen werde.«

Ich gab ihm unter dem Tisch einen spielerischen Tritt. »Falls ich mich heute noch mal bewegen kann, meinst du.«

Als der Kellner kam, lehnte Lars sich zurück, damit er die leeren Teller abräumen konnte. »Hast du irgendwo noch Platz für ein Dessert?«

Ich lachte ungläubig. »Nicht einmal, wenn du mich betäubst.«

»Auch nicht für eine Schokomousse? Das soll hier eine der besten sein.«

Zwiespältig kaute ich auf meiner Unterlippe. »Hm ... vielleicht, wenn wir uns eine teilen?«

Lars reagierte ungewöhnlich still. Da bemerkte ich, dass sein Blick gar nicht mehr mir galt, sondern knapp an mir vorbei zum Eingang glitt. Ich wandte mich um und sah gerade noch eine Gruppe von drei Männern in Anzügen vorbeigehen, die von der Platzanweiserin zu einem Tisch in der Ecke des Raums geführt wurden.

»Alles okay?« Ich hoffte, dass er mir meine Verunsicherung nicht anhörte.

Lars lächelte wieder, während er seinen letzten Schluck Wein trank. »Ich dachte nur, dass es netter wäre, den Abend bei mir ausklingen zu lassen, wo wir ungestört sind.«

»Warum die plötzliche Eile?« Mein Blick wanderte erneut zu der Männerrunde, die Lars so aufmerksam beobachtet hatte. »Kennst du die?«

»Nur flüchtig. Von der Arbeit. Ich habe gerade wenig Lust auf noch mehr Geschäftsgeplänkel, davon hatte ich die Woche genug.« Mit einer schnellen Handbewegung winkte er den Kellner heran und bat um die Rechnung.

»Also doch keine Schokoladenmousse?«, fragte ich.

»Ich dachte, du bist satt?« Lars hob grinsend eine Augenbraue.

»Soll ich eine zum Mitnehmen bestellen?«

»Nein, nicht nötig.« Meine Antwort klang schärfer als beabsichtigt, aber Lars bemerkte es nicht einmal. Sein Verhalten machte mich unruhig. Sein Lächeln wirkte aufgesetzt, sein Blick unkonzentriert und gehetzt. Als die Rechnung kam, zahlte er, ohne einen Blick darauf zu werfen, stand sofort auf und griff nach meiner Jacke, um mir hineinzuhelfen. Fast beiläufig strichen seine Lippen über meinen Hals.

»Na komm«, raunte er. »Ich bin es ohnehin leid, dich angezogen zu sehen.«

Als er meine Hand nahm, stolperte ich fast, so schnell stapfte er zum Ausgang. Und nach drei Gläsern Wein war mein Gang alles andere als stabil. Doch ich war noch klar genug im Kopf, um zu spüren, dass etwas nicht stimmte. Da war eine Anspannung in seiner Haltung, ein unterschwelliger Druck, der mich alarmierte.

Kaum hatten sich die Glastüren des Restaurants hinter uns geschlossen, riss ich meine Hand aus seiner. »Warte mal!« Ich blieb stehen und sah ihn scharf an. »Was ist hier wirklich los?«

»Was meinst du?« Lars' Stimme klang nervenaufreibend gefasst.

»Jetzt tu nicht so, als wär ich bescheuert. Kaum sind diese Männer im Restaurant aufgetaucht, konntest du gar nicht mehr schnell genug wegkommen.«

Mit einem Seufzen vergrub Lars die Hände in seinen Jackenta-schen. »Das hab ich dir doch schon erklärt. Ich hatte einfach keine Lust, von denen in ein Gespräch verwickelt zu werden.«

»Lüg nicht. Es hat mit mir zu tun, oder? Du wolltest nicht, dass sie dich mit mir hier sehen.« Wieso war mir nie aufgefallen, dass die Restaurants, die Lars auswählte, alle ungewöhnlich weit vom Stadtkern entfernt lagen? »O mein Gott.« In dem Moment däm-merte es mir, und die Erniedrigung ließ meine Ohren heiß werden. »Du bist verheiratet, oder? Verfluchte Scheiße, ich hätte es wissen müssen!«

Das Steak und der schwere Rotwein rotierten in meinem Ma-gen. Ich legte eine Hand an meinen Mund aus Angst, mich gleich zu übergeben.

»Unsinn, wovon redest du? Ich bin nicht verheiratet!« Lars legte seine Hand auf meine Schulter und rüttelte leicht daran, bis ich ihm wieder in die Augen sah.

»Was ist es dann?« Ich fegte seine Hand weg, meine Stimme zischend vor Wut. »Wieso verhältst du dich dann so komisch? Ist es dir peinlich, mit mir gesehen zu werden?«

»Du faselst wirres Zeug, natürlich nicht! Sonst wäre ich doch kaum mit dir hier, oder?«

»O ja, das hast du mir gerade deutlich gezeigt!«

»Möchtest du wieder reingehen? Ist es das? Denn wenn wir diese sinnlose Diskussion damit beenden können ...«

»Ich will, dass du mir die Wahrheit sagst«, beharrte ich und spürte meinen Herzschlag rasen. Lieber jetzt, bevor ich mich noch mehr in ihn verliebte und er mir das Herz brach.

»Welche Wahrheit?« Lars verzog das Gesicht und wischte sich mit einer aufgebrachten Geste die Haare aus der Stirn. »Ich bin nicht verheiratet, verdammt noch mal! Du machst hier ein Drama aus nichts.«

»Dann sag mir, was ich für dich bin. Bin ich nur ein Spielzeug für dich? Ein nettes Wochenendabenteuer für zwischendurch?«

Mit einem Mal schwand die Härte aus seinem Blick. »Weißt du das wirklich nicht?« Lars zog mich fest an sich, umschlang mich mit beiden Armen. »Du bist alles für mich.«

Schnaubend drückte ich ihn von mir. »So leicht lasse ich mich nicht abwimmeln. Ich will, dass du die Karten auf den Tisch legst. Wenn du keine feste Beziehung willst, dann raus damit. Ich werd mich nicht von dir ausnutzen lassen.«

»Darum geht es? Glaubst du wirklich, dass ich dich nur benutze? Habe ich jemals etwas getan, um dich so empfinden zu lassen?«

»Nein, das nicht, aber ...« Mir fehlten die Worte.

Plötzlich fühlte ich mich klein und unsicher. Lars' ruhige Stimme und fester Blick brachten mich ins Wanken. Was, wenn er recht hatte? Was, wenn ich mich hier tatsächlich wie eine Verrückte aufführte und bloß der Alkohol meine Sinne benebelte?

Lars spürte meinen Zwiespalt. Erneut zog er mich in seine Arme, und diesmal ließ ich es geschehen, ließ zu, dass er mich umschlang, und presste meine aufgeheizte Stirn an seine Brust.

»Tut mir leid«, flüsterte ich. »Mit mir ging es gerade einfach etwas durch.«

»Schon gut.« Lars' Lippen legten sich auf meinen Kopf. Sanft küsste er mich aufs Haar, während seine Hände beruhigende Kreise über meinen Rücken zogen. »Ich hätte wissen sollen, dass man sich nicht zwischen eine Frau und ihre Schokoladenmousse stellt.«

Lars lachte leise, woraufhin ich ihn spielerisch gegen den Arm boxte. »Mistkerl«, murrte ich liebevoll.

»Was hältst du davon?« Lars verschränkte seine Finger mit meinen und zog mich erneut zum Restaurant. »Wir gehen noch mal rein und bestellen uns das größte Dessert auf der Karte.«

»Und wenn deine Kollegen dich sehen?«

Lars lächelte warm. »Dann stelle ich dich ihnen vor. Als die wunderbarste Person, die ich kenne. Die Frau an meiner Seite.«

7.

Mein Blickfeld verengt sich, bis ich nur noch die Wasserflasche sehe, die im Strudel vor dem umgestürzten Baumstamm kreist. Was, wenn das wirklich Nickis Flasche ist? Wenn sie sich ganz in der Nähe befindet?

Vor Anspannung schaffe ich es kaum zu atmen, während ich vorsichtig über die glitschigen Felsen das Flussufer entlangklettere, um zu dem Baumstamm zu gelangen. Die Flasche behalte ich dabei immer im Blick, als könnte sie jeden Moment verschwinden, wenn ich auch nur eine Sekunde wegschaue. Einmal rutsche ich leicht ab, kann mich aber rechtzeitig mit der Hand an einem Stein abstützen. Der Fluss rauscht bedrohlich nah, meine Beinmuskeln beben, dennoch schaffe ich es irgendwie, den Baumstamm zu erreichen, ohne ins reißende Wasser zu stürzen. Die Wasserflasche dreht sich dort gerade außerhalb meiner Reichweite im Kreis. Ich greife nach einem abgebrochenen Ast und nutze ihn wie einen Haken, um die Flasche näher zu ziehen.

Vor Aufregung zittern meine Hände so stark, dass ich die Flasche kaum greifen kann. Doch kaum dass ich sie aus dem Wasser ziehe, kommt die Ernüchterung. Auf dem Bauch der Flasche prangt eine Animezeichnung halb abgerieben vom Wasser, aber noch gut erkennbar. Nun, da ich sie in Händen halte, sehe ich auch, dass sie nicht wirklich hellblau ist, eher lavendelfarben, und Nickis Wasserflasche überhaupt nicht ähnlich sieht.

Meine Augen haben mir einen Streich gespielt.

Dennoch kann ich den Gedanken nicht abschütteln, dass es genauso passiert sein könnte: Nicki hat sich kurz vom Zelt entfernt, um pinkeln zu gehen oder sich etwas umzusehen, und da hat sie das Rauschen des Flusses in der Ferne vernommen. Sie wusste, dass unsere Wasservorräte fast aufgebraucht waren, und wollte nur schnell zum Ufer, um die Flaschen aufzufüllen. Sie hat nicht damit gerechnet, wie stark der Pegel durch den Regen angestiegen war, oder hat es im Dunkeln nicht richtig wahrgenommen.

Ein falscher Schritt auf den regennassen Felsen, und sie hat das Gleichgewicht verloren. Die Strömung hat sie einfach mitgerissen, ihre Schreie im tosenden Wasser erstickt.

Das Bild in meinem Kopf ist so klar, dass mir ein Schauer über den Rücken läuft. Ich will nicht, dass es so passiert ist – aber es wäre eine Erklärung.

Ich muss dem Flussufer folgen, nur zur Sicherheit. Vielleicht finde ich doch noch einen Hinweis auf Nicki. Die Wasserflasche war es nicht, erweist sich aber als Glücksfund, weil ich dadurch etwas von dem Flusswasser abfüllen kann. Ich stecke sie hinten in meinen Hosenbund, weil ich zum Aufstieg beide Hände brauche. In der Nähe des Baumstamms ist die Uferböschung zwar nicht ganz so steil, aber die Felsen sind kleiner und spitzer, weshalb ich meine Schritte sehr vorsichtig platzieren muss, um zurück zum Waldrand zu gelangen. Langsam und bedacht setze ich einen Fuß vor den anderen, taste mit meinen Händen nach Halt an den Felsen. Der steinige Boden ist uneben und durch den Regen spiegelglatt. Über mir neigt sich eine Birke dem Ufer entgegen. Ich greife nach ihren Ästen, ziehe mich hoch, während mein rechter Fuß Halt in einer schmalen Felsspalte findet. Gerade als ich den anderen Fuß nachziehen will, durchzuckt mich ein scharfer Schmerz. Der Schreck lässt mich aufschreien. Ich verliere mein Gleichgewicht und kann mich gerade noch an der Birke festklammern, um nicht abzustürzen.

Mein rechtes Bein steht in Flammen. Fast rechne ich damit, dass ein Knochen hervorsteht, doch mein Bein ist noch ganz.

Und dann sehe ich sie, wie sie an meinem Fuß vorbei über den Felsen gleitet und nach einem neuen Versteck sucht: eine Schlange. Der graue Körper ist gut getarnt inmitten des nassen Laubs und der Felsen. Ein schwarzes Zickzackmuster ziert ihren Rücken und scheint bei jeder Bewegung lebendig zu werden.

Wimmernd ziehe ich mich noch das letzte Stück hoch. Auf allen vieren krieche ich über die Erde, bis ich endlich mein Bein nachziehen kann. Es ist steif vor Schmerz und lässt sich kaum bewegen. An den Stamm der Birke gelehnt reiße ich das Hosenbein hoch und sehe zwei blutige Punkte.

Gebissen. Das Mistvieh hat mich gebissen. Die Panik macht mich schwindlig, während sich der brennende Schmerz weiter ausbreitet und mir den Atem raubt.

Ich versuche, ruhig zu bleiben, aber der Schmerz macht das unmöglich. Hier gibt es niemanden, der mir helfen kann. Keinen Arzt. Nicht einmal Nicki. Ich bin hier draußen vollkommen auf mich gestellt.

Tränen brennen mir in den Augen, während ich über mein Bein gebeugt kauere und behutsam die Haut um die Bisswunde betaste. Zischend atme ich ein und aus. Es ist fast unmöglich, klar zu denken. Was mache ich jetzt? Der Knöchel schwillt bereits an. Unmöglich, dass ich meinen Weg in dem Zustand fortsetzen kann. Trotzdem muss ich irgendwie weiter, zumindest weg vom Flussufer, das mir so wenig Schutz bietet, und wieder tiefer in den Wald hinein. Keine Ahnung, ob der Schlangenbiss tödlich ist, aber die Kälte ist es bestimmt.

Also zwinge ich mich hoch, einen Arm an der Birke, die Finger in die Rinde gekrallt. Ich versuche aufzusteigen, aber das gebissene Bein will mir kaum gehorchen. Nein, so geht es nicht. Ich brauche irgendwas, um mich zu stützen und das Bein zu entlasten.

Ein paar Meter weiter sehe ich einen abgebrochenen Ast, der groß und stabil genug aussieht, um als Krücke zu dienen. Ich rutsche auf Knien darauf zu und hieve mich erneut hoch. Der Schmerz lässt mich aufkeuchen. Jede Bewegung ist eine Qual. Dennoch klemme ich den Ast unter meine Achsel und mache mit zusammengebissenen Zähnen einen Schritt. Dann noch einen. Ich komme nur kriechend langsam vorwärts, aber es geht voran.

Kalter Schweiß rinnt mir über den Rücken und sammelt sich in meinem Nacken. Schwindel lässt mich taumeln, und mehrmals verliere ich fast das Gleichgewicht. Regentropfen gleiten meine Wangen hinab, vermischen sich mit dem Schweiß, und meine Sicht wird immer mehr zu einem Schleier aus grauen, grünen und schwarzen Flecken. Alles verschwimmt. Ich sehe kaum noch, wohin ich gehe, doch ich setze einen Fuß vor den anderen, mein Bein pocht schmerzhaft bei jedem Schritt.

Dann höre ich etwas. Ein Rascheln, vielleicht sogar Schritte? Oder doch wieder nur ein abgebrochener Ast? Ich halte inne, lausche in die drückende Stille des Waldes. »Nicki?« Meine Stimme ist nur noch ein Krächzen, kaum lauter als das Prasseln des Regens. Wie immer ertönt keine Antwort, aber ich kann nicht anders, als dem Geräusch zu folgen. Humpelnd gehe ich weiter, während die Farben dichter werden und der Regen allmählich nachlässt.

Über mir ragt ein Schatten auf. Bevor ich den Blick heben kann, bleibt mein Fuß irgendwo hängen. Ich stolpere vorwärts und verliere dabei meine Krücke. Gleißendes Feuer schießt von der Bisswunde meinen Knöchel hinauf. Schreiend vor Schmerz strecke ich den Arm aus, um mich am nächsten Baum abzufangen. Ich kralle die Finger ins Holz, aber etwas stimmt nicht. Es fühlt sich anders an – morsch und doch irgendwie glatt, wie geschliffen. Das ist kein Baum. Oder zumindest nicht mehr. Es ist ein Holzbrett. Eine Wand aus Holz.

Verwirrt lehne ich mich zurück, zwinge meinen verschwommenen Blick nach oben, um besser sehen zu können. Ranken und Moos haben das Gebilde fast vollständig überwuchert, so dass es fest mit der Natur verschmolzen ist, doch jetzt, da ich direkt davorstehe, erkenne ich es ganz klar. Eingefallen und halb verrottet, aber noch aufrecht.

Eine Hütte.

Halluziniere ich? Ist der Schlangenbiss dabei, mir den Verstand zu rauben? Wie kann so weit abseits des Pfades eine Hütte stehen? Sie muss gebaut worden sein, bevor der Kungsleden zur Tourismusattraktion wurde. Vielleicht gehörte sie einst einem Jäger oder Fischer aus der Gegend, der hier oben die Einsamkeit suchte. Wer auch immer es war, ist wahrscheinlich schon lange fort.

Oder?

Mit einem Schauer muss ich wieder an das raschelnde Geräusch denken, das mich hergeführt hat, aber das ist Unsinn. Wahrscheinlich war es bloß ein wildes Tier. Ein Fuchs oder Hase. Die Hütte ist kaum mehr bewohnbar. Die Holzwände sind schwarz vor Feuchtigkeit, gespickt mit klaffenden Löchern, durch die sich Ranken und Unkraut winden. Das Dach ist an einer Stelle eingestürzt, dennoch ist dieser Ort meine beste Chance, die Nacht zu überleben.

Mit einer Hand an der morschen Wand humple ich vorsichtig um die Hütte herum, bis meine Finger auf eine Vertiefung stoßen, die sich als Tür entpuppt. Mit einem kräftigen Ruck gibt sie nach. Ein Schwall muffiger Luft schlägt mir entgegen, der Geruch von Moder und Staub und noch etwas anderes, Scharfes, das ich nicht sofort einordnen kann, mir aber den Atem stocken lässt.

Ich muss eine Stufe überwinden, was mich keuchen lässt. Kaum über der Schwelle, breche ich auf meinen Knien zusammen und muss rutschend ins Innere kriechen.

Meine Augen müssen sich erst an das Dunkel im Inneren gewöhnen. Die ersten paar Sekunden bin ich wie blind. Dann tauchen langsam erste Schemen auf: die Kontur einer Holztruhe in der Ecke, ein Tisch, ein eingestürztes Bett. Und zwei blitzende Augen inmitten der Dunkelheit.

Ich schnappe nach Luft, will bereits Nickis Namen rufen, doch im nächsten Moment erkenne ich meinen Fehler. Das ist nicht Nicki, nicht einmal ein Mensch. Dunkle Federn rahmen das Augenpaar ein, dann stößt der Vogel sich bereits von dem Stuhlrahmen ab, auf dem er gekauert hat, und flieht mit ausgebreiteten Schwingen durch das Loch im Dach.

Ich fasse mir ans Herz, das vor Aufregung wild pocht. Obwohl ich endlich so etwas wie Sicherheit gefunden habe, komme ich nicht zur Ruhe. Die Schatten um mich scheinen sich zu bewegen und mich einzukreisen. Ich schließe die Augen gegen den Schwindel und krabble rückwärts, bis ich mit dem Rücken an einer Wand lehne.

Ich nehme tiefe Atemzüge, schmecke meinen sauren Speichel und muss mich fast übergeben. Zumindest bin ich im Trockenen und kann endlich mein Bein ausstrecken. Mit zusammengebissenen Zähnen kremple ich den Hosensaum zurück. Die Eintrittswunden wirken lächerlich winzig im Vergleich zu den Schmerzen, die sie verursachen, bloß zwei rote Punkte, doch die Schwellung ist deutlich größer geworden. Das gesamte Bein scheint zu pochen. Der Schmerz zieht sich inzwischen bis zu meiner Hüfte hinauf, ein brennendes Prickeln, das mich stöhnen lässt.

Draußen grollt wieder der Donner. Kräftige Windböen zerren an den Holzdielen und blasen heulend durch Löcher in den Wänden. Sturmwolken verdunkeln den Himmel und lassen mich im Finstern zurück. Ob Nicki irgendwo Unterschlupf gefunden hat? Sie ist auch ohne Rucksack ganz allein da draußen mit nicht mehr als ihrer Kleidung am Leib als Schutz gegen die Elemente. Ich wünschte, ich könnte ihr sagen, dass alles gut werden wird. Dass ich nicht aufhören werde, sie zu suchen.

Vorher muss ich nur ...

Ich muss ...

Die Augen fallen mir zu, als Schwindel mich übermannt und zu Boden gleiten lässt.

Es tut mir leid, Nicki. Morgen mache ich weiter.

Die Nacht ist trocken, aber kalt. In der Truhe im Eck der Hütte finde ich einige Tierfelle, die von Hirschen oder Elchen stammen müssen. Sie riechen nach Moder und Verfall, dennoch wickle ich mich lagenweise darin ein, um das letzte bisschen Restwärme in mir zu bewahren. Ich schlafe kaum, werde immer wieder wach gerüttelt von Schmerzen und Fieberträumen und dem Hämmern des Regens.

Ständig sehe ich Nickis Gesicht vor mir. Ich will rufen, damit sie sich endlich zu mir dreht und mich ansieht, aber meine Stimme gehorcht mir nicht. Kein Ton kommt heraus. Dann sehe ich, dass sie sich nicht rührt, weil sie es nicht kann. Nie mehr. Weil das Leben aus ihren Augen erloschen ist.

Ich erwache keuchend und schwitzend, den Arm nach etwas ausgestreckt, das ich nicht erreichen kann.

8.

An meinem Geburtstag wollte ich Lars endlich meinen Freunden vorstellen. Bislang hatte ich niemandem von ihm erzählt, weil ich nicht damit rechnete, dass mehr als eine Affäre aus uns würde. Doch seit dem Abend im Steakhaus hatte unsere Beziehung eine neue Richtung eingeschlagen. Lars nahm sich nun auch unter der Woche Zeit für mich und übernachtete sogar regelmäßig bei mir. In meinem Bad stand plötzlich ein Glas mit seiner Zahnbürste, und in seiner Wohnung räumte er sogar zwei Schubladen für mich frei.

Mein letzter Freund Mark war das komplette Gegenteil von Lars gewesen: ein erfolgloser Fotograf, der seine Freizeit damit verbrachte, Haschisch zu rauchen und sich über die Politik zu beschweren, als wäre er der Nabel der Welt. Ich hatte mich von ihm getrennt, als ich herausgefunden hatte, dass er nebenbei dealte, weil seine Fotografie nicht einmal mehr für die Miete reichte.

Lars war so anders, weshalb ich neugierig war, wie meine Freunde nach Mark auf ihn reagieren würden. Neugierig und, zugegeben, auch ein wenig nervös. Aber ich mochte Lars. Ich mochte seinen Charme und seine Verlässlichkeit. Dass er mich jeden Abend nach der Arbeit anrief, um zu fragen, wie mein Tag war. Er hörte mir zu, war geduldig und aufmerksam – Dinge, die ich bei einem Mann nie gesucht hatte, aber nun zu schätzen lernte.

Ich hatte einen Tisch bei meinem Lieblingsitaliener um die Ecke reserviert und Lars gesagt, er solle sich den Abend freihalten. Deshalb war ich verdutzt, als er am Vormittag vor meinem Geburtstag plötzlich mit gepackter Reisetasche vor meiner Tür stand.

»Überraschung«, verkündete er grinsend. »Pack deinen Koffer. Ich hab uns zwei Flüge nach Lissabon gebucht.«

»Was?« Mir klappte der Mund auf. »Jetzt gleich? Bist du verrückt?«

»Jetzt gleich«, bestätigte er und küsste mich auf den Mund. »Unser Flug geht in zwei Stunden. Nachmittags sind wir schon da, schlendern durch die verwinkelten Gassen von Alfama, und abends lassen wir uns von Fado-Musik in einem urigen Restaurant verzaubern. Wie klingt das?«

Ich schaffte es kaum, meine Gedanken zu sortieren. »Du meinst das also ernst? Für wie lange?«

»Nur übers Wochenende. Montag muss ich wieder arbeiten, aber ich dachte, es wäre schön, wenn wir zu deinem Geburtstag etwas Besonderes unternehmen. Du hast doch neulich erwähnt, dass du schon immer mal nach Portugal wolltest.«

Jetzt musste ich lachen. »Das habe ich, aber damit meinte ich doch nicht gleich sofort!«

»Freust du dich nicht? Es sollte mein Geburtstagsgeschenk für dich sein.«

»Natürlich freue ich mich! Aber was ist mit dem Essen morgen? Ich hab schon all meine Freunde eingeladen.«

Lars zuckte die Schultern. »Verschieb das Essen auf nächste Woche. Sie werden es sicher verstehen.«

»Schon, aber bist du nächste Woche nicht auf Geschäftsreise? Ich hätte dich wirklich gerne dabei.«

»Wir finden bestimmt noch genug Gelegenheiten.« Ein leichtes Stirnrunzeln zog sich über Lars' Gesicht. »Es sei denn, du möchtest lieber hierbleiben.«

»Nein, das will ich nicht. Ich freue mich wirklich! Du hast mich nur überrumpelt, aber du hast recht – das Essen können wir nachholen. Ich packe sofort!«

Lars warf einen Blick auf seine Armbanduhr. »Gut, beeil dich besser. In fünfzehn Minuten kommt das Taxi.«

»Du machst mich fertig!« Meine Wangen glühten vor Aufregung, während ich planlos durch die Wohnung lief und versuchte, alles in eine Tasche zu werfen, was ich für den Wochenendtrip brauchen könnte. Laut Wetterapp waren es über zwanzig Grad, weshalb ich sicherheitshalber noch zwei Kleider und einen Bikini obenauf stopfte.

»Hast du deinen Ausweis?« Lars wartete schon an der Tür.

»In meiner Handtasche«, antwortete ich und tastete sicherheitshalber noch mal über die Kontur im Innenfutter.

Lächelnd nahm er mir mein Gepäck ab und gab mir einen schnellen Kuss. »Dann mal los.«

Ich war noch nicht oft geflogen, weshalb ich zusätzlich nervös war, was ich vor Lars zu verbergen versuchte. Immerhin war es nur ein kurzer Flug, knappe drei Stunden, und Lars hatte Businessclass für uns gebucht, was das Fliegen deutlich komfortabler machte, als ich es in Erinnerung hatte.

Bevor wir abhoben, schrieb ich noch schnell in den Gruppenchat, den ich für mein Geburtstagsessen erstellt hatte, dass ich leider krank geworden war. Es war leichter so. Bislang kannte niemand Lars, und ich wollte nicht zugeben, dass ich wegen eines Mannes verschob. Als die ersten Besserungswünsche eintrafen, *nagte das schlechte Gewissen an mir, und ich war erleichtert, als ich mein Handy in den Flugmodus versetzen musste.*

Wir würden das Essen ja nachholen. Und wie oft würde ich schon Gelegenheit haben, nach Lissabon zu reisen?

Ich hasste das schwerelose Gefühl im Bauch, wenn der Flieger das Rollfeld verließ und sich in die Luft erhob. Ich schloss die Augen und krallte mich an den Lehnen fest. Lars machte ein paar Scherze, und ich zwang mich mitzulachen.

Als wir endlich stabil in der Luft waren und das Anschnallzeichen erlosch, ging es mir besser – dachte ich zumindest, bis zwei Stewardessen mit einem Rollwagen neben uns erschienen und uns nach unseren Wünschen fragten. Ich hatte noch nicht gefrühstückt, doch als ich die in Plastik verpackten Sandwiches sah, wurde mir schlagartig übel.

Lars nahm sich ein Sandwich und bestellte zwei Gläser Sekt für uns. Ich stieß mit ihm an, schaffte es jedoch nicht, davon zu trinken.

»Alles in Ordnung?« Lars strich über meine Hand, die noch immer um die Lehne geschlungen war. »Du bist ganz weiß im Gesicht.«

»Ja, alles gut«, murmelte ich. »Ich glaube, ich muss nur ... Ich gehe kurz auf die Toilette.«

Der Rollwagen blockierte den Gang auf meiner rechten Seite, weshalb ich den langen Weg zur anderen Toilette am hinteren Ende des Flugzeugs nehmen musste. Die letzten Meter rannte ich fast, eine Hand über meinen Mund gelegt, und schaffte es gerade noch, mich über die Klobrille zu beugen, bevor ich mich übergab.

Bitterer Speichel rann mir über die Mundwinkel, während ich trocken würgte.

»Geht es Ihnen gut? Brauchen Sie Hilfe?«, fragte eine Frau hinter mir. In meiner Eile hatte ich es nicht einmal geschafft, die Tür hinter mir zu schließen.

»Danke«, murmelte ich, die Wangen heiß vor Scham, und wischte mir über die verschwitzte Stirn. »Es geht schon wieder.« Ich wusch mir das Gesicht am winzigen Waschbecken. Als ich in den Spiegel blickte, erschrak ich. So schlimm hatte ich noch nie aufs Fliegen reagiert, und das, obwohl der Flug bislang völlig ruhig verlief, ohne Turbulenzen.

»Ich kenne das«, bemerkte die Frau mitfühlend, als ich mich durch den engen Flur an ihr vorbeischob. Sie war um die vierzig, trug ein weites Strickkleid und Stiefel. »Bei meinem ersten Kind hatte ich auch furchtbare Morgenübelkeit. Ich habe so viel abgenommen, dass mir niemand glaubte, dass ich schwanger war.«

»Oh, nein.« Ich rang mir ein verkrampftes Lächeln ab. »Ich bin nicht schwanger. Mein Magen hat es nur nicht so mit Fliegen.«

»Verstehe.« Sie nickte, aber an dem sanften Lächeln auf ihren Lippen sah ich, dass sie mir nicht ganz glaubte.

Zurück an meinem Platz, wollte ich Lars schon von dem Missverständnis erzählen, hielt mich dann aber doch zurück. Männer reagierten auf dieses Thema gern komisch, und ich wollte die Stimmung für unseren Trip nicht gefährden. Noch immer hatte ich ein flaues Gefühl im Magen, aber zumindest musste ich während des restlichen Flugs kein zweites Mal auf Toilette rennen.

Lissabon begrüßte uns mit blauem Himmel und gleißendem Sonnenschein. Lars hatte für unser Wochenende ein kleines, elegantes Hotel im Herzen des historischen Alfama-Viertels ausgesucht. Ich war sofort verliebt in die Aussicht von unserer Terrasse, von der aus wir die orangefarbenen Dächer der umliegenden Häuser und den Fluss Tejo überblickten.

Es war erst früher Nachmittag, und Lars wollte gleich losziehen, um mir die Stadt zu zeigen. Er war beruflich schon ein paar Mal hier gewesen und kannte die schönsten Ecken der Altstadt. Ich ging vorher nur schnell ins Schlafzimmer, um mich umzuziehen, weil mir in dem Pullover, den ich zum Fliegen angezogen hatte, im portugiesischen Klima viel zu warm war. Stattdessen schlüpfte ich in eins der Kleider, die mir Lars geschenkt hatte, weil ich wusste, dass es ihm Freude machte. Es war länger und eleganter als die Kleider, die ich normalerweise für mich ausgesucht hätte, aber dennoch hübsch: so dunkelrot, dass es fast schwarz war, und aus einem hauchdünnen, weichen Stoff, der ein seidiges Gefühl auf meiner Haut hinterließ.

Es war bloß etwas eng, vor allem um den Bauch herum. Ich zupfte es vor dem Schrankspiegel zurecht, und – vielleicht war es das Engegefühl oder die Hitze – in dem Moment drehte mein Magen sich plötzlich wieder. Ich stürmte ins angrenzende Bad und schaffte es gerade noch, den Klodeckel hochzuklappen, ehe ich mich erneut übergab.

Dass Lars hereingekommen war, hatte ich gar nicht bemerkt, aber mit einem Mal spürte ich seine Hand auf meinem Rücken.

»Hey, was ist los?«

Meine Beine zitterten, nur mit Mühe kam ich hoch. »Tut mir leid, ich glaube, ich habe mir was eingefangen.«

War es nicht ironisch, dass meine Lüge wahr und ich nun wirklich krank geworden war?

»Schon gut.« Lars ging zum Waschbecken und ließ mir ein Glas Wasser aus der Leitung ein. »Hier, trink erstmal was, vielleicht geht's dir dann besser. Hast du vielleicht etwas Schlechtes gegessen?«

»Nicht, dass ich wüsste.« Aber selbst bei dem Gedanken ans Trinken rumorte mein Magen. Ich musste mich hinlegen. Nur kurz, sagte ich Lars, um ihn nicht zu enttäuschen. Eine halbe Stunde später hatte sich die Übelkeit immer noch nicht gelegt. Lars wurde zunehmend unruhiger, sah immer wieder auf die Uhr und stand seufzend vorm Fenster. Schließlich schickte ich ihn allein los, damit er wenigstens etwas vom Tag genießen konnte, bevor es dunkel wurde.

Er reagierte verständnisvoll und versprach, mir etwas Schönes aus der Stadt mitzubringen, aber ich konnte ihm seine Enttäuschung von den Augen ablesen.

Ich fühlte mich elend, weil ich den Trip ruinierte, nachdem er sich so viel Mühe gegeben hatte, mich zu überraschen, aber mein Körper hatte einfach andere Pläne. Während des Flugs hatte ich das ja noch verstanden, aber warum die Übelkeit jetzt auch noch anhielt, war mir ein Rätsel. Lars hatte mir vom Roomservice eine Gemüsesuppe aufs Zimmer bestellen lassen, damit ich zumindest etwas zu mir nahm, aber nach drei Löffeln wurde mir schon wieder anders zumute.

Die Frau von der Flughafentoilette kam mir wieder in den Sinn, nachdem ich die noch volle Suppenschale von mir weggeschoben hatte. Konnte sie doch recht haben? Ich bekam einen Anflug von Panik, wenn ich nur daran dachte, aber nein, das war unmöglich.

Oder?

Zögerlich legte ich meine Hand auf meinen Bauch und tastete meine Brüste ab. Wäre ich wirklich schwanger, würde ich das nicht merken?

Zugegeben, meine letzte Abbruchblutung während der Pillenpause war etwas merkwürdig gewesen und kaum vorhanden, aber zu dem Zeitpunkt hatte ich mir nicht viel dabei gedacht.

Und wenn ich es wirklich wäre? In den letzten Monaten hatte ich mit niemandem außer Lars geschlafen. Wenn, dann konnte es nur von ihm sein.

Aber das war absurd. Ich war bestimmt nicht schwanger. Das war sicher nur ein kleiner Infekt, der bald verschwinden würde, und dann würde ich über mich selbst lachen, weil ich mir unnötig Sorgen gemacht hatte.

Ich versuchte, den Gedanken abzuschütteln und mich mit Fernsehen und TikTok abzulenken, aber es gelang mir nicht ganz. Immer wieder wanderte meine Hand zu meinem Bauch, während ich mich leise fragte: Was wäre, wenn?

* * *

Lars kam erst spät am Abend zurück, aber ich war noch wach, als er das Zimmer betrat, unfähig, Ruhe zu finden.

Auf Zehenspitzen schlich er zum Bett, stieß mit dem Fuß gegen einen der aufgeklappten Koffer und fluchte leise.

»Hallo?«, sagte ich und richtete mich im Bett auf.

Lars machte Licht, so dass sein verlegenes Lächeln sichtbar wurde. Seine Wangen waren gerötet, vermutlich vom Wein. »Entschuldige. Habe ich dich geweckt?«

»Nicht wirklich«, erwiderte ich, aber meine Stimme war gereizt.

Lars ließ sich am Bettrand neben mir nieder und beugte sich über mich, um mich zu küssen. »Du hast mir gefehlt.«

Wieso war er dann nicht früher zurückgekommen? Aber ich war zu erschöpft zum Streiten und sagte nichts.

»Ich habe dir etwas mitgebracht.« Lars stellte eine zierliche Kartonschachtel auf meinem Nachttisch ab, dem ein zuckriger Geruch entwich. »Pastéis de Nata. Sie sind mit Vanillepudding gefüllt und hier eine Spezialität. Falls du doch noch etwas Appetit bekommst.«

Ich lächelte gezwungen. »Zum Frühstück vielleicht.«

»Geht es dir immer noch schlecht?« Lars legte eine Hand auf meinen Bauch und merkte nicht, wie ich zusammenzuckte.

»Geht so.«

»Und ich hab noch was für dich.« Lars' Augen begannen zu funkeln, als er in seine Hosentasche griff und ein sorgfältig gefaltetes Stück Papier hervorzog, das er vor mir auf der Bettdecke ablegte.

»Eigentlich wollte ich es dir erst morgen geben, aber es ist ja schon fast dein Geburtstag.«

»Was ist das?« Ich faltete das Blatt auseinander, aber das verstärkte meine Irritation nur. Auf dem Blatt Papier standen bloß Worte, zwölf zusammenhanglose Worte. Ich verstand nicht, was sie bedeuten oder was ich mit ihnen anfangen sollte. »Soll das eine Art Gedicht sein?«

Lars gluckste über mein Unwissen. »Das ist die Seedphrase für eine Krypto-Wallet. Ein kleines Geburtstagsgeschenk von mir. Ich habe sie mit ein paar Coins aufgeladen – Währungen, die mir Insider empfohlen haben. Ich richte sie dir morgen auf deinem Handy ein, damit du Zugriff hast. Aber verlier das Blatt bloß nicht, sonst ist alles weg.«

»Oh.« Ich legte das Blatt beiseite und täuschte ein Lächeln vor. »Danke.« Ich hatte mich nie wirklich für Lars' Arbeit begeistern können. *Krypto war mir zu technisch und abstrakt, nicht wirklich greifbar. Außerdem hatte ich gerade ganz andere Dinge im Kopf, um mich für irgendwelche digitalen Währungen begeistern zu können.*

»Wie war dein Abend?« *Lars legte sich neben mich, immer noch vollständig angezogen, und stützte seinen Kopf auf eine Hand, während er mich ansah.*

Wie sollte mein Abend schon gewesen sein? »In Ordnung. *Ich kann jetzt das Fernsehprogramm auf Portugiesisch auswendig.*«

»Ich fühle mich schlecht, weil ich dich allein gelassen habe.« *Lars spielte mit einer Strähne meines Haars, das auf dem Kopfkissen aufgefächert lag.* »Morgen geht es dir bestimmt besser, dann machen wir einen Ausflug zum Strand. Wie klingt das?«

»Mhm.« *Ich täuschte Müdigkeit vor und drehte mich auf die Seite, so dass ich mit dem Rücken zu ihm lag.*

Wenn es mir morgen nicht besser ging, hatte ich ganz andere Sorgen, ob ich es zum Strand schaffen würde oder nicht.

Kurz überlegte ich, es ihm einfach zu sagen. Wieso auch nicht? Es betraf schließlich nicht nur mich, sondern uns beide, aber dann hörte ich, wie Lars aufstand und ins Bad ging. Der Moment verstrich, und ich blieb wieder mal allein mit meinen Gedanken zurück.

9.

Am Morgen ist es geisterhaft still in der Hütte. Der Regen hat endlich aufgehört und scheint alle anderen Geräusche mitgenommen zu haben. Keine Vögel. Kein Rascheln der Blätter. Nicht einmal das Summen von Mücken, das mich den gesamten Aufstieg lang begleitet hat.

Das erscheint jetzt unendlich weit weg, obwohl seit unserem Aufbruch von der Pension keine 48 Stunden vergangen sind. An jenem Morgen waren wir noch so voller Tatendrang und Vorfreude, als könnte nichts uns aufhalten.

Doch etwas hat uns aufgehalten.

Lars musste bereits außer sich vor Sorge sein. Suchte man womöglich sogar schon nach uns? Wie viel Zeit musste verstreichen, ehe man auf dem Kungsleden als vermisst gemeldet wurde?

»Etwas Regen macht uns nichts aus«, hatten wir noch übermütig der Rezeptionistin erklärt, als sie uns vor dem Unwetter warnen wollte.

»Etwas Regen macht uns nichts aus«, wiederhole ich laut, nur um diese grauenvolle Stille um mich herum zu füllen. Wie sehr ich Nicki in diesem Moment vermisse. Sie weiß immer, wie sie mich aufmuntern kann, egal wie aussichtslos eine Situation scheint.

Einmal hatte ich Liebeskummer wegen eines Typen, der mir wochenlang nur etwas vorgemacht und, wie sich herausstellte, eine Freundin hatte. Ich kannte ihn nicht einmal besonders gut und war trotzdem so deprimiert, dass ich mich in meinem Zimmer verkroch und meine Vorlesungen sausen ließ.

Anfangs ließ Nicki mich noch in Ruhe. Sie brachte mir Tee, setzte sich zu mir und machte gelegentlich einen sarkastischen Kommentar, um mich aus der Reserve zu locken. Doch nach zwei Tagen Trübsalblasen hatte sie genug von meinem Drama. Sie stürmte in mein Zimmer und warf mir meine Winterjacke vors Bett, auf dem ich schon den ganzen Vormittag in meinem Pyjama herumlungerte.

»Zieh dich an. Wir gehen wandern.«

»Bist du verrückt? Es schneit seit Tagen«, protestierte ich, ohne mich zu rühren. »Wir können nicht wandern, wenn Schnee liegt.«

Mit einem triumphierenden Grinsen zog Nicki ein Paar Schneeschuhe hinter ihrem Rücken hervor. »Ich habe vorgesorgt. Keine Ausreden mehr.«

Ich starrte sie an. »Du hast Schneeschuhe gekauft?«

»Ausgeliehen«, korrigierte sie. »Weißt du, wie teuer die sind? Und jetzt komm. Du gehst mir langsam auf die Nerven, so wie du hier rumhängst.«

Ich wollte mich weigern, aber ich wusste, dass es zwecklos war. Nicht, wenn Nicki diesen Ton anschlug. Widerwillig schälte ich mich aus der Decke und zog mich an.

Eine halbe Stunde später stapften wir bereits durch einen nahe gelegenen Wald im Taunus, der im Schnee wie verwandelt wirkte. Die sonst vertrauten Pfade lagen unter einer dicken, makellosen weißen Decke verborgen, und die Äste der Bäume bogen sich unter der Last des glitzernden Schnees. Es war geisterhaft still, als würden die frischen Flocken jedes Geräusch verschlucken. Immer wieder segelten sie dick und weich vom Himmel herab, ließen sich in meinem Haar nieder und blieben an den grob gestrickten Fasern meiner Handschuhe haften.

»Siehst du?«, sagte Nicki und zog im Vorbeigehen an einem Ast, so dass pulvriger Schnee über unsere Köpfe rieselte. »Viel besser, als in deinem dunklen Zimmer zu hocken, oder?«

»Vielleicht.« Ich hielt die Arme über den Kopf, um mich vor dem plötzlichen Schneeschwall zu schützen. Meine Finger waren trotz der Handschuhe bereits taub gefroren, aber insgeheim musste ich zugeben, dass es guttat, draußen zu sein. Die klare Luft, die Bewegung, das Knirschen des Schnees unter den Schneeschuhen. Und Nicki, die knapp neben mir ging und mich mit ihrem munteren Lächeln wie immer ansteckte.

»Für jeden negativen Kommentar gibt es einen Schneeball ins Genick«, mahnte Nicki.

Statt einer Antwort verdrehte ich bloß dramatisch die Augen.

Nicki gab mir einen leichten Schubser. »Augenverdrehen zählt auch!«

»Wehe!«, japste ich, aber da formte Nicki bereits den ersten Schneeball zwischen ihren Handschuhen. Ich hielt die Arme schützend über den Nacken und rannte vor, um ihrer Attacke auszuweichen, was auf Schneeschuhen alles andere als einfach ist. Als ich ins Stolpern geriet, musste ich mich an einem Baumstamm festhalten, während Nickis Schneeball knapp an mir vorbeisauste.

Ich folgte dem Schneeball mit den Augen, wie er gegen einen Baum schräg unter mir zerschellte. Bildete ich mir das nur ein, oder bildete der Boden hier einen Hang?

»Warte mal. Ich glaube, wir sind vorhin falsch abgebogen. Hier geht's steil runter.« Meine Schneeschuhe neigten sich bereits gefährlich zur Seite, weshalb ich hastig ein paar Schritte zurücktrat.

»Lass mich mal sehen.« Nicki kam hinter mir hervor, um sich einen Überblick zu verschaffen. »So steil ist es doch gar nicht.«

»Also, ich setze da sicher keinen Fuß runter.«

»Komm, ich hab eine Idee«, sagte Nicki und begann ihre Schneeschuhe abzuschnallen.

»Was machst du da?«

»Das hier ist zu steil für Schneeschuhe. Also rutschen wir runter.« Sie schälte sich aus ihrer Jacke, warf sie auf den gefrorenen Boden und setzte sich darauf wie auf einen Bob. Die Schneeschuhe verstaute sie solange in dem Rucksack auf ihrem Rücken.

»Du bist verrückt.«

»Vielleicht. Aber es wird Spaß machen!«

Ohne zu zögern, stieß sie sich mit den Füßen ab und sauste den Hang hinunter. Der Schnee spritzte in alle Richtungen, und ihre schrillen Freudenschreie hallten zwischen den Bäumen wider, während sie immer schneller wurde.

»Nicki!«, rief ich hinterher, aber sie hörte mich nicht mehr.

Am Fuß des Hügels kam sie zum Stehen und winkte.

»Los, Jules! Komm schon!«

»Das ist nicht dein Ernst!«

»Vertrau mir! Du wirst es lieben! Und es ist ungefährlich. Du isst höchstens ein bisschen Schnee.«

Ich zögerte, aber der Gedanke, den Hang auf den Schneeschuhen hinunterzurutschen – oder besser gesagt: zu stürzen –, war noch weniger verlockend. Widerwillig zog ich meine eigene Jacke aus, setzte mich darauf und stieß mich ab.

Die ersten Meter waren langsam, aber dann nahm ich Fahrt auf. Der Fahrtwind biss mir ins Gesicht, der Schnee spritzte in meine Handschuhe, und ich hatte keine Kontrolle darüber, wohin ich glitt. Trotz allem konnte ich nicht anders, als zu lachen.

Kurz bevor ich Nicki erreichte, rutschte ich zur Seite weg und landete im Schnee, atemlos, aber grinsend.

»Ich hasse dich«, keuchte ich, obwohl das Gegenteil stimmte.

Ich liebte Nicki und liebe sie immer noch. Wieso habe ich zugelassen, dass wir uns so stark voneinander entfernen?

Eigentlich habe ich mir vorgenommen, die Hütte gleich am nächsten Morgen wieder zu verlassen und meine Suche nach ihr fortzusetzen, doch ein Blick auf mein Bein zeigt mir, dass an Gehen erst mal nicht zu denken ist. Die Schwellung ist schlimmer geworden, die Haut um den Biss ist straff gespannt, heiß und bläulich verfärbt. Jeder Versuch, das Bein zu bewegen, sendet Schmerzwellen durch meinen Körper, die mich laut aufkeuchen lassen. Selbst der leichte Druck der Tierfelle fühlt sich unerträglich an. Mit zusammengebissenen Zähnen versuche ich dennoch, mich aufzurichten, aber der Raum dreht sich sofort, und mir wird übel. Halb liegend führe ich die Wasserflasche an meine spröden Lippen und nehme kleine Schlucke. Ich bin so durstig, dass ich mich zusammenreißen muss, um nicht alles auf einmal auszutrinken. Wer weiß, wann ich es das nächste Mal zum Fluss schaffen werde.

Falls ich es jemals wieder schaffe – aber so darf ich nicht denken. Ich werde hier nicht sterben. Und Nicki auch nicht. Wir werden gemeinsam wieder von dieser Hochebene runterwandern, daran muss ich glauben, wenn ich nicht verrückt werden will.

In meinem Magen klafft ein Loch, aber bei dem Gedanken an Nahrung verschlimmert sich die Übelkeit nur.

Im Geist kann ich Nickis Stimme hören, weil ich genau weiß, was sie in so einer Situation sagen würde. »Du musst aber etwas essen. Wie willst du sonst zu Kräften kommen? Willst du ewig hier rumlungern?«

»Ich kann nicht«, raune ich. »Mir ist schlecht.«

»Nur ein kleiner Bissen. Weißt du noch, die Rühreier mit Speck, die ich dir immer gemacht habe, wenn du verkatert warst? Da hast du auch gern gejammert, aber danach ging's dir besser.«

Die Erinnerung lässt mich trotz der Schmerzen lächeln. »Das habe ich nur dir zuliebe getan. Du bist eine grauenvolle Köchin.«

»Und du eine grauenvolle Lügnerin. Jetzt iss endlich.«

Mit schweißklammen Händen nestle ich in meiner Jackentasche, bis ich einen der Müsliriegel zu fassen bekomme. Nicki hat recht. Ich muss bei Kräften bleiben, wenn ich überleben will.

Das Schlingern in meiner Magengegend ignorierend, nehme ich kleine Bissen. Ich kaue langsam, schmecke Mandeln und Blaubeeren und zwinge mich, zu schlucken. Nach der Hälfte wickle ich wieder die Folienverpackung um den Riegel und verstaue den Rest in meiner Tasche. Meine Nahrungsrationen sind schwindend gering, und wer weiß, wie lange ich noch hier ausharren muss. Die Hütte hätte meine Zuflucht sein sollen, doch nun scheint sie immer mehr mein Gefängnis zu werden.

Der Wind jault unablässig um mich herum, weshalb ich die gröbsten Löcher zwischen den morschen Brettern mit den Tierfellen abdichte, die ich erübrigen kann.

Danach döse ich wieder ein, aber mein Schlaf ist unruhig. Ich kann nicht aufhören zu zittern und schrecke ständig hoch, klitschnass geschwitzt und mit rasendem Herzen, als wäre ich gerade durch den gesamten Wald gerannt. Und immer wieder höre ich Nickis Stimme an meinem Ohr, wie sie mir Ratschläge erteilt oder mir in diesen dunklen Stunden einfach nur Gesellschaft leistet.

Es tut gut, sie zu hören, auch wenn ich weiß, dass ich sie mir nur einbilde.

»Lager das Bein hoch und halte es ruhig«, ermahnt sie mich, während das seidige Timbre ihrer Stimme mich einlullt.

»Deck dich wieder zu. Das Fieber gaukelt dir bloß vor, dass dir warm ist.«

»Trink nicht so viel. Die Flasche ist schon fast leer.«

»Ich weiß, dass es dir leidtut.«

»Glaub nichts von dem, was er dir sagt.«

* * *

»Julia!«

Jemand ruft meinen Namen. Ich schrecke auf. Nicht irgendjemand. Nicki. Trotz meines geschwächten Zustands bin ich sofort hellwach und setze mich auf. Draußen ist es schon wieder dunkel. Unmöglich. Habe ich tatsächlich den ganzen Tag verschlafen? Mir kommt es so vor, als wäre gerade noch Morgen gewesen.

Ich bin immer noch schweißgebadet und kann kaum klar sehen. Mein Bein pulsiert und schmerzt schlimmer als zuvor, weswegen ich froh bin, dass ich die Ausmaße meiner Verletzung in der Dunkelheit nicht sehen kann. Trotz der Schmerzen zwinge ich mich dazu, über den Boden bis zum Hüttenausgang zu krabbeln. Die Tür ist bloß angelehnt und lässt sich leicht aufstoßen, dennoch stöhne ich vor Anstrengung.

»Nicki?«, rufe ich und hüstle trocken, als der Laut in meiner Kehle kratzt. »Nicki!«

Gerade regnet es nicht, dafür geht ein heftiger Wind, der die Baumwipfel zum Schwanken bringt und lautstark durch die Blätter rauscht. War das bloß das Jaulen des Windes, das ich im Schlaf vernommen habe, oder ist Nicki wirklich irgendwo da draußen und sucht nach mir?

»Nicki!«

Ein merkwürdiges Gefühl von Déjà-vu erfasst mich. Habe ich nicht eben genau so eine Szene in meinem Traum erlebt? Ich war zur Tür gehechtet, weil ich draußen Geräusche gehört hatte. Dann stand ich da, lauschend, rufend, während meine Augen fieberhaft die dichte Dunkelheit vor mir durchkämmten. In meinem Traum trat Nicki schließlich hinter einem Baum hervor. Erst war ich erleichtert – bis ich sah, dass ihr Gesicht blutüberströmt war. An mehr erinnere ich mich nicht.

Vielleicht ist das ein Zeichen. Vielleicht bedeutet es, dass Nicki wirklich gleich auf diese Lichtung taumeln wird.

Mit rasendem Herzen klammere ich mich am Türstock fest. Der Wind weht mir ins Gesicht und lässt mich noch mehr zittern als ohnehin schon. Da nehme ich eine Bewegung im Halbdunkel wahr.

Trotz meines verschwommenen Blicks erkenne ich sie sofort: Nicki. Mein Atem stockt. Aber sie ist es. Sie kauert unter einem Baum, die Arme schützend über dem Kopf zusammengeschlagen. Vielleicht hört sie meine Rufe deshalb nicht.

»Nicki!« Der Schock lässt mich straucheln. Am liebsten würde ich zu ihr rennen, aber mein verletztes Bein lässt das nicht zu. Halb hüpfend, halb humpelnd muss ich mich vorwärtsbewegen. Nur wenige Meter trennen uns noch, dennoch komm es mir wie eine Ewigkeit vor, bis ich endlich bei ihr bin.

»Nicki.« Ich weine vor Erleichterung, als ich endlich den Arm nach ihr ausstrecken kann. Ich glaube im Dunkeln ihr Haar zu erkennen, doch in dem Moment, als ich es berühre, verwandelt es sich in dürre Zweige, deren spitze Enden über meine Handinnenfläche kratzen.

Ich blinzle. Statt vor Nicki stehe ich vor einem windgekrümmten Strauch. Die zusammengeschlagenen Arme sind in Wahrheit die gebogenen Äste eines Baumes, der über dem Strauch aus dem Boden sprießt. Die eingebildete Bewegung bloß der Wind, der die Äste zittern lässt.

10.

Das Wochenende in Lissabon war ein Reinfall. Ich schaffte es kaum, das Zimmer zu verlassen, und Lars musste alle geplanten Ausflüge allein unternehmen. Meinen Geburtstag verbrachte ich größtenteils im Bett, wo ich ausländische Fernsehserien schaute und mich elend fühlte. Unter anderen Umständen wäre ich genervt gewesen, dass Lars einfach weitermachte, als wäre nichts, und den Kurzurlaub ohne mich genoss, aber bei dem Chaos in meinem Kopf war ich sogar froh darüber, allein gelassen zu werden. Ich brauchte Zeit zum Nachdenken.

Den Flug nach Hause überstand ich glücklicherweise ohne Zwischenfälle, aber schlimmer als die wiederkehrende Übelkeit war diese unaufhörliche Gedankenspirale. Kaum dass Lars mich bei meiner Wohnung abgesetzt hatte, rannte ich zur nächsten Apotheke, wo ich ein pflanzliches Mittel gegen Übelkeit kaufte. Und zwei Schwangerschaftsschnelltests.

Die Tests sollten mich hauptsächlich beruhigen. Drei Minuten warten, dann wäre der Spuk endlich vorbei. Drei sehr lange Minuten, in denen ich nervös auf dem Badewannenrand kauerte.

Nach zwei Minuten hielt ich es nicht mehr aus. Ich ging zum Waschbecken und riskierte einen ersten Blick.

Mein Herz blieb fast stehen.

Zwei Striche.

Das Badezimmer drehte sich, ich klammerte mich am Waschbecken fest.

Wir hatten verhütet. Ich nahm seit Jahren die Pille, und ich war sehr penibel, was die Einnahme anging. Da war jedoch das eine Wochenende gewesen, als ich spontan bei Lars übernachtet hatte und die Pille deshalb erst am übernächsten Morgen nehmen konnte. Ich war mir sicher gewesen, dass die kurze Zwischenpause nicht viel ausmachen würde, aber anscheinend hatte ich mich geirrt.

Zwei Striche.

Scheiße.

Ich hatte mir immer Kinder gewünscht. Irgendwann in einer fernen Zukunft, aber noch nicht jetzt. Nicht so. Lars und ich kannten uns schließlich erst seit wenigen Monaten. Kinder waren in unseren Gesprächen nie ein Thema gewesen.

Womöglich wollte er überhaupt keine.

Oder nicht mit mir.

Um sicherzugehen, machte ich gleich noch den zweiten Schwangerschaftstest einer anderen Marke. Mit demselben Ergebnis.

Zwei Striche. Es gab keinen Zweifel.

Ich war schwanger.

Ich ließ mich auf den Boden sinken und atmete tief aus und ein, war kurz vorm Hyperventilieren.

Was sollte ich jetzt tun? Es Lars sagen? Ich hatte Angst vor seiner Reaktion. Was, wenn er wütend wurde? Wenn er glaubte, dass ich absichtlich schwanger geworden war, um ihm ein Kind anzudrehen?

Nein, es war besser, es ihm nicht gleich zu sagen. Vorher musste ich mir selbst darüber im Klaren sein, was ich wollte, und dabei gab es nur zwei Optionen.

Wollte ich dieses Kind? Oder nicht?

11.

Als ich meinen allerersten Schwangerschaftstest machte, war Nicki bei mir. Ich war gerade frisch mit meinem damaligen Freund zusammengekommen, einem Marketingstudenten, den ich wegen seiner einnehmenden Vorträge bewunderte, und eines Abends bei ihm zu Hause passierte es. Er hatte keine Kondome mehr und meinte, er könne das Gefühl ohnehin nicht ausstehen. Eigentlich wollte ich deshalb gar nicht mit ihm schlafen, doch er ließ nicht locker, redete auf mich ein, streichelte und küsste mich, bis ich schließlich nachgab. Er versprach, vorsichtig zu sein, war es im entscheidenden Moment aber doch nicht.

Ich solle nicht so stressen, sagte er danach. »Wird schon nix passieren.«

Am nächsten Morgen machte ich Schluss, aber die Angst blieb. Als meine Periode zwei Wochen später nicht sofort wie gewohnt einsetzte, geriet ich in Panik. Ich hatte mir einen Test gekauft, doch allein der Gedanke, ihn zu machen, lähmte mich. Die Angst vor dem Ergebnis war zu groß.

Und dann kam Nicki nach Hause. Als sie den ungeöffneten Test auf dem Wohnzimmertisch sah, wusste sie sofort, was los war.

Sie stellte keine Fragen, sondern nahm einfach den Test aus der Verpackung und schob mich ins Bad. Danach hielt sie meine Hand, während ich vor Anspannung die Luft anhielt. Als das Testergebnis negativ ausfiel, weinte ich vor Erleichterung. Nicki hielt mich, bis ich mich beruhigt hatte, und holte dann eine Flasche Rotwein aus dem Schrank. Den restlichen Nachmittag verbrachten wir in kuschlige Decken gewickelt auf dem Sofa. Nicki machte uns dick bestrichene Nutella-Brote und sah mit mir einen Harry-Potter-Film nach dem anderen an, weil sie wusste, dass die Filme mich beruhigten, obwohl sie sie selbst nicht ausstehen konnte.

Habe ich mich eigentlich je dafür bei ihr bedankt? Für all die kleinen Momente, in denen sie mich gerettet hat?

Die Stunden entgleiten mir. Die meiste Zeit schlafe ich, ohne jegliches Zeitgefühl. Als Hunger und Durst mich wecken, fällt diesiges Licht durch die Löcher im Dach der Hütte. Gierig setze ich die Wasserflasche an die Lippen, doch sie ist leer. Ich muss sie irgendwann im Halbschlaf der letzten Nacht ausgetrunken haben.

Ich sauge die letzten Tropfen vom Rand, wodurch mein Durst nur noch stärker wird. Meine Zunge klebt am Gaumen und meine Kehle kratzt so stark, dass sogar das Atmen wehtut. Fluchend lasse ich die Flasche zu Boden fallen, wo sie über den schiefen Holzboden davonrollt.

Seit Beginn der Wanderung kämpfe ich gegen die herabströmenden Wassermassen, und nun soll mir ausgerechnet fehlendes Wasser zum Verhängnis werden.

Mit hämmerndem Schädel fummle ich meinen letzten halben Müsliriegel aus der Packung. Danach bleiben von meinem Proviant nur mehr die Erdnüsse. Wie lange ich wohl noch hier ausharren kann? Ohne Nahrung, ohne Wasser? Ich könnte versuchen, mich noch mal zum Fluss zu schleppen, oder Regenwasser auffangen, aber wie soll ich hier draußen an Essen kommen? Ich bin nicht gerade in der Verfassung zum Jagen, außerdem kann ich kein Feuer machen.

Lars würde sagen, er habe mich ja vor der Wildnis und der Abgeschiedenheit gewarnt. Und nun befinde ich mich nicht einmal mehr auf einem gekennzeichneten Weg, sondern mitten im Nirgendwo, versteckt in einer verlassenen Hütte, von deren Existenz wahrscheinlich kein lebender Mensch mehr weiß.

Nein, Hilfe kann ich hier keine erwarten. Ich muss mir selbst helfen, bis ich wieder bei Kräften bin, um zurück auf den Kungsleden zu finden. Aktuell bietet die Hütte Schutz vor Regen und Kälte, aber wenn ich zu lange bleibe, wird sie irgendwann mein Ende sein.

Bei dem Gedanken fröstelt es mich, und die Krümel des Müsliriegels bleiben mir im Hals stecken. Der nagende Hunger frisst ein Loch in meinen Magen, doch zumindest die Schmerzen in meinem Bein lassen langsam nach. Ich kann noch nicht auftreten, aber das Brennen ist etwas weniger geworden, was mir Hoffnung gibt. In meinen dunkelsten Stunden hatte ich bereits befürchtet, an einer Blutvergiftung zu sterben.

Ich kann zwar kaum gehen, aber ich schaffe es, mit ausgestrecktem Bein über den durchlöcherten Boden zu robben. Im schummrigen Tageslicht möchte ich noch einmal alles gründlich durchsuchen. Vielleicht finde ich doch noch etwas, das mir in meinem Zustand helfen könnte. Der Gedanke treibt mich an, auch wenn die Hütte bislang kaum etwas zu bieten hatte. Es gibt keine Kochstelle, keinen geheimen Lebensmittelvorrat, und die wenigen Möbelstücke sind alt und morsch. Die Truhe habe ich bereits durchsucht, aber abgesehen von den modrigen Tierfellen, ein paar rissigen Lederriemen und einem rostigen Jagdmesser konnte ich nichts Brauchbares finden. Das Messer wirkte erst vielversprechend, aber was hilft es mir ohne Beute? Und ich bezweifle, dass ich in der Lage sein werde, etwas Größeres als einen Käfer zu fangen. Ich habe es dennoch gerne in meiner Nähe, weil es mir ein Gefühl von Sicherheit gibt.

Die Hütte scheint größtenteils aus Staub zu bestehen. Das zusammengekrachte Bett steht direkt unter dem Loch im Dach, weshalb ich den Boden als Schlafstelle bevorzuge. Feuchtes Laub und Zweige bedecken das Gestell, das gerade mal groß genug für eine Person ist. Wer auch immer diese Hütte früher genutzt hat, muss also allein gelebt haben. Wegen der Felle und des Messers tippe ich auf einen Jäger oder Wilderer. Außerdem habe ich einen recht großen, dunklen Fleck in der Nähe der Tür entdeckt, der getrocknetes Blut sein könnte. Tierblut, wie ich hoffe.

Ich taste mit der Hand unter dem Bett umher. Eigentlich erwarte ich nicht wirklich, etwas zu finden, und bin überrascht, als ich eine Schüssel ertaste. Sie ist etwas unförmig, sieht aus wie selbst geschnitzt. Nicht gerade nützlich ohne Nahrung, aber nach kurzer Überlegung fällt mir doch ein guter Zweck dafür ein.

Ich robbe nach draußen, wo ich die Schale knapp vor der Hütte auf dem Boden abstelle. Wenn es wieder regnet, sammelt sich darin hoffentlich etwas Wasser, aber ausgerechnet jetzt verziehen sich die Wolken. Hier und da kann ich sogar zum ersten Mal seit Tagen Flecken von Blau am Himmel erkennen, was ein gutes Zeichen wäre, wäre meine Kehle nicht so ausgedörrt.

Ich lasse mich auf die Treppenstufe vor dem Hütteneingang sinken und massiere behutsam mein Bein, das von der vielen Bewegung wieder schmerzhaft pocht. Vor der Hütte breitet sich eine kleine Lichtung aus, auf der sich nun, da das Unwetter weitergezogen ist, Insekten und kleinere Tiere inmitten der üppigen Pflanzenwelt tummeln. Bestimmt sind einige der Gewächse und Pilze, die hier wuchern, essbar, aber ich möchte kein Risiko eingehen.

Nicki wüsste, was genießbar ist und was nicht. Auf unseren Wanderungen kannte sie stets die Vögel und Pflanzen, die unseren Weg kreuzten. Sie wusste sogar, welche wilden Kräuter gegen Magenkrämpfe oder Halsweh halfen. Manchmal pflückte sie unterwegs welche und kochte uns am Abend einen bitteren Tee daraus. Das Wissen hatte sie von ihrer Großmutter, auf deren Hof Nicki einen Großteil ihrer Kindheit verbrachte.

Ich habe mich immer gefragt, wie jemand wie sie, die so eine starke Verbundenheit zur Natur verspürt, in einer Großstadt leben kann. Irgendwann würde sie aufs Land rausziehen, hat sie immer gesagt. In die Nähe der Berge, wo der würzige Duft der Wälder die Abgase der Stadt verdrängt. Irgendwann.

Nun frage ich mich, ob dieses Irgendwann jemals für sie kommen wird. Mit zurückgeneigtem Kopf sehe ich über die Baumwipfel hinweg in den weiten Himmel.

Nicki, wo bist du?

Wir haben uns schon einmal in der Wildnis verlaufen. Das ist fast zehn Jahre her, aber damals hatte ich nicht so viel Angst. Weil wir zusammen waren und ich wusste, dass ich auf Nicki zählen kann, obwohl es ihre Schuld war, dass wir überhaupt die Orientierung verloren hatten. Wir waren für ein Wochenende zum Wandern in die Bayerischen Alpen gefahren. Es war ein schwüler Sommertag, und wir hatten unsere Badesachen dabei, weil Nicki uns zu einem geheimen Bergsee führen wollte, der wegen des steilen Geländes nur schwer erreichbar war.

Sie schwärmte die ganze Zeit vom tiefen Grün des Sees und dass nur wenige Leute überhaupt von ihm wussten. Wir würden das glasklare Wasser ganz für uns haben. Höchstens eine Stunde zu Fuß, hatte Nicki gesagt, aber die Mittagshitze wurde immer drückender, die Stunde verstrich, und Nicki wurde immer stiller. Dennoch gingen wir noch eine weitere halbe Stunde, bis sie zugab, dass sie sich verlaufen hatte. Wir fanden auch nicht mehr auf den Weg zurück, den wir gekommen waren, weil Nicki bei ihrer Suche nach dem See kreuz und quer durch den Wald marschiert war.

Nicht mal Handyempfang hatten wir, was mich zusätzlich nervös machte. Aber Nicki blieb ganz ruhig. Sie ließ ihren Rucksack fallen und beschloss, dass wir jetzt erst mal picknicken sollten, um uns zu sammeln. Sie knabberte an ein paar Vollkorncrackern, während sie mit einem Ast Linien in den Waldboden zeichnete.

»Okay«, sagte sie schließlich, während sie Brösel von ihrer Wanderhose schnippte. »Lass uns überlegen. Wir sind vom Parkplatz aus gestartet, die Sonne stand da drüben.« Sie deutete mit dem Ast auf die Bäume, die wir passiert hatten. »Also ist das Westen.« Sie zog eine weitere Linie in den Boden. »Wenn wir jetzt versuchen, nach Osten zu laufen, sollten wir irgendwann wieder auf einen Weg stoßen, der uns zurückführt.«

Skeptisch sah ich sie an. Obwohl ich ebenfalls hungrig war, brachte ich keinen Bissen runter. »Und wenn nicht?«

Nicki grinste leicht. »Dann suchen wir neue Orientierungspunkte. Flüsse, Hügel – irgendwas, das uns bekannt vorkommt.«

Ich vertraute ihr. Selbst als sie anfing, mich durch dichtes Gestrüpp den Berghang hinabzuführen. Meine Hände waren bald zerkratzt, meine Beine brannten von den Brennnesseln, die wir durchqueren mussten, doch Nicki ging einfach weiter, so geradlinig, als würde sie einem inneren Kompass folgen.

Und tatsächlich: Nicht einmal eine Stunde später taumelten wir durchs Dickicht auf einen Forstweg, dem wir zurück bis zum Parkplatz folgen konnten.

Als unser Auto in Sicht kam, grinste Nicki wieder und

wischte sich den Schweiß von der Stirn. »Weißt du«, sagte sie, »vielleicht sind wir direkt am See vorbeigekommen. Der war bestimmt ausgetrocknet. Klimawandel und so.« Trotz meiner Erschöpfung liebte ich das an ihr. Dass sie selbst nach so einem Tag nicht verzagte und alles gab, um mich aufzumuntern.

Und sie hat uns zurückgeführt. Mit ganz einfachen Methoden, ohne Handy oder Karte. Das heißt, ich kann das auch.

Ich hieve mich an meiner Krücke hoch und nutze mein gesundes Bein, um Laub und Zweige beiseitezutreten, bis ich eine freie Fläche habe, auf der ich mit einem spitzen Ast Markierungen einzeichnen kann.

Ich schätze, dass wir frühen Nachmittag haben, dann wäre das Waldstück, über das die Sonne gerade zieht, also Süden oder Südwesten. Das werde ich bei Sonnenuntergang überprüfen können. Ich zeichne eine Art Kompass auf den Boden und dazwischen einzelne Markierungen und wo sie meiner Einschätzung nach ungefähr liegen, wie die Hütte und der Fluss. Nicki war diejenige, die die Wanderkarten studiert und die Navigation übernommen hat, aber auf der Busfahrt nach Ammarnäs habe ich mir die Karte auch einmal angesehen. Der Kungsleden zwischen Ammarnäs und Hemavan verläuft Richtung Südwesten, also müsste der ungefähr hier sein, überlege ich und zeichne ihn grob etwas außerhalb meiner Kompasszeichnung ein. Der Zeltplatz liegt irgendwo dazwischen in nordwestlicher Richtung. Das ist noch lange keine genaue Weganweisung, aber zumindest ein Anhaltspunkt, an den ich mich halten kann, sobald ich wieder fit genug bin, um einen längeren Fußmarsch zu wagen.

Vielleicht morgen. Nachdenklich wippe ich auf meinem verletzten Bein vor und zurück und belaste es vorsichtig. Wenn ich nicht will, dass mir der Proviant ausgeht, darf ich nicht zu lange warten, egal wie schlimm die Schmerzen sind.

Ich lasse meinen Blick über die Lichtung und die Baumwipfel schweifen, die sanften Hügel, die sich dahinter abzeichnen, und versuche, mir alles genau einzuprägen, um mich später besser orientieren zu können. »Berge sind der beste Wegweiser«, hat Nicki gern gesagt.

Da flackert etwas in mein Blickfeld. Ein winziger Schatten, kaum mehr als ein Punkt am Horizont, bewegt sich langsam oberhalb der Bäume. Erst denke ich, dass es ein großer Vogel sein muss, ein Adler vielleicht, der lautlos seine Bahnen zieht. Doch dann höre ich dieses Brummen, ein tiefes, gleichmäßiges Dröhnen, das die friedliche Stille des Waldes durchbricht. Der Punkt bewegt sich gleichmäßig weiter am Himmel. Ich keuche vor Aufregung, als ich begreife, was ich da sehe, während die Rotoren silbrig im Sonnenlicht aufblitzen.

Ein Helikopter.

Da oben, hoch über mir, fliegt ein Helikopter.

Sofort hechte ich los. Die Schmerzen ignorierend, humple ich los und winke hektisch mit den Armen.

»Hey!« Ich brülle aus vollem Hals, und für einen Moment glaube ich, ich bin gerettet. Endlich kommt Hilfe. Doch dann merke ich, wie weit weg der Helikopter und dass er in die entgegengesetzte Richtung unterwegs ist. Der Punkt wird immer kleiner, ist schon fast aus meinem Blickfeld verschwunden. Unmöglich, dass er mich hier sieht. Langsam lasse ich die Arme sinken. Mein Hoffnungsschimmer erlischt. Der Himmel ist wieder blau und strahlend, ohne Schatten, ohne Bewegung.

Der Helikopter ist fort, und ich bleibe erneut allein zurück.

Aber wo ein Helikopter ist, kommen vielleicht noch weitere. Hier in der Gegend werden sie wegen des unwegsamen Geländes häufig für Ausflüge ins Naturreservat genutzt. Gut möglich, dass wegen des Sturms auch welche ausgesandt wurden, um nach verletzten Wanderinnen Ausschau zu halten.

Mein Herz beginnt zu rasen. Wenn dem so ist, dann muss ich unbedingt dafür sorgen, dass ich nicht noch mal übersehen werde.

Feuer zum Beispiel. Die Rauchsäule wäre selbst aus großer Entfernung sichtbar, aber hier draußen sind meine Möglichkeiten begrenzt. Ich brauche etwas Einfacheres. Mein Blick schweift über die Lichtung vor der Hütte. Sie ist nicht groß, aber offen genug, um ein Zeichen darauf zu legen. Eine Art SOS Dank des Sturms liegt genug Material herum.

Auf meine Krücke gestützt, suche ich das Gelände nach passenden Zweigen und Ästen ab, die der Wind über den Boden verstreut hat. Gleich neben der Hütte finde ich einen besonders langen Ast. Mit einem Ruck wuchte ich ihn hoch und ziehe ihn an die Stelle, wo der erste Buchstabe entstehen soll.

»H« forme ich lautlos mit den Lippen und stemme mein Gewicht auf den Ast, um ihn fest in den weichen Boden zu drücken.

Ich arbeite weiter, ziehe dicke Äste hinter mir her, während ich mit den Augen den Boden absuche. Kleinere Zweige und Blätter schiebe ich mit der Spitze meiner Krücke zur Seite.

H, E, L. Die Buchstaben nehmen langsam Form an, krumm und improvisiert, aber klar erkennbar. Ich hole tief Luft, wische mir mit dem Handrücken Schweiß und Schmutz von der Stirn und beginne das P zu legen.

Am Ende sammle ich noch einige rote Blätter und verteile sie am Rand der Äste, um den Kontrast der Buchstaben zu erhöhen.

Endlich trete ich zurück. Die Sonne steht tief, ihre goldenen Strahlen brechen genau an der Stelle durch die Baumwipfel, wo ich auf meiner improvisierten Karte Westen markiert habe. Ich blicke auf die Lichtung, wo mein »HELP« in großen Buchstaben liegt.

Ich lehne mich kurz auf die Krücke, lasse meinen Blick zum Himmel wandern und entlasse einen langen Atemzug, während die Abendluft kühl über mein Gesicht streicht. Wenn der nächste Helikopter dieses Waldstück überfliegt, muss er mich einfach sehen.

Jetzt bleibt mir nur noch zu hoffen, dass auch einer kommt.

12.

Fünf Tage später hatte ich Lars immer noch nichts von dem positiven Schwangerschaftstest erzählt. Bis ich mehr Klarheit gewonnen hatte, ging ich ihm aus dem Weg. Ich sagte ihm, dass ich noch krank sei und mich auskurieren müsse, was nicht ganz gelogen war. Mir war die ganze Zeit übel, und die meisten Morgen begannen für mich damit, dass ich mit dem Kopf über der Kloschüssel hing.

Für heute Nachmittag hatte ich endlich einen Termin bei meiner Frauenärztin ausgemacht. Die Nervosität ließ meinen Magen noch mehr rumoren als sonst, aber ich wollte es nicht länger aufschieben.

Heute würde ich hingehen. Und der Ärztin sagen, dass ich eine Abtreibung wollte.

Lange hatte ich darüber nachgedacht, aber es war einfach nicht der richtige Zeitpunkt für ein Baby. Nicht für mich und auch nicht für meine Beziehung zu Lars. Wenn ich es nicht mit ihm besprach, könnte ich später so tun, als hätte dieses Baby niemals existiert.

Ich versuchte mir einzureden, dass es so das Beste war. Dennoch schlief ich kaum in der Nacht vor meinem Termin. Ich wachte vor vier auf, lag ewig wach und kam schließlich über eine halbe Stunde zu früh in der Praxis an, weil ich es zu Hause nicht mehr ausgehalten hatte. Die Arzthelferin ließ mich eine Urinprobe abgeben, danach wurde ich ins Wartezimmer verbannt, wo ich unruhig auf meinem Handy herumtippte und Abtreibungsmethoden googelte. Als ich endlich in den Untersuchungsraum gerufen wurde, zitterte ich vor Nervosität. Doch Dr. Berger, meine Ärztin, schien nichts davon zu bemerken. Sie war ungewöhnlich jung – vielleicht um die dreißig – und empfing mich mit einem strahlenden Lächeln. »Herzlichen Glückwunsch«, begrüßte sie mich und reichte mir die Hand. »Unsere Testergebnisse haben die Schwangerschaft bestätigt. Wie fühlen Sie sich? Gibt es irgendwelche Beschwerden, über die Sie sprechen möchten?«

»Ich bin mir nicht ganz sicher«, erwiderte ich zögernd. »Mir ist oft übel, aber ich denke, das ist normal.«

Dr. Berger nickte verständnisvoll. »Ja, Übelkeit ist in dieser Phase der Schwangerschaft sehr häufig, aber es wird bald besser. Ich werde jetzt einen Ultraschall machen, um zu sehen, ob sich alles wie erwartet entwickelt.«

»Geht das denn schon?«, fragte ich unsicher und legte eine Hand auf meinen Bauch.

»Laut Urintest sind Sie in der siebten Woche«, sagte Dr. Berger, während sie einen Blick auf ihre Unterlagen warf. »Wir sollten in der Lage sein, den Herzschlag zu erkennen. Ich möchte sicherstellen, dass der Embryo gesund ist und alles normal verläuft. Machen Sie sich bitte frei.«

Dr. Berger lächelte so warm und freudig, dass ich es nicht übers Herz brachte, ihr zu sagen, dass das keine Rolle spielte – dass dieses Baby ohnehin nicht geboren werden würde.

Also nickte ich bloß, während die Ärztin mich darum bat, im Stuhl weiter nach unten zu rutschen, und die Ultraschallsonde einführte.

»Okay, jetzt sehen wir mal nach.« Sie drehte den Monitor, so dass ich das Bild gut sehen konnte. »Hier ist die Fruchthöhle.« Sie deutete auf einen kleinen dunklen Bereich auf dem Bildschirm. »Und das hier«, sie vergrößerte den Bereich ein wenig, »das ist der Embryo.«

Mein Herz schlug schneller. Ich wollte nicht hinsehen, konnte aber meinen Blick nicht abwenden. Bis zu diesem Moment war die Schwangerschaft etwas Abstraktes gewesen – etwas, das sich nicht real anfühlte, als würde es gar nicht zu mir gehören. Doch das hier? Das war real. Es lebte. Und es war unverkennbar ein Teil von mir.

»Er ist noch winzig – etwa so groß wie ein Reiskorn«, fuhr Dr. Berger fort, während sie das Bild leicht justierte. »Und jetzt hören wir mal, ob wir den Herzschlag finden.«

Kurz darauf erklang ein leises, schnelles Pochen. »Da ist er«, sagte sie sanft. »Ein starker, regelmäßiger Herzschlag.« Sie sah mich an und fügte hinzu: »Alles sieht ganz normal aus. Der Embryo entwickelt sich prächtig. Wie fühlen Sie sich?«

Ich konnte nicht antworten. Mein Blick war noch immer auf den Bildschirm geheftet, auf dieses winzige Wesen, das kaum mehr war als ein Schatten, während das rhythmische Pochen des Herzschlags meinen Kopf ausfüllte.

Dann fing ich an zu weinen.

13.

Ich habe die Erdnusspackung aufgerissen und die einzelnen Nüsse der Länge nach vor mir auf der Holzstufe vor der Hütte ausgelegt. Obwohl es deutlich kühler geworden ist, wage ich es noch nicht, nach drinnen zu gehen für den Fall, dass ein weiterer Helikopter am Himmel auftaucht und ich reagieren muss.

Doch bislang blieb der Horizont leer, und der Blick auf meinen Proviant ist ernüchternd.

Es sind genau vierundzwanzig Erdnüsse. Alles, was noch übrig ist. Ich habe sie mehrmals gezählt und nach Größe sortiert. Ich schiebe sie immer wieder zu kleinen Häufchen zusammen, um mir einen Rationierungsplan zu machen. Vielleicht vier zum Frühstück, drei zu Mittag und drei zu Abend?

Das klingt erbärmlich, trotzdem würde ich damit gerade mal drei Tage lang auskommen. Vielleicht nehme ich doch lieber vier Nüsse zu jeder Mahlzeit in der Hoffnung, dass ich nach zwei Tagen eine andere Nahrungsquelle finde oder endlich Hilfe kommt. Ein paar Tage würde ich wahrscheinlich auch ganz ohne Nahrung auskommen, aber ich will nicht daran denken, dass ich so lange hier festsitzen könnte.

Während ich umsortiere, lecke ich mir immer wieder das Salz von den Fingern, das bei der Berührung an meiner Haut haften bleibt, und spüre, wie sich mein Magen vor Hunger zusammenzieht. Irgendwann halte ich es nicht mehr aus und stecke mir eine der Nüsse in den Mund. Ich kaue so langsam wie möglich, um den einzelnen Bissen voll auszukosten, bis ich nur mehr salzigen Brei in meiner Mundhöhle umherschiebe, trotzdem ist der Genuss viel zu schnell vorbei und der Hunger erst richtig geweckt.

Ich esse noch eine Nuss, diesmal so hastig, dass sie fast noch ganz ist, als ich sie hinunterschlucke. Dann noch eine.

Ich sage mir, dass ich jetzt aufhören muss, dass mein Rationierungsplan sonst nicht aufgehen wird, aber ich bin wie fremdgesteuert. Ich verliere völlig die Kontrolle. Eine nach der anderen picke ich mir die Nüsse aus der Reihe und versenke sie zwischen meinen salzverkrusteten Lippen.

Am Schluss greife ich mir einfach die letzte Handvoll und schieb sie mir auf einmal in den Mund. Das viele Salz hat mir die letzte Flüssigkeit entzogen, so dass ich kaum schlucken kann und die Nüsse sich wie ein schwerer, trockener Klumpen in meiner Brust anfühlen.

Selbst danach bin ich noch hungrig, lecke immer wieder über meine Finger und klaube noch die letzten Krümel aus der raschelnden Folienpackung.

Dann ist alles weg. Nicht ein Salzkorn ist mehr übrig.

Eine tiefe Scham überkommt mich.

Wütend über mich selbst werfe ich die leere Tüte auf den Erdboden. Der Wind ergreift sie sofort und trägt sie über die Lichtung, vorbei an meinem HELP-Zeichen, das still klagend und unbemerkt gen Himmel zeigt.

Obwohl ich es immer wieder korrigiere, sind einige der Blätter, die ich sorgfältig ausgelegt habe, bereits verweht worden. Das Zeichen wirkt nicht mehr so deutlich, aber ich bete, dass es aus der Höhe dennoch erkennbar bleibt.

Denn jetzt habe ich nichts mehr.

Kein Essen. Kein Wasser. Nur das schale Gefühl von Hoffnung und der Wille, noch einen weiteren Tag durchzuhalten.

14.

Am kommenden Sonntag lud ich Lars bei mir zum Essen ein. Ich hatte ihm gesagt, dass ich ihm etwas Schönes kochen würde, aber das war gelogen. Ich hatte etwas vom Thailänder bestellt, weil ich den Geruch von frisch Gebratenem gerade nicht ertrug, aber das Essen war ohnehin bloß ein Vorwand. Lars sollte nur zu mir kommen, damit ich ihm endlich alles erzählen konnte. Von der Schwangerschaft. Und meiner Entscheidung.

Der Ultraschall hatte alles verändert. Ich konnte nicht mehr abtreiben, nachdem ich dieses winzige Wesen auf dem Bildschirm gesehen und seinen Herzschlag gehört hatte.

Seither konnte ich nicht mehr aufhören, meinen Bauch zu berühren. Da war Leben. In mir.

Lars kam pünktlich wie immer und brachte eine teure Flasche Rotwein mit. Wir küssten uns zur Begrüßung, doch als seine Hand unter mein Shirt wanderte, zog ich mich unauffällig zurück.

»Wie geht es dir?«, fragte Lars, während er mir durch den Flur in die Küche folgte. »Bist du wieder gesund?«

»Ja, es geht eigentlich schon wieder.« Meine Stimme war dünn vor Nervosität. Ich räusperte mich.

Lars holte Gläser und Korkenzieher aus dem Schrank über der Spüle und öffnete die Rotweinflasche mit einer geschmeidigen Drehbewegung. »Du hast mir gefehlt diese Woche. Ich habe das

Gefühl, dass wir noch deinen Geburtstag nachfeiern müssen, nachdem du in Lissabon ausgefallen bist.«

»Ja, das stimmt.« Ich zwang mich zu lächeln, spürte jedoch, wie meine Mundwinkel dabei zitterten. Ich hatte keine Ahnung, wie ich das Gespräch anfangen sollte. Oder wie Lars reagieren würde. Lars schenkte uns großzügig ein und hielt mir ein volles Glas entgegen. Wir stießen an, doch während er einen großen Schluck nahm, hielt ich mein Glas verkrampft in der Hand. Allein der Geruch ließ meinen Magen schlingern, und ich musste schlucken. Lars deutete auf mein unberührtes Glas. »Ist dir etwa immer noch übel?«

»Ein bisschen«, gab ich zu und stellte das Glas mit einem leisen Klirren auf den Tresen.

Vielleicht war es besser, es kurz und schmerzlos zu machen, wie ein Pflaster, das man in einem Ruck abreißt. Ich legte meine Hand auf den Küchentresen, atmete tief ein und ließ die Bombe platzen.

»Lars.« Mein Herz schlug mir bis zum Hals. »Ich bin schwanger.«

Er reagierte nicht gleich. Er sah mich einfach nur an. Schien zu warten. Darauf, dass ich lachte und sagte, dass das bloß ein Scherz war? Aber es war kein Scherz, und langsam schien auch er das zu begreifen.

Ein Muskel zuckte auf seiner Stirn. »Von mir?« Seine Stimme klang rau, ganz anders als sonst.

Ich unterdrückte den Impuls, mit den Augen zu rollen. Von wem denn sonst? »Ja. Von dir«, sagte ich, bemüht um einen festen, ruhigen Ton, der keinen Zweifel aufkommen ließ.

Lars griff nach seinem Weinglas und marschierte damit durch den Raum. Er stellte es auf der Anrichte ab, fuhr sich durchs Haar, nahm das Glas wieder auf, trank einen Schluck und stellte es nach zwei Schritten erneut ab. »Wie konnte das passieren?«, fragte er schließlich, sichtlich angespannt. »Ich bin davon ausgegangen, dass du verhütest.«

Fast entkam mir ein Schnauben. Wieso hatte er mich dann nie danach gefragt? »Habe ich auch, aber vielleicht war ich nicht genau genug, oder die Pille hat einfach versagt. Solche Dinge können passieren. Keine Verhütung ist hundertprozentig sicher.«

Lars zog hörbar die Luft ein und stieß sie langsam wieder aus. »In der wievielten Woche bist du?«

»In der siebten. Ich war die Woche bei meiner Frauenärztin. Bislang sieht alles gut aus.«

»Gut.« Lars wirkte erleichtert. In seine Wangen kehrte etwas Farbe zurück. »Das ist gut. In der Phase ist eine Abtreibung zumindest unproblematisch.«

Mein Nacken prickelte bei der lockeren Art, mit der er das sagte und einfach über meinen Körper bestimmte. »Ich will nicht abtreiben.«

Lars' Gesicht erstarrte. Seine Miene wurde steif, fast maskenhaft. »Wie bitte? Was meinst du damit?«

»Ich wollte es erst«, sagte ich ehrlich. »Ich wollte dir erst nicht einmal was von dem Baby sagen und die Schwangerschaft einfach beenden, aber dann ... Dann habe ich es auf dem Ultraschall gesehen und von da an ... Das hat etwas in mir verändert. Ich kann es einfach nicht mehr.«

Lars nahm meine Hand, drückte sie fest. »Ich verstehe, dass das überwältigend für dich war, aber bitte, seien wir realistisch. Du hast gerade erst einen neuen Job angefangen, und wir sind noch dabei, uns richtig kennenzulernen. Willst du dir wirklich mit einem Baby alles verbauen?«

Plötzlich ertrug ich seine Berührung nicht mehr. Ich entzog ihm meine Hand und verschränkte die Arme vor der Brust. »Nur weil ich ein Kind bekomme, ist mein Leben deshalb nicht vorbei.«

»Nein, aber es wird sich komplett ändern«, entgegnete Lars eindringlich. »Willst du das wirklich? Schon so früh?«

»Ich habe meine Entscheidung getroffen.« Meine Stimme klang fester, als ich es erwartet hatte. »Ich werde das Kind behalten. Mit oder ohne dich, das bleibt dir überlassen. Ich weiß, dass der Zeitpunkt ungünstig ist und wir uns noch nicht lange genug kennen, um ein Kind zu bekommen, aber …«

»Eben«, unterbrach Lars mich. »Siehst du nicht, wie unvernünftig das wäre? Auch für das Baby. Du willst doch, dass dein Kind die bestmögliche Zukunft hat, oder? Dass wir jetzt abtreiben, heißt nicht, dass wir später keine Kinder haben können.« Etwas besänftigend fügte er hinzu: »Du wärst bestimmt eine tolle Mutter.«

Meine Brust schnürte sich zusammen. »Die kann ich jetzt auch sein«, sagte ich und hasste mich für den hoffnungsvollen, flehenden Unterton.

Doch Lars schüttelte den Kopf und trat einen Schritt weg von mir. »Wenn du das wirklich durchziehen willst, dann ohne mich. Aber erwarte dann bloß keine Unterstützung von mir, hast du verstanden?«

Die Härte in seinen Worten traf mich wie ein Schlag. »Ich habe dich nicht eingeladen, weil ich deine Erlaubnis brauche. Wie gesagt: Ob du dich beteiligen willst, liegt ganz bei dir. Ansonsten bekomme ich dieses Kind auch allein.«

Mit einem Seufzen nahm Lars sein Jackett vom Küchenstuhl. Auf dem Weg nach draußen drehte er sich noch mal um und sah mir fest in die Augen. »Ich mag dich eigentlich. Wirklich. Aus uns hätte noch was werden können, wenn du nicht so stur wärst. Ich hoffe sehr, dass du zur Vernunft kommst.«

Ich erwiderte seinen Blick mit erhobenem Kinn. »Danke, das bin ich bereits.«

15.

Kein Regen. Der Himmel ist klar, und die Holzschale vor der Hütte bleibt trocken.

Der Durst war davor schon quälend, aber seit ich die salzigen Erdnüsse verschlungen habe, ist Wasser alles, woran ich noch denken kann. Meine Mundhöhle ist wie ausgedörrt. Meine Lippen rissig vor Trockenheit. Der Durst übertrifft den nagenden Hunger, und sogar die Schmerzen, die mich bisher hier festgehalten haben, geraten in den Hintergrund.

Als die Dämmerung eintritt, halte ich es nicht länger aus. Ich muss einfach an Wasser kommen, und ohne Regen bleibt mir dafür nur der Weg zum Fluss.

Die Bisswunde ist besser, aber noch lange nicht verheilt. Jeder Schritt ist eine Qual, als würde ich auf Nadeln gehen. Ich packe wieder den Ast, der mir bislang als Krücke gedient hat, und stütze mich vorsichtig darauf. Der Stamm ist von meiner Nutzung leicht gebogen, aber er scheint noch stabil genug, um mein Gewicht zu tragen.

Humpelnd mache ich ein paar unsichere Schritte, bevor ich wieder stehen bleibe, um mich zu orientieren. Das größte Problem ist, dass ich mich kaum daran erinnern kann, wie ich zur Hütte gekommen bin. Da war ich halb im

Delirium, zu schwach, um Markierungen zu machen, die mir jetzt den Weg weisen könnten. Vor meinem Aufbruch blicke ich auf die Karte, die ich in die Erde gezeichnet habe. Die Himmelsrichtungen geben mir eine grobe Orientierung, aber ich weiß nicht einmal mehr, wie lange ich unterwegs war. Es hätten zwei Stunden sein können oder auch nur zwanzig Minuten. Ich gehe aber davon aus, dass der Fluss nicht allzu weit entfernt sein kann. Wer auch immer diese Hütte gebaut hat, wird kaum kilometerweit Wasser herangeschleppt haben.

Am Ende folge ich einfach dem Stand der untergehenden Sonne in der Hoffnung, dass ich mit meiner Kartenzeichnung richtigliege und auf den Weg zum Fluss gelange. Die einbrechende Dunkelheit macht mir Sorgen. Also ritze ich wieder alle paar Meter mein X in die Bäume, die meinen Weg kreuzen. Es verlangsamt mich zwar, aber ich habe mich in diesem Wald schon zu oft verirrt, um weitere Risiken einzugehen.

Ich komme nur langsam voran, schwitzend und keuchend. Mein Mund wird durch die Anstrengung nur noch trockener. Der Wald im Dämmerlicht ist voller Fallen. Bei jedem Schritt muss ich aufpassen, dass ich nicht mit der Krücke hängen bleibe oder über Wurzeln stolpere, die aus dem unebenen Boden ragen.

Einmal falle ich dann doch, weil ein wildes Kaninchen mich erschreckt und ich auf dem matschigen Erdboden ins Rutschen gerate. Ich falle rücklings und verliere meine Wasserflasche, die ich in den Bund meiner Hose geklemmt habe. Kriechend sammle ich die Flasche wieder ein und bleibe erschöpft liegen. Mein Bein pocht vor Schmerz vom Aufprall, und es dauert mehrere Minuten, bis ich die Kraft finde, mich wieder aufzurichten. Ein paar Schritte weiter höre ich es dann endlich. Weit entfernt zuerst und so leise, dass ich mir nicht sicher bin, ob ich mir die Geräusche nicht einbilde. Dann immer lauter, bis das Rauschen unverkennbar wird, auch wenn meine Augen ihn noch nicht sehen können: den Fluss. Ich bin fast da.

Vor Erleichterung schnürt sich mein Hals zu. Inzwischen ist es fast vollkommen dunkel, so dass ich kaum mehr sehe, wohin ich meine Füße setze. Wahrscheinlich hätte ich noch bis zum nächsten Morgen warten sollen, aber mein Körper kann einfach nicht mehr. Der Durst ist zu groß.

Die Sonne ist hinter den Baumwipfeln verschwunden, dafür klettert ein halbrunder Mond langsam den Himmel hinauf und leuchtet mir die letzten Meter bis zur Uferböschung. Das Wasser gurgelt verlockend über die Felsen. Augenblicklich zieht sich meine Kehle vor Durst noch enger zusammen. Das letzte Stück muss ich wieder klettern. Dafür lasse ich meine Krücke zurück und steige auf allen vieren nach unten.

Während ich mich mit den Händen abwärtsbewege, muss ich wieder an die Schlange denken, die sich dort zwischen den Felsen versteckt hat. Die Erinnerung treibt mir den Schweiß auf die Stirn, vor allem jetzt, da ich in der Dunkelheit kaum sehe, wohin ich greife.

Als ich ein Geräusch rechts von mir höre, schreie ich auf

vor Schreck. Meine Hand gleitet ab, fast verliere ich meinen Halt. Kiesel lösen sich unter meinen Schuhsohlen und landen mit einem Platschen im Wasser. Mein Puls rast. Keuchend blicke ich mich um und bemerke ein Zucken aus dem Augenwinkel. Da ist etwas. Nur wenige Meter rechts von mir. Und es sieht mich direkt an.

Langsam hebt das Mondlicht die Gestalt deutlicher hervor: lange, schlanke Beine und ein dichtes, flauschiges Fell, das im matten Licht silbrig glänzt. Es ist ein Rentier – ein junges Rentierkalb, wie ich an der zierlichen Größe erkenne. Über der Stirn sitzen winzige samtige Höcker, erste Ansätze des Geweihs. Sein Fell ist eine Mischung aus sanftem Grau und Winterweiß, und über die Schultern läuft ein heller Streifen, der im Mondlicht leuchtet. Die Vorderhufe stehen im Wasser, während es mit neugierig geneigtem Kopf zu mir heraufschaut, die großen Augen wachsam und scheu. Seine runden Ohren zucken leicht.

Was es wohl hier draußen allein macht? Es sieht zu jung aus, um ohne seine Mutter zu sein. Ich verhalte mich ganz still, um das Jungtier nicht zu verschrecken, wage es kaum noch zu atmen. Es ist so wunderschön, dass ich den Blick nicht von ihm abwenden kann, aber dann muss ich mein Gewicht verlagern, um meinen Stand zwischen den Felsen nicht zu verlieren. Die plötzliche Bewegung lässt das Kalb zusammenzucken. Ein Ruck geht durch seinen zarten Körper, dann springt es auf, schießt mit flinken, federnden Schritten die Böschung hinauf und verschwindet im Dunkeln.

Für einen Moment verharre ich reglos und schaue dem flüchtenden Tier hinterher. Doch kaum ist es verschwunden, entdecke ich etwas anderes, das zwischen den Felsen halb verborgen liegt. Knapp unterhalb der Stelle, wo das Kalb eben noch stand, zeichnet sich eine Gestalt im Dämmerlicht ab – die Konturen eines Körpers. Ich keuche, als hätte mir jemand die Luft abgeschnürt. Das Blut rauscht in meinen Ohren, mein Herzschlag pocht bis in die Fingerspitzen. Obwohl die Person mit dem Gesicht nach unten liegt, weiß ich sofort, wer es ist: die Statur, das kurze Haar, die dunkelrote Wanderjacke, in der sie vor ein paar Tagen noch vor mir den Kungsleden entlanggewandert ist.

Da liegt Nicki.

Sie rührt sich nicht.

16.

Von Lars hörte ich nichts mehr. Keine Nachrichten. Keine Anrufe. Nichts.

Dass er mich und das Baby einfach so aus seinem Leben strich, machte mich ungläubig, wütend, traurig. Ich weinte fast jede Nacht, wenn ich allein im Bett lag und keine Ahnung hatte, wie die Zukunft aussehen sollte.

Ich wusste, worauf ich mich einließ. Meine Mutter war alleinerziehend gewesen. Sie hatte rund um die Uhr gearbeitet, hatte immer Schmerzen von ihren zahlreichen Jobs und sah mit kaum vierzig bereits aus wie über fünfzig.

Es gab niemanden, mit dem ich so richtig darüber reden konnte. Ich wusste, was die meisten Menschen mir raten würden: Ich war noch so jung. All mein Potenzial. Meine Zukunft. Und dann ganz ohne Vater? Ich konnte bereits die Enttäuschung in den Augen meiner Mutter sehen, die Doppelschichten geschoben und an den Wochenenden gekellnert hatte, um mir mein Studium zu finanzieren. Ich sollte es einmal besser haben als sie und nicht dieselben Fehler begehen. Das hatte sie mir immer wieder eingebläut, und damals hatte ich ihr recht gegeben, aber jetzt war alles anders.

Niemand würde es verstehen. Sie hatten nicht gesehen, was ich gesehen hatte. Gefühlt, was ich gefühlt hatte.

Wie so oft, wenn ich vor lauter Sorgen nicht schlafen konnte, wanderte meine Hand zu meinem Bauch. Natürlich war es noch zu früh, um irgendetwas zu spüren, aber etwas an der Berührung beruhigte mich, ließ mich wieder atmen, wenn alles in mir dabei war, sich zuzuschnüren. Weil es mich daran erinnerte, dass ich doch nicht allein war, und gemeinsam würden wir es schaffen.

Irgendwie.

Ich machte mir einen Plan. Struktur gab mir Halt, also schrieb ich alles auf: Was ich alles für ein Baby brauchen würde. Welche Kosten auf mich zukamen. Wie viel ich sparen konnte, wenn ich nur secondhand kaufte. Wie lange ich in Elternzeit gehen konnte und Optionen für eine Kinderbetreuung danach.

Noch traute ich mich nicht, über Namen nachzudenken, nutzte aber jede freie Sekunde, um alles über Babys im Internet zu recherchieren, was ich finden konnte. So fand ich heraus, dass der Fötus aktuell gerade mal so groß war wie eine Blaubeere, aber schon dabei war, Gesichtszüge zu entwickeln. Winzige Augenhöhlen, Nasenlöcher und Ohren. Die Vorstellung ließ mich schmunzeln und hob meine Stimmung etwas.

Ich las gerade etwas über die Wichtigkeit von Folsäure in dieser Phase und nahm mir vor, am nächsten Tag zur Apotheke zu gehen, als es an der Tür klingelte.

Es war bereits nach zweiundzwanzig Uhr. Ich war schon im Bett und trug nur ein Schlafshirt, weshalb ich noch schnell einen Bademantel überzog, ehe ich zur Tür hechtete. Bereits der Blick durch den Spion ließ mich nach Luft schnappen.

Es war Lars.

Ich zögerte, aber da legte er den Finger erneut auf die Klingel, und ehe ich es mir anders überlegen konnte, zog ich die Tür auf. Er

trug einen Strauß rostroter und pfirsichfarbener Dahlien bei sich.
Ich hatte ihm erzählt, dass es meine Lieblingsblumen waren.

»Ich hoffe, du hast noch nicht geschlafen. Darf ich reinkommen?«, fragte er und hielt die Blumen hoch. Der schwere Duft raubte mir den Atem.

Am liebsten hätte ich ihn kommentarlos draußen stehen lassen, aber es ging hier nicht nur um mich. Nicht mehr. Also machte ich die Tür ganz auf und trat zurück. »Von mir aus.«

Da standen wir nun beide im Flur. Lars mit diesem verlegenen Gesichtsausdruck, als wüsste er nicht mehr ganz, weshalb er hier war, während ich schwieg. Ich hatte ihn nicht hergebeten, also sollte ich auch nicht diejenige sein, die das Eis brach.

»Wie geht es dir?«, fragte er schließlich und deutete an meinem Körper hinab. »Euch beiden? Ist die Übelkeit besser geworden?«

»Was kümmert es dich?«, erwiderte ich abwehrend. »Du hast ziemlich deutlich gemacht, dass du nichts mit dem Baby zu tun haben möchtest.«

Mit einem Seufzen legte Lars die Blumen auf der Dielenkommode ab, nachdem ich mich geweigert hatte, sie anzunehmen. »Ich weiß, und ich möchte mich für mein Verhalten entschuldigen. Du hast mich ganz schön überrumpelt. Ich war unvorbereitet und habe Angst bekommen. Aber ich habe nachgedacht. Du bist mir die ganze Woche nicht mehr aus dem Kopf gegangen, und jetzt habe ich es einfach nicht mehr ausgehalten. Ich musste dich sehen.«

Lars machte Anstalten, nach meiner Hand zu greifen, doch ich wich zurück und verschränkte die Arme über dem Bademantel.

»Worüber hast du nachgedacht?«

»Über das Baby. Ich hätte dich nicht so in die Enge treiben dürfen. Es stimmt schon, dass der Zeitpunkt nicht gerade günstig ist,

aber wann ist er das schon? Und mir ist klar geworden, wie wichtig du mir bist. Ich will dich nicht verlieren.« Lars machte eine Pause und sah mir fest in die Augen. »*Ich liebe dich.*«

Mein Herz schlug schneller. Fast vergaß ich zu atmen. »*Du willst es also doch versuchen?*« *Ich hasste mich dafür, wie bedürftig ich klang, aber wem machte ich etwas vor? Ich war bedürftig.* »*Mit dem Baby?*« *Es war mir wichtig, dass hier Klarheit herrschte. Mich gab es nur noch im Doppel. Niemals würde ich mich zu einer Abtreibung überreden lassen.*

Lars lächelte sanft, und diesmal ließ ich zu, dass er seine Hand um meine legte. »*Kommt darauf an. Willst du mich denn noch?*«

Natürlich wollte ich das, vor allem für das Baby. Aber ich war auch noch gekränkt, wie leichtfertig er mich letzte Woche von sich gestoßen hatte. Die Dinge, der er zu mir gesagt hatte. Die plötzliche Kälte in seinem Blick. Woher sollte ich wissen, dass er mich bei der nächsten Schwierigkeit nicht sofort wieder fallen ließ?

Wahrscheinlich gar nicht. Beziehungen waren immer ein Risiko, genau wie dieses Baby.

Aber ich war bereit, es zu probieren.

17.

»Nicki?« Nach Tagen der Suche fühlt es sich surreal an, sie so plötzlich zu sehen. Als würde ich einem Geist im Dunkeln begegnen.

Sie liegt nur wenige Meter weiter, die Beine halb im Wasser. Fast habe ich Angst, sie könnte sich einfach wieder in Luft auflösen, doch als ich sie mit hastigen, schlurfenden Schritten erreiche, ist sie immer noch da. Unbeweglich. Steif.

»Nicki!«

Mit zitternden Händen drehe ich sie auf den Rücken, spüre, wie kalt ihr Körper ist, die Kleidung vollgesogen mit dem eisigen Flusswasser. Wahrscheinlich hat sie genau wie ich Wasser holen wollen und ist dabei in den Fluss gestürzt.

Vor meinem inneren Auge sehe ich, wie sie, gefangen in der reißenden Strömung, um ihr Überleben kämpft und sich gerade noch ans Ufer retten kann, bevor sie kraftlos zusammenbricht. Wer weiß, wie lange sie da schon liegt. Stunden? Tage?

»Nicki!«

Sie antwortet nicht. Ihre Haut ist bleich wie der Mond, ihre Lippen blau, doch als ich die Finger unter ihre Nasenlöcher lege, spüre ich es doch: einen leichten Luftzug. Sie atmet, wenn auch nur schwach.

Der Erleichterung treibt mir die Tränen in die Augen.

»Oh, Nicki.«

Ich schiebe die Hände unter ihre Achseln, um ihren Unterkörper aus dem Wasser zu ziehen. Sofort flammt der Schmerz in meinem Bein auf, schießt bis in die Hüfte, doch ich ignoriere ihn. Alles, was zählt, ist, sie hier rauszuholen. Aber es reicht nicht, sie bloß aus dem Wasser zu ziehen. Sie muss aufgewärmt werden – und in die Hütte.

Es hat mich bereits alle Kraft gekostet, mich selbst hierherzuschleppen. Wie soll ich einen weiteren Menschen tragen?

Ich kann nicht.

Aber ich habe keine Wahl, wenn ich Nicki helfen will.

Sie gibt immer noch kaum ein Lebenszeichen von sich, reagiert weder auf Worte noch auf Berührung. Aber sie lebt, und in dem Moment ist das alles, was zählt.

»Halte durch«, flüstere ich ihr zu, während ich ihr die nasse Jacke vom Körper schäle und ihr stattdessen meine eigene überziehe, um sie zu wärmen.

Rasch fülle ich meine Wasserflasche im Fluss auf und trinke selbst ein paar Schlucke, um Kraft zu sammeln, bevor der schwierige Aufstieg beginnt. Da Nicki bewusstlos ist, bleibt mir nichts anderes übrig, als sie zu tragen. Die steile Böschung ist der schwierigste Abschnitt. Ich binde ihre Jackenärmel fest um meine Schultern, damit sie nicht abrutscht, und lehne ihren Oberkörper so an meinen Rücken, dass ihr Gewicht besser verteilt ist. Mit beiden Händen halte ich mich an Felsen und Wurzeln fest, während ich Schritt für Schritt nach oben klettere. Meine Schultern brennen, und ihre reglose Schwere drückt mich fast zu Boden. Dennoch schaffe ich es irgendwie, Nicki über die Felsen hinweg auf meinem Rücken nach oben zu wuchten. Am Waldrand angekommen, rutscht sie plötzlich seitlich ab, und wir beide fallen in die feuchte Erde. Ein leises Keuchen entfährt ihr, doch ihre Augen bleiben fest geschlossen.

Unmöglich, dass ich sie den ganzen Weg bis zur Hütte trage, also binde ich wieder Nickis Jackenärmel zusammen, so dass ich eine Art Schlaufe habe, die ich mit beiden Händen greifen kann. Ich ziehe mit aller Kraft, während ich rückwärts über den Waldboden humple. Weil ich dafür beide Hände brauche, kann ich meine Krücke nicht benutzen. Das Stechen in meinem Bein wird nach nur ein paar Schritten so intensiv, dass es mir die Tränen in die Augen treibt, aber ich beiße die Zähne zusammen und ziehe einfach weiter. Stück für Stück. Zentimeter für Zentimeter.

Bei der Geschwindigkeit wird es wahrscheinlich die ganze Nacht dauern, Nicki zur Hütte zu schaffen, aber das ist mir gleich, solange ich sie nur in Sicherheit bringen kann. Der Gedanke gibt mir Kraft, alles scheint möglich: Dann kann ich Nicki gesund pflegen und uns beide retten. Ich muss einfach. Ich muss.

Also ziehe ich weiter, schleife Nickis bewegungslosen Körper über gefallenes Laub und sumpfiges Moos, während meine Muskeln zittern und brennen.

Alle paar Schritte muss ich Pause machen, um mein Bein auszuschütteln und tief durchzuatmen. Dann prüfe ich kurz Nickis Puls und flöße ihr einen Schluck Wasser zwischen den spröden Lippen ein.

Mein Hals wird eng, wenn ich daran denke, dass sie die letzten Tage ebenso umhergeirrt sein muss wie ich, gefangen im Sturm, ohne Nahrung, ohne Wärmequelle. Allein. Zumindest sind wir jetzt wieder zusammen.

Ich beginne wieder zu ziehen. Nickis Körper bewegt sich nur quälend langsam. Gleichzeitig muss ich aufpassen, sie nicht zu verletzen, und ihren Kopf vor Steinen und Baumstämmen schützen, was im Halbdunkel alles andere als einfach ist. Zumindest habe ich den Mond und die Sterne, deren schwaches Licht durch das Blätterdach dringt. Gerade genug, um nicht völlig blind umherzuirren.

Nun bin ich froh über die Markierungen, die ich beim Hinweg eingeritzt habe. Sie sind mein einziger Halt in diesem Wald, der nur mehr aus Schatten und Hindernissen besteht. Ich schleppe mich von einer Markierung zur nächsten und rede mir immer ein, dass jeden Moment die Hütte vor mir auftauchen wird, auch wenn ich weiß, dass ich mich damit selbst belüge. Inzwischen rinnt der Schweiß in Bächen meinen Rücken hinab, vor Anstrengung und Schmerzen kann ich kaum noch atmen.

Wir arbeiten uns weiter durchs Dickicht. Einen winzigen, quälenden Schritt nach dem anderen – und dann kommt die Hütte doch irgendwann in Sicht. Ihre witterungsgegerbten Holzwände fügen sich fast nahtlos in die Umgebung ein, als wäre sie selbst Teil des Waldes. Mit ihren morschen Planken und dem löchrigen Dach sieht sie alles andere als einladend aus, dennoch entfährt mir beim Anblick ein Seufzer der Erleichterung und gibt mir genug Kraft, die letzten Meter auch noch zu überwinden.

Um Nicki ins Innere zu bekommen, muss ich ihr unter die Arme greifen und sie den Treppenabsatz vor der Hütte hinaufschleifen. Ihre Augenlider flattern, bleiben aber geschlossen. Kaum dass ich sie abgesetzt habe, geben meine Beine unter mir nach. Ich lande neben Nicki am Boden und schaffe es gerade noch, eins der Felle über uns zu ziehen, ehe Dunkelheit über mir zusammenbricht und ich bewusstlos werde.

18.

Nachdem Lars seine Meinung geändert hatte, veränderte er sich komplett. Er wich mir nicht mehr von der Seite, zog fast bei mir ein. Nach der Arbeit kam er jeden Tag direkt zu mir, und immer brachte er etwas mit: Abendessen, Lebensmittel, sogar erste Sachen fürs Baby, wie Erstlingssocken oder flauschige Kuscheltiere, die er zufällig irgendwo gesehen hatte, obwohl ich ihm immer wieder sagte, dass es dafür noch zu früh sei. Insgeheim freute ich mich aber über die Geschenke, weil es mich darin bestärkte, dass wir das Richtige taten, dass Lars ein guter Vater sein würde. Und ich hoffentlich auch eine gute Mutter.

Als er an diesem Abend zu mir kam, hatte er schon eine große Tüte mit Gemüse und Obst aus dem Reformhaus dabei, wobei Lars immer deutlich gesünder einkaufte, als ich es tun würde.

Er räumte alles weg und holte dann gleich ein großes Holzbrett hervor, um das Abendessen vorzubereiten. Weil ich seiner Meinung nach keine besonders gute Köchin war, kochte er an den meisten Abenden selbst.

»Mhm, was gibt es denn Gutes?«, fragte ich, während ich mich ihm von hinten näherte und einen Arm um seinen straffen Bauch schlang.

Als Antwort blickte Lars über die Schulter und lächelte: »Gemüselasagne mit Tomatensugo.«

»Klingt lecker«, log ich und stibitzte mir eine der Karotten neben dem Holzbrett. Sie knackte hörbar zwischen meinen Zähnen. »Sie wird dir und dem Baby auf jeden Fall guttun.« Lars wischte sich die Hände an einem Küchentuch ab und zog dann eine kleine Schale mit zwei unterschiedlich geformten Pillen an den Tresenrand. »Die hier habe ich dir auch besorgt«, sagte er, während er ein Glas mit Leitungswasser füllte, um es mir dann gemeinsam mit dem Pillenschälchen zu reichen.

Ich ließ die Pillen in meine Handfläche rollen, nahm sie jedoch nicht gleich ein. »Was ist das?«

»Hast du nicht gesagt, dass du Folsäure brauchst? Ich war vorhin in der Apotheke und habe mir gleich noch ein paar weitere Schwangerschaftsvitamine geben lassen. Sie meinte auch, das würde gegen die Übelkeit helfen. Du sollst die Tabletten jeden Abend vor dem Abendessen mit viel Flüssigkeit einnehmen.«

»Okay«, sagte ich, verzog jedoch beim Anblick der Tabletten die Mundwinkel.

Lars knuffte mich sanft in die Seite und lächelte. »Ich will einfach nur, dass es dir gut geht.«

»Du bist hier bei mir, das ist das Wichtigste.«

Sanft küssten wir uns – kein leidenschaftlicher, überwältigender Kuss, sondern ein warmer, liebevoller Moment, voller leiser Versprechen für die Zukunft. Er schmeckte nach Zuhause.

»Und jetzt runter damit.« Erneut hielt er mir die Pillen hin.

Ich rollte übertrieben mit den Augen. »Du bist schlimmer als meine Mutter.« Dennoch schluckte ich sie und spülte mit einem großen Schluck Wasser nach. Weil ich beide auf einmal genommen hatte, kratzten sie auf dem Weg nach unten in meiner Kehle.

»Apropos«, sagte ich möglichst beiläufig, während ich mich auf den Küchentresen hievte, um Lars beim Kochen zuzusehen. »Ich dachte, dass wir vielleicht am Wochenende gemeinsam rausfahren, um es ihr zu sagen. Meine Mutter weiß ja noch nicht einmal, dass ich einen Freund habe. Ich fände es schön, wenn ihr euch endlich kennenlernt.«

Mit leicht gerunzelter Stirn schnitt Lars weiter die Karotten und Zucchini klein. »Ich hab nichts dagegen, aber ist es dafür nicht noch etwas früh? Ich meine, ich will nichts Negatives heraufbeschwören, aber wartet man mit solchen Neuigkeiten normalerweise nicht bis zur zehnten oder zwölften Woche?«

»Schon, ja. Ich will es auch noch nicht gleich überall rumerzählen, aber sie ist meine Mutter. Ich finde, sie sollte es wissen. Auch wenn es nicht gut geht.«

»Denk doch mal so, bis zur zwölften Woche ist gerade mal ein weiterer Monat, warten wir doch noch solange. Nur um auf Nummer sicher zu gehen.«

»Okay. Du hast recht.« Ich nickte, wie um mich selbst zu überzeugen. Entweder waren es die Pillen oder Lars' Worte, aber in meinem Mund bildete sich ein schaler, bitterer Geschmack. Um mich abzulenken, griff ich eine weitere Karotte vom Tresen und knabberte daran. Seit ich schwanger war, hatte ich merkwürdige Schwankungen. Manchmal wollte ich ständig irgendwas essen, an anderen Tagen bekam ich nichts runter und ernährte mich nur von Orangensaft.

Lars, der meine innere Unruhe bemerkte, strich mir besänftigend über das Knie. »Ich freue mich auf jeden Fall schon, deine Mutter kennenzulernen. Sie ist bestimmt eine großartige Frau.«

»Das ist sie«, bestätigte ich mit einem Lächeln. »Eine echte Powerfrau. Du wirst sie mögen.«

Bloß war ich mir nicht sicher, ob sie auch Lars mögen würde. Der Gedanke saß wie ein steinerner Klumpen in meinem Bauch, und ich musste die Karotte weglegen. Mir war schon wieder schlecht. Lars hatte angefangen, die Pfanne zu erhitzen, und warf die klein gehackten Zwiebeln und Gemüsewürfel hinein, wo sie zischend im heißen Öl auf der beschichteten Fläche landeten. Ich musste lauter sprechen, damit er mich über das Brutzeln des Gemüses und das Summen der Dunstabzugshaube hinweg verstehen konnte. »Weißt du, ich habe auch ein wenig über die Zukunft nachgedacht. Sollten wir nicht zusammenziehen, wenn das Baby kommt?«

»Das habe ich mir auch schon überlegt«, erwiderte Lars und schwenkte das Gemüse gekonnt aus dem Handgelenk. »Ich finde, du solltest zu mir ziehen. Die Wohnung gehört mir, du würdest dir die Miete sparen. Vielleicht nicht sofort, aber wie du sagst. Wenn das Baby kommt ...«

»Ja, das ergibt Sinn.« Natürlich tat es das. Wieso spürte ich dann diesen Stich, wenn ich daran dachte, meine Wohnung aufgeben zu müssen? Dabei wohnte ich noch nicht einmal besonders lange hier oder hing sonderlich daran. Aber es war mein Zuhause. Lars' Wohnung hatte etwas Kaltes, Steriles an sich. Sie wirkte mehr wie eine Hotelsuite als wie ein richtiges Heim. Nirgendwo lagen Sachen herum. Keine umgetretenen Schuhe vor der Haustür, keine Blätterstapel in der Diele oder benutzte Tassen neben der Spüle. Am Badewannenrand standen bloß zwei Flaschen in schlanken, dunklen Glasspendern für Duschgel und Shampoo im Gegensatz zu dem bunten Plastikchaos, das in meinem Bad herrschte. Immer, wenn ich dort war, bewegte ich mich wie auf Eierschalen, darauf bedacht, nichts zu verschieben oder irgendwo ein Haar auf dem glänzenden, krümellosen Boden zu verlieren. Seit der Schwangerschaft schaffte ich es, dass wir uns mehr bei mir als bei ihm trafen, weil es Lars wichtig war, dass ich es so angenehm wie möglich hatte.

Dennoch. So wie er es sagte, ergab es Sinn. Ich würde mich schon noch daran gewöhnen. Also bemühte ich mich, Lars' Lächeln zu erwidern, während er das Gemüse wendete.

Seine Wohnung mochte sich noch nicht wie ein Zuhause anfühlen, aber wir konnten es gemeinsam dazu machen.

19.

Ich schlafe kaum in dieser Nacht, weil ich immer wieder aufschrecke, um nach ihr zu sehen. Nickis Körpertemperatur ist immer noch besorgniserregend niedrig, weshalb ich alles tue, um sie aufzuwärmen. Ich ziehe ihr die nassen Sachen aus, wickle sie in mehrere Schichten Felle und reibe ihre kalten Glieder. Dabei bemerke ich Kratzer und Schürfungen an ihrem Körper, wo sie während ihres Überlebenskampfs gegen Felsen geprallt sein muss. Die größte Wunde befindet sich an ihrer Stirn, ein klaffender, zentimeterlanger Kratzer, der wahrscheinlich genäht werden müsste. Hier draußen kann ich jedoch nicht mehr tun, als ihn vorsichtig abzutupfen und zu reinigen. Nickis Körper zuckt bei meinen Berührungen, doch ansonsten verhält sie sich still.

»Alles wird gut«, sage ich immer wieder. »Ich bin jetzt bei dir.«

Es hat etwas Tröstliches, mich um jemanden zu kümmern. Nicht länger allein zu sein. Es gibt mir eine Aufgabe in all dem Chaos und beschäftigt meine ausufernden Gedanken.

Als die Sonne aufgeht, gehe ich als Erstes auf die Lichtung, um das HELP-Zeichen erneut zu korrigieren, wo der

Wind Zweige und Laub verschoben hat, bis es wieder klar lesbar ist. Dann ritze ich mit dem Messer eine Nachricht auf den Erdboden vor der Hütte, falls Nicki zwischenzeitlich munter wird. Es soll ihr nicht wie mir gehen, als ich im Zelt ohne sie wach wurde und in Panik geriet. Ich schreibe nur zwei Worte: »Fluss, Julia«.

Nun, da wir zu zweit sind, kommen wir mit einer Flasche nicht lange aus, weshalb ich noch mal Wasser hole.

Vielleicht ist es die Bewegung, vielleicht die Sorge um Nicki, aber mein Bein scheint kräftiger zu werden, so dass ich nun schneller vorankomme und nicht mehr bei jedem Schritt erzittere. Auf dem Rückweg mache ich sogar einen kleinen Umweg, um mich zu orientieren, und entdecke dadurch einige Büsche mit halb vertrockneten roten Beeren zwischen vergilbten Blättern. Preiselbeeren. Sie schmecken sauer, sind aber essbar. Die erste Handvoll stopfe ich mir direkt in den Mund, um das wachsende Loch in meinem Magen zu füllen. Den Rest sammle ich in meinen Jackentaschen für Nicki. Zurück in der Hütte, zerstampfe ich die Beeren in der Holzschale zu einem Brei, vermenge sie mit Wasser und flöße ihr das Gemisch schluckweise ein.

»Wie ein Smoothie«, witzle ich für den Fall, dass sie mich hören kann, aber Nicki bleibt stumm. Und unbewegt.

Sie trinkt und stöhnt immer mal wieder, auch wenn sie keine richtigen Worte formt. Die paar kleinen Lebenszeichen geben mir Hoffnung, dass ich sie retten kann.

Wie viele Tage wohl inzwischen vergangen sind, seit wir aufgebrochen sind? Vier? Fünf? Ich habe jedes Zeitgefühl verloren, hoffe jedoch, dass man uns bald suchen kommen wird. Spätestens, wenn die Woche um ist und wir nicht in Hemavan auftauchen, wird Lars sich Sorgen machen, weil seine Anrufe nicht durchkommen. Dann ruft er in der Pension an, wo wir reserviert haben, und erfährt von dem Sturm.

Aber was dann? Wir sind so weit abseits der Route, und das Gebiet zwischen Ammarnäs und Hemevan ist riesig. Selbst wenn sie Suchtrupps losschicken sollten, ist es sehr unwahrscheinlich, dass sie uns hier finden, und bislang konnte ich keinen weiteren Helikopter ausmachen, der auch nur in die Nähe dieses Waldgebiets gekommen wäre. In zwei Wochen sollte ich eigentlich heiraten. Der Gedanke lässt mich innerlich auflachen, so absurd kommt er mir hier draußen vor. Als Braut würde ich gerade einen grauenvollen Anblick abgeben. Ausgemergelt, verfilzt, mit abgerissenen Fingernägeln und zerschundenen Händen.

»Ich hasse mein Kleid«, sage ich zu Nicki, während ich an der Schmutzschicht auf meinem Handrücken kratze und dabei an meinem Verlobungsring hängen bleibe. Das habe ich noch nie vor irgendjemandem zugegeben. Nicht einmal mir selbst. »Ich wollte eigentlich das von meiner Mutter tragen und nur ein wenig kürzen. Es ist wunderschön, mit eingesetzten Perlen und einem langen Tüllrock mit Blumenornamenten. Sie sah darin aus wie eine Prinzessin. Ich habe schon als Kind davon geträumt, es einmal zu tragen, aber Lars fand das Kleid zu kitschig und nicht modern genug.« Ein wehmütiger Seufzer entkommt mir. »Dabei hatte sie sich so darauf gefreut, mich darin zu sehen.«

Bei den Hochzeitsvorbereitungen habe ich Lars ganz die Führung überlassen, was ich nun bereue. Er hat diese Art, Menschen davon zu überzeugen, dass sein Weg der beste, der einzig wahre ist und man einen furchtbaren Fehler begehen würde, wenn man sich dagegen entscheidet. Außerdem hasse ich es, zu streiten, weshalb ich mir eingeredet habe, dass das alles ohnehin nicht so wichtig ist. Welche Musik gespielt oder welches Essen serviert wird. Kirchlich oder Standesamt. Große oder kleine Feier. Das Wichtigste ist am Ende das Jawort, mit dem wir in ein neues gemeinsames Leben starten.

»Na ja. Gerade spielt das eh keine große Rolle mehr, oder?« Vielleicht stecke ich zu unserem Hochzeitstermin noch immer hier draußen im Nirgendwo fest. Bei dem Gedanken schnürt sich meine Kehle so fest zu, dass mir die Luft wegbleibt.

Wenn ich in zwei Wochen immer noch hier bin, bin ich tot.

Um mich abzulenken, bürste ich Nickis Haar mit den Fingern aus. »Glaubst du, es war ein Fehler, dass wir uns so schnell verlobt haben?«

Alles ist so schnell gegangen. Wir waren erst seit ein paar Monaten zusammen, als wir unseren ersten längeren Urlaub machten. Gemeinsam erkundeten wir die Amalfiküste in Italien, und an unserem letzten Abend machte Lars mir dann einen Antrag. Dafür hatte er extra im schönsten Restaurant der Stadt reserviert, mit einem traumhaften Blick über das Meer und leisen Klavierklängen, die sich im Hintergrund mit dem Brechen der Wellen mischten. Es war eine Szene wie im Film. Aber es hat auch etwas konstruiert gewirkt, fast unecht. Dennoch habe ich sofort Ja gesagt, als die Worte über seine Lippen kamen. Ein Nein schien in dem Moment unmöglich, und ich war ja glücklich, als er mich gefragt hat. Das war ich wirklich.

»Ich hätte am Anfang nie gedacht, dass wir eine Zukunft haben«, fahre ich fort und klaube einen winzigen Zweig hinter Nickis Ohr hervor. »Lars und ich. Wir sind so verschieden, aber irgendwie haben wir uns arrangiert. Manchmal frage ich mich, ob ich mich nicht nur zu sehr angepasst habe.« Wie das Wandern, das ich Lars zuliebe fast vollständig aufgegeben habe, weil er mit der Natur nichts anfangen kann und hauptsächlich Zeit in der Stadt verbringen wollte. Das ist nicht schlimm, habe ich mir immer gesagt. Wandern kann ich auch mit meinen Freundinnen, aber gleichzeitig blockierte Lars jedes meiner Wochenenden, so dass ich neben der Arbeit einfach keine Zeit mehr für ausgedehnte Ausflüge in die Berge fand.

»Ich hab die Wanderungen mit dir wirklich vermisst«, rede ich weiter und lasse mich hinter Nicki zu Boden sinken. Wieso habe ich eigentlich nie mit ihr über meine Beziehung geredet? Über meine heimlichen Ängste. Unsere Streitereien und das bleierne Gefühl, das mich nachts manchmal packt, wenn ich neben Lars im Bett liege und das Datum unserer Hochzeit näher und näher rückt.

Ich lege den Arm von hinten um Nickis Taille und vergrabe mein Gesicht an ihrem Rücken. »Ich bin so froh, dass du bei mir bist. Ich hab dich lieb, Nicki.«

Ihr Körper ist so kalt. Ich ziehe ein weiteres Fell über uns, um uns warm zu halten, aber meine Schultern schlottern dennoch.

Draußen bläst ein eisiger Wind durchs Dickicht und lässt die Holzplanken der Hütte ächzen. Der Herbst ist kurz in Schweden. Schon jetzt werden die Nächte immer kälter und länger. In ein paar Tagen könnte bereits der erste Schnee fallen. Was dann?

In der Hoffnung, in der Schwärze versinken zu können, schließe ich die Augen. Doch diesmal sehe ich nur Weiß. Ein grelles Weiß, das alles verschluckt und mich vor Angst zittern lässt.

* * *

Etwas stimmt nicht. Ich spüre es sofort, als ich mitten in der Nacht die Augen aufschlage. In der Hütte ist es stockfinster, so dass ich nicht einmal die eigene Hand vor Augen sehe.

Ich greife neben mich und bin erleichtert, als meine Finger Nickis Körper ertasten. Sie schläft noch immer, ihr Atem geht tief und ruhig.

Was war es dann, was mich geweckt hat?

Draußen geht ein heulender Wind, der die Blätter rascheln lässt. Nein, nicht nur der Wind. Hinter dem Rascheln verbirgt sich noch etwas anderes. Ein Scharren und Stampfen.

Schritte. Mein Herz rast. Da draußen vor der Hütte sind Schritte.

Sofort sitze ich aufrecht und starre in die Finsternis vor

mir. Ich halte die Luft an, lausche. Vielleicht habe ich es mir nur eingebildet? Dann höre ich es wieder. Ein schleifendes Geräusch direkt vor der Wand, hinter der wir schlafen. Dann ein Knacken. Holz, das unter etwas Schwerem zerbricht. Zu schwer für einen Menschen. Aber was könnte es sonst sein? Ein Luchs? Ein Wolf?

Ich lausche erneut, die Finger vor Anspannung in das Fell in meinem Schoß gekrallt. Es klingt groß, wuchtig. Der Boden erzittert unter jedem Schritt des Wesens. Ein Bär womöglich, auf der Suche nach einer letzten Mahlzeit vor seinem Winterschlaf.

Mein Nacken prickelt. Ich widerstehe dem Verlangen, hinter die mit Tierfellen zugedeckten Spalten zu spähen, und verhalte mich so ruhig wie möglich, jede Muskelfaser zum Zerreißen gespannt. Ich höre ein Schnaufen. Es schnuppert an der Wand, als würde es tief unseren Duft einatmen, uns wittern.

Mein Blick zuckt zu Nicki. Die zahlreichen Wunden an ihrem Körper. Das viele Blut, das noch an ihrer Kleidung haftet. Der Geruch muss den Bären angelockt haben.

Das Tier bewegt sich weiter, entlang der brüchigen Holzfassade – direkt auf den Eingang der Hütte zu.

Ich springe auf. Bei der Bewegung streift mein Fuß Nicki, die noch immer nichts von alldem mitbekommt und zusammengerollt unter den Fellen schläft.

Er darf hier nicht reinkommen. Sie nicht erwischen. Irgendwie muss ich ihn aufhalten. Zitternd suche ich den Boden ab. Normalerweise schlafe ich immer mit dem Jagdmesser in Griffweite, aber jetzt tasten meine Finger ins

Leere. In der Finsternis kann ich nicht erkennen, wo ich es hingelegt habe. Trotz meiner angstgeschärften Sinne sehe ich nur Schwärze. Dafür höre ich umso besser, höre, wie das Stampfen schwerer Pranken näher und näher kommt, bis der Bär direkt vorm Eingang verharrt.

Ich presse eine Hand auf meinen Mund, unterdrücke ein Keuchen.

Der Riegel an der Tür ist alt, das Holz mürbe. Unwahrscheinlich, dass es halten wird, wenn das Tier beschließt hineinzukommen. Kälte und Wind hat es bisher ferngehalten, aber einen Bären?

Ein neuer Laut ertönt: ein leises Grollen, so tief, dass ich es mehr spüre als höre. Dann das Knarzen von Holz. Das Holz der Eingangstür, als der Bär von außen dagegen drückt.

Ich stürze zur Tür, bin aber zu spät. Sie gibt nach. Nur einen Spalt – aber genug, dass mir der warme, feuchte Atem des Tieres entgegenschlägt.

Angsterfüllt schreie ich auf, als ich für den Bruchteil einer Sekunde etwas sehe: dunkles, raues Fell. Augen, die im Mondlicht glänzen.

Bevor das Tier seine Schnauze durch den Spalt zwängen kann, werfe ich mich gegen die Tür, nutze meine Beine, um mich dagegen zu stemmen auch wenn ich weiß, dass meine Kraft niemals ausreichen wird. Die Tür erzittert. Etwas knallt dagegen. Das Kratzen von Krallen auf Holz, als die Pranken des Bären darüber schaben, während er drückt, wittert, schiebt.

Mein Herz springt fast aus meiner Brust. Die Angst lässt mich am ganzen Körper zittern, doch ich höre nicht auf, meinen Rücken gegen die Tür zu pressen, halte sie mit meinem ganzen Körpergewicht. Als etwas erneut dagegen schiebt, brülle ich laut, brülle dem Bären aus vollem Hals entgegen. All meine Angst, meine Wut und Verzweiflung. Der Bär erstarrt. Das Gegengewicht lässt kurzzeitig nach. Ich hole tief Luft und brülle erneut. Gleichzeitig hämmere ich mit den Fäusten gegen das Holz, ignoriere die Splitter, die ich damit in meine Haut ramme. Ich trete mit den Füßen, tobe und schlage und mache dabei so viel Lärm wie möglich. Das morsche Holz erbebt unter meinen Fäusten. Fasern reißen und kleine Holzstücke brechen heraus. Dennoch höre ich nicht auf.

Hinter der Tür grunzt der Bär, aber es klingt ... ferner? Als würde das Tier sich zurückziehen. Wieder höre ich schwere Schritte. Schritte, die sich entfernen.

Ich unterdrücke ein Schluchzen, bündle stattdessen meinen Atem, um ihm weiter entgegenzuschreien. Ich schreie, so laut ich kann. Ich schreie, bis meine Kehle wund und mein Atem erschöpft ist und noch darüber hinaus.

Ich schreie noch Minuten später, bis alle anderen Geräusche verklungen sind und ich außer meinem Gebrüll nichts mehr hören kann.

Der Bär ist fort. Dennoch verharre ich weiter an der Tür, lausche angestrengt in die Dunkelheit, bis ich irgendwann weinend zu Boden sinke.

20.

Es fiel mir immer noch schwer, mit niemandem über das Baby zu reden. Es war alles, woran ich denken konnte. Jede Minute. Jede Sekunde. Aber Lars hatte wahrscheinlich recht – wir sollten noch ein wenig warten, und die paar Wochen mehr würden sicher schnell vergehen.

Um mich abzulenken, durchstöberte ich die sozialen Medien nach Schwangerschaftstipps und speicherte Videos darüber, wie man Babybrei kocht oder den Beckenboden mit Pilates stärkt. Ich hätte nie gedacht, dass ich einmal so werde – eine von diesen Frauen, die alles der Schwangerschaft unterordnen. Ich hatte mir vorgestellt, die coole Mutter zu sein, die alles nebenbei rockt, aber die Hormone haben meine ganze Coolness einfach in Luft aufgelöst. Zurück blieb eine Version von mir, die mir selbst oft fremd vorkam: ängstlich, neurotisch und ungewohnt sentimental.

Die meiste Zeit konnte ich mich selbst kaum ertragen und war überrascht, wie liebevoll Lars trotzdem zu mir war. Am nächsten Abend stand er erneut mit einer großen Tüte vor meiner Wohnungstür. Diesmal hatte er zu meiner Freude kein Obst oder Gemüse mitgebracht, sondern ein richtiges Snackpaket: Pralinenschachteln, Sauerrahmchips und Karamellpopcorn. Alles meine Lieblingsmarken. Gestern Abend war ich vor Heißhunger fast verrückt geworden und hatte sogar einen Streit vom Zaun gebrochen, nur um dann das letzte Bisschen Nutella aus einem fast leeren Glas zu kratzen.

»Du bist der Beste«, schwärmte ich, als Lars den Inhalt der Tüte auf dem Küchentisch ausbreitete. Er hatte noch nicht einmal seine Jacke ausgezogen, als ich bereits die erste Praline aus der glänzenden Goldfolie schälte und mir auf der Zunge zergehen ließ. Mit geschlossenen Augen legte ich mir die Hand auf die Brust. »Mhhm, ist das gut.«

Lars musste lachen. »Vergiss nur nicht, zwischen all dem Süßkram auch deine Vitamine zu nehmen.« Eine Sekunde später stand er wieder mit einer kleinen Ansammlung Tabletten neben mir. Diesmal waren es sogar noch mehr als gestern.

»Brauche ich die wirklich alle?«, fragte ich skeptisch, während Lars die Tabletten in meine Handfläche gleiten ließ. Ich hatte es noch nie gemocht, Pillen zu schlucken. Normalerweise nahm ich nicht einmal Aspirin.

»Schaden wird es dir nicht. Fast alles ist pflanzlich«, beruhigte er mich. »Frauen bauen in der Schwangerschaft ganz schön ab, weil der Fötus dem Körper so viele Nährstoffe entzieht – Eisen, Kalzium, Vitamine, Jod ...«

»Schon gut, schon gut. Ich nehme sie ja.«

»Aber langsam. Es wirkt besser, wenn du die Tabletten erst im Mund auflöst, bevor du schluckst.«

Ich nickte und tat, wie geheißen, obwohl sich meine Miene verkrampfte, als der bittere, kreidige Geschmack der Tabletten sich in meinem Mund ausbreitete. Ganz anders als die süße Praline von vorhin.

»Dafür darfst du danach deine Süßigkeiten weiternaschen«,

schmunzelte Lars und küsste mich auf die Wange. »Und ich koche was Schönes für uns. Was hältst du von Spaghetti Carbonara?«

Wieder brachte ich ein zustimmendes »Mhm« über die Lippen, die wegen der Tabletten fest geschlossen blieben. Carbonara war eins meiner Lieblingsgerichte. Heute wurde ich wirklich verwöhnt.

»Geh doch in der Zwischenzeit in die Badewanne«, schlug Lars vor und holte die große Pfanne unter dem Herd hervor. »Ich bin fertig, wenn du rauskommst.«

Dafür brauchte es nicht viel Überredungskunst. Zehn Minuten später ließ ich mich bereits in das heiße Wasser sinken. Vorher hatte ich noch ein paar Topfen eines schäumenden Ölbads hineingetan, das Lars mir von seinen letzten Einkäufen mitgebracht hatte. Es duftete herrlich nach Orangenblüten und Sandelholz und umhüllte mich wie ein Kokon, während ich tief in den leise knisternden Schaum eintauchte.

Als die Wanne vollgelaufen war, brachte Lars mir sogar noch einen Fencheltee, den er behutsam am Wannenrand abstellte. »Lass dir ruhig Zeit. Das Abendessen dauert noch ein bisschen.«

»Danke, du bist ein Schatz.« Was für ein Glück ich doch mit ihm hatte!

Ich nahm einen Schluck von dem herben Kräutertee, dann schloss ich mit einem wohligen Seufzen die Augen. Die sanfte Wärme drang in meine Glieder und ließ mich immer tiefer sinken, bis mir der Schaum bis zum Kinn reichte.

Mit einem Ruck kam ich im erkalteten Wasser zu mir. Ich musste länger als gedacht weggedöst sein. Wieso hatte Lars mich nicht längst zum Abendessen geholt?

Als ich nach ihm rufen wollte, spürte ich plötzlich ein Ziehen im Unterleib, von dem mir die Luft wegblieb.

Während der letzten beiden Wochen hatte ich das immer mal wieder gehabt. Keine wirklichen Schmerzen. Bloß ein leichtes Spannen, von dem meine Frauenärztin mir versichert hatte, dass es völlig normal war, weshalb ich mir nicht gleich etwas dabei dachte.

Ich drehte mich leicht im Wasser, um meine Körpermitte zu entlasten, doch das Ziehen wurde stärker. Und stärker. Bis mir irgendwann kalter Schweiß ausbrach und ich den Badewannenrand mit beiden Händen umklammerte.

Das war nicht normal.

Die Krämpfe kamen in Wellen, jede schlimmer als die vorherige. Die nächste Kontraktion war so stark, dass ich mich fast übergab. Mein ganzer Körper krümmte sich vor Schmerz, laut stöhnte ich auf.

»Lars?« Meine Stimme bebte vor Angst.

Ich griff mir an den Bauch und hielt mich mit der anderen Hand am Badewannenrand fest, um mich hochzuziehen. Dabei stieß ich die Tasse Fencheltee um, die mit einem Krachen am Boden zerschellte.

Dann sah ich das Blutrinnsal, das meine nackten Beine hinunterlief.

»Lars!«, schrie ich.

Keine Antwort.

Ich zerrte ein Handtuch vom Haken und taumelte zur Tür. Sie war verschlossen. Merkwürdig. Ich erinnerte mich nicht daran, sie hinter mir zugezogen zu haben. Lars musste das gewesen sein, als er mir den Tee gebracht hatte. Ich wollte sie aufstoßen, doch die Tür bewegte sich nicht. Erst dachte ich, dass es daran lag, dass ich zu stark zitterte und die Klinke nicht richtig nach unten drückte.

Aber ich versuchte es wieder und wieder – immer mit dem gleichen Ergebnis.

Jemand hatte von außen abgeschlossen.

»Lars? Hallo! Mach die Tür auf!« Meine Stimme war schrill, während ich mit den Fäusten gegen das Holz hämmerte. »Lars! Hörst du mich?«

Ein stechender Schmerz fuhr mir durch den Unterleib, so heftig, dass meine Beine nachgaben. Keuchend sank ich vor der Tür auf die Fliesen, das Handtuch rutschte mir von den Schultern. Mein ganzer Körper zitterte, Schweiß perlte über meine Stirn, und ich klammerte mich an die Tür, während der Schmerz Welle um Welle durch meinen Bauch jagte.

Dann hörte ich endlich eine Antwort. »Ganz ruhig. Du musst ruhig bleiben.«

Ich schniefte vor Erleichterung. »Lars! Die Tür ist zu! Du musst mich hier rausschaffen.« Meiner Kehle entkam ein Wimmern. »Das Baby ... Ich glaube, ich muss ins Krankenhaus. Etwas stimmt nicht. Ich blute.«

»Hast du Schmerzen? Versuch, tief zu atmen und dich nicht zu verkrampfen. Oder geh zurück in die Badewanne. Die Wärme wird dir helfen.«

Seine Stimme klang ganz nah. Als würde er direkt auf der anderen Seite stehen. Wieso machte er dann nicht auf?

»Was redest du da? Du sollst mich rauslassen!« Noch immer lief Blut in einem dünnen Rinnsal meine Beine hinunter und sammelte sich auf dem weißen Fliesenboden. Von dem Anblick wurde mir schwindlig. »Bitte, mach endlich auf! Du verstehst nicht! Das Baby ist in Gefahr!«

Vor Verzweiflung begann ich wieder wie verrückt gegen die Tür zu schlagen. Dann erzitterte das Holz plötzlich, als Lars von der anderen Seite ebenfalls mit der Faust gegen die Tür donnerte. »Ich sagte, du sollst dich beruhigen!«

Geschockt starrte ich die Tür an. Meine Beine bebten vor Schmerzen, während mein Unterleib nach wie vor krampfte. »Was soll das? Hast du die Tür zugesperrt?«

Ich verstand nicht. Wieso sollte er das tun? Wir hatten vorhin nicht einmal gestritten, aber der Mann auf der anderen Seite war wie ausgewechselt. »Lars, antworte mir!«

Aber hinter der Tür herrschte wieder Stille. Hatte er mich etwa tatsächlich alleingelassen?

Ich begriff immer noch nicht, aber ganz egal, was vor sich ging, ich musste hier raus. Ich musste mein Baby retten.

Wo war mein Handy? Wenn Lars mir nicht half, musste ich selbst Hilfe holen. Mühsam zog ich mich am Waschbecken hoch, wo ich es abgelegt hatte, bevor ich in die Badewanne gestiegen war, aber da lag es nicht mehr. Hatte ich mich vertan? Oder hatte Lars es mitgenommen, bevor er mich hier eingesperrt hatte?

»Mistkerl«, zischte ich leise, während ich mich fieberhaft im Bad umblickte. Ich entdeckte nicht viel, das mir helfen konnte. Nichts, mit dem ich die Tür hätte aufbrechen und mich befreien können, aber in dem Kasten unterhalb vom Waschbecken fand ich mein altes Glätteisen. Nicht schwer genug, um Schaden zu verursachen, aber genug, um ordentlich Lärm zu machen.

Ich holte weit aus und schlug mit dem Glätteisen auf den Badewannenrand ein. Der Aufprall verursachte einen dumpfen Ton, den ich bis in die Zähne spürte. »Hilfe!«, rief ich, während ich erneut ausholte. Noch mehr Blut, das aus mir herausströmte. Wieder wurde das Stechen so stark, dass ich mich mit der freien Hand abstützen musste, um nicht erneut zu Boden zu gehen. Mit geschlossenen Augen versuchte ich, gegen den Schmerz anzuatmen. Von draußen schlug Lars wieder gegen die Tür. »Ich warne dich!«, rief er. »Zwing mich nicht, zu dir reinzukommen.« Ich ignorierte ihn und hämmerte weiter auf die Wanne ein. Selbst als die ersten Splitter vom Plastik des Glätteisens abplatzten und mein Arm taub wurde vor Erschöpfung. Sollte doch die Polizei kommen, mir egal. Solange jemand mich nur endlich hier rausholte.

Kurz darauf ertönte Musik aus dem Wohnzimmer. Hämmernder Bass erfüllte meinen Kopf. Lars drehte so laut auf, dass sie meine Schläge fast völlig verschluckte. Ich hörte nicht auf. Ich tobte und schrie und schlug um mich.

Und dann ging endlich ein Surren durch die Wohnung. Jemand klingelte an der Tür. Jemand hatte mich gehört, was mich dazu ermutigte, das Glätteisen noch kräftiger zu schwingen. »Hallo? Hilfe, ich bin hier drinnen! Ich bin im Bad!«

Ich konnte Lars' Schritte hören, wie er durch den Flur an der Badezimmertür vorbeiging. Ich rief aus voller Kraft und knallte das Glätteisen so heftig gegen die Badewanne, dass ein Teil davon abbrach. Dennoch passierte lange nichts. Dann ging plötzlich die Musik aus, und Lars kehrte zurück.

»Das war bloß deine ältere Nachbarin von gegenüber, die sich wegen des Lärms beschweren wollte«, erklärte er ruhig. »Ich musste ihr leider sagen, dass du gerade eine Fehlgeburt durchlebt hast und deshalb unter Schock stehst. Sie war sehr verständnisvoll und wünscht dir gute Besserung.«

Eine Fehlgeburt? Mir lief es heiß und kalt den Rücken hinunter. War es das, was gerade mit mir passierte? Ich hielt meinen schmerzenden Bauch, während mir Tränen in die Augen stiegen. »Bitte«, flehte ich erneut, während ich an der Türklinke rüttelte. »Ich tue alles, aber du musst einen Krankenwagen rufen. Bitte!«

»Dafür ist es zu spät.« Lars' Stimme klang sanft, fast mitfühlend. »Die Wirkung hat längst eingesetzt.«

Meine Beine wollten mich nicht mehr tragen. Das Glätteisen rutschte mir aus der Hand, und ich sank auf den Knien zu Boden. Schweiß bedeckte meinen nackten Körper.

»Es waren die Pillen, oder?«, fragte ich wimmernd. »Du hast mir irgendwas gegeben, damit ich das Baby verliere.«

Plötzlich schmeckte ich wieder ihren kreidigen, bitteren Geschmack auf der Zunge. Übelkeit überkam mich. Ich schleppte mich zur Kloschüssel, und als die Übelkeit allein nicht reichte, steckte ich mir den Finger tief in die Kehle, bis ich endlich erbrach.

»Das wird dir auch nicht mehr helfen«, sagte Lars, der mein Würgen durch die Tür hören konnte. »Die Tabletten gestern haben bereits ausgereicht, dass dein Körper die Schwangerschaft nicht länger unterstützt. Die heutige Dosis war nur noch dazu da, dass du den Embryo ausstößt. Es gibt nichts mehr zu retten.«

Tränen und Rotz liefen mein Gesicht hinunter. Meine Wangen waren heiß, während der Rest meines Körpers fror und zitterte.

»Wieso tust du das?«

»Glaub mir, ich wünschte wirklich, dass es nicht so weit hätte kommen müssen. Ich habe auch erst versucht, die Sache vernünftig mit dir zu klären, wie Erwachsene. Aber du musstest ja stur sein. Ich habe dir gesagt, dass ich das Baby nicht will. Und ich lasse mir keine Entscheidungen aufzwingen. Von niemandem.«

»Aber ich hätte es doch allein gemacht«, krächzte ich. »Ich habe dich nie zu irgendwas gezwungen!«

»Aber sicher.« Lars schnaubte verächtlich. »Ich kenne Frauen wie dich. Die Pille hast du bestimmt auch nur zufällig vergessen, nicht wahr? Hältst du mich für bescheuert? Wie lange hätte es wohl gedauert, bis der erste Anwaltsbrief mit Unterhaltsforderungen bei mir reingeflattert wäre, hm? Du dachtest wohl, du hast ausgesorgt. Aber nicht mit mir, Süße.«

Die Worte prasselten wie Schläge auf mich ein, raubten mir den Atem. »Dann hast du mir das alles nur vorgemacht? Deinen Sinneswandel, dass du das Kind gemeinsam mit mir aufziehen willst? Alles nur, damit du mir heimlich Tabletten unterjubeln kannst?«

»Das klingt sehr hart. Vergiss nicht, dass du mir ebenfalls etwas vorgemacht hast. Ich habe lediglich deinen Fehler korrigiert.«

Ein Fehler. War das alles, was das Baby für ihn war? Ein Störfaktor in seinem Leben, den es auszumerzen galt, egal zu welchem Preis?

Und ich hatte es nicht einmal gemerkt. Hatte mich gefreut über seine Aufmerksamkeit und Anteilnahme. Vertrauensselig hatte ich jede einzelne Tablette geschluckt, die er mir gegeben hatte, und damit mein eigenes Kind getötet.

»Du Monster.« Stöhnend wischte ich das Blut mit Klopapier vom Boden auf, weil ich den Anblick nicht ertrug, doch es schien nie ganz wegzugehen, egal wie oft ich über die Fliesen schrubbte. Erst als ich das Licht ausknipste, fand ich etwas Frieden.

Lars war fort.

Ich hatte es aufgegeben, Lärm zu erzeugen oder auf Hilfe zu hoffen. Wie Lars gesagt hatte: Es war ohnehin zu spät, und für mich allein fehlte mir die Kraft.

Irgendwann schlief ich ein. Nackt auf dem kalten Fliesenboden, mit angezogenen Knien und einem dünnen Handtuch als Decke.

Der Schmerz war einem dumpfen Gefühl von Taubheit gewichen. Leere. Eine alles verschlingende Leere.

Als der Morgen dämmerte und schwaches Licht durch die getönten Badezimmerfenster drang, ging ich noch mal zur Tür und drückte die Klinke herab. Mühelos glitt so auf, als wäre sie nie verschlossen gewesen.

Ich ging von Raum zu Raum. Lars war verschwunden. Genau wie all seine Sachen. Er musste gepackt haben, während ich im Bad eingesperrt war. Hatte alles mitgenommen: T-Shirts, Deos, Ladekabel. Sogar die Einkäufe, mit denen er gestern durch die Tür gekommen war.

Alles nur Farce.

Als wäre er nie hier gewesen.

Ich blickte auf meinen Bauch hinab, der wie immer aussah und sich doch ganz anders anfühlte.

Als wäre nie etwas passiert.

21.

Als ich am Morgen aufwache, ist Nicki verschwunden. Mein Herz springt mir in die Kehle. Wieder fühle ich mich zurückversetzt an den Morgen im Zelt, als ich ebenfalls ins Leere blickte und das erste Mal ihren Namen durch den dämmrigen Wald rief. Sofort muss ich an den Bären denken. Dass er womöglich in der Nacht zurückgekehrt ist und sich Nicki geholt hat, während ich erschöpft neben der Tür eingeschlafen bin. Völlig aufgelöst stürme ich nach draußen, um sie zu suchen. Dann steht sie da plötzlich, gleich vorm Eingang der Hütte. Etwas wacklig, aber aufrecht. Sie hat die Arme fest um sich geschlungen und sieht mich aus großen, dunklen Augen an.

»Nicki.« Meine Stimme bricht.

Ich strecke die Hand nach ihr aus, fasse ihren Arm. Ich muss sie einfach berühren, als könnte sie sich sonst einfach wieder vor mir auflösen. Ihre Haut ist immer noch eiskalt, als hätte ich sie gerade erst aus dem Fluss gezogen.

Ihre dünne Gestalt wiegt sich sanft, wie der schmale Wipfel eines Baumes im Wind. Ich werde das Gefühl nicht los, dass sie jeden Moment umkippen könnte, und halte schützend die Arme um sie. »Wie geht es dir? Komm wieder rein in die Hütte. Hier draußen ist es eiskalt.« Der Tau ist auf den Zweigen und Blättern gefroren. Sie schimmern wie Kristall im diesigen Morgenlicht. Sachte ziehe ich an Nickis Arm, um sie ins Innere zu führen, doch trotz ihrer gebrechlichen Erscheinung zeigt sich ihr Körper überraschend kräftig, als sie sich gegen mich sträubt. Sie bewegt sich keinen Millimeter.

»Die Hütte ist eine Falle«, sagt sie eindringlich. »Wir müssen hier weg. Niemand wird uns finden, wenn wir hier bleiben.« Ihr Gesicht ist fahl wie die kahlen Birken, die uns umgeben, doch ihre Augen funkeln fieberhaft.

»Ich weiß, das weiß ich doch. Mein Plan war, zurück auf den Kungsleden zu gehen. Aber da war der Sturm, der Regen, und dann wurde ich von einer Schlange gebissen.« Ich bücke mich und kremple mein Hosenbein hoch, um Nicki die Bisswunde an meinem Knöchel zu zeigen. »Es sieht zwar nicht sehr bösartig aus, aber ich kann deshalb immer noch kaum gehen.«

Nicki schüttelt den Kopf, als wäre das nicht von Belang. »Wir müssen zurück zum Zelt. Es ist nicht weit von hier.«

»Glaub mir, wenn es so einfach wäre, wäre ich längst dort! Ich habe tagelang danach gesucht, genau wie nach dir. Aber dann hat es plötzlich so stark gestürmt. Ich wusste nicht mehr, wo oben oder unten ist. Ich hab vollkommen die Orientierung verloren. Aber jetzt können wir gemeinsam gehen. Ich bin so froh, dich endlich gefunden zu haben.« Ich drücke Nickis Hand und lächle sie an, aber Nicki erwidert mein Lächeln nicht, was mich verunsichert. »Weißt du denn noch, wie man zum Zeltplatz zurückkommt?« Ich muss an den Gaskocher denken, die Beutel mit Pilzrisotto und Beerenporridge, die ich in meinem Rucksack zurückgelassen habe. Mein Magen sticht vor Hunger.

»Es ist nicht weit von hier«, antwortet Nicki wieder nur und blickt in den Wald hinaus. Der Sturm hat den Herbst noch schneller vorangetrieben und den Birken ein Großteil ihrer Blätter entrissen. Wie bleiche Skelette ragen sie in die Höhe.

»Jetzt gleich? Willst du dich nicht ausruhen? Du bist gerade erst wieder zu dir gekommen.«

»Wir haben schon zu viel Zeit verloren.«

»Okay, dann ...« Ich reibe meine Schultern gegen die Kälte und suche nach Dingen, die wir vorher noch erledigen sollten, aber es gibt nichts. Kein Frühstück zuzubereiten. Keine Kleidung zum Wechseln. Nicki trägt genau wie ich nur ihre Wanderkleidung am Leib. Im Grunde hält uns nichts. »Dann los, schätze ich. Ich folge dir. Aber langsam bitte. Ich muss auf mein Bein achten.«

Das Einzige, was ich noch hole, ist meine Wasserflasche, die nach meinem letzten Marsch zum Fluss noch halb voll ist. Als ich zurück nach draußen trete, wartet Nicki bereits bei den Bäumen auf mich. Obwohl sie recht hat, fällt es mir schwer, die Hütte einfach zurückzulassen. In den letzten Tagen war sie mein einziger Schutz. Ohne sie wäre ich wahrscheinlich schon in der ersten Nacht erfroren. Einen Moment bleibe ich stehen und lasse meine Hand über das raue, spröde Holz gleiten, wie ein stiller Abschiedsgruß. Dann reiße ich mich los und eile Nicki hinterher, die trotz ihres Zustands erstaunlich schnell und sicher durch das unwegsame Gelände stapft.

»Langsam«, bitte ich erneut und ducke mich unter einem tief hängenden Zweig hindurch, um ihr zu folgen. Mein Bein protestiert bei jeder Bewegung, ein dumpfer Schmerz, der in meine Hüfte ausstrahlt, doch zumindest kann ich wieder einigermaßen auftreten und brauche keine Krücke mehr.

Nicki sagt nichts, verlangsamt jedoch leicht ihr Tempo.

»Und pass auf«, füge ich hinzu. »Letzte Nacht hat sich hier ein Bär rumgetrieben.« Die Erinnerung lässt mich noch immer frösteln. Nervös schaue ich zwischen den Bäumen umher, als könne er jeden Moment hinter ihnen hervorbrechen und uns angreifen.

Nicki scheint die Vorstellung weniger zu verschrecken, aber sie hat die ganze Begegnung auch verschlafen. Ich kann kaum glauben, dass sie tatsächlich hier ist, dass sie sich vor mir durchs Dickicht schlägt. Und doch fühlt sie sich unerreichbar an, als wäre da eine Kluft zwischen uns. Sie ist still, fast unnahbar, den Blick fest auf den laubbedeckten Boden vor sich geheftet, als würde sie einem geheimen Pfad folgen, den nur sie sehen kann.

»Du musst mir noch erzählen, was alles passiert ist«, keuche ich. Der Atem in meiner Lunge brennt. Zumindest wärmt die Bewegung meine Glieder, so dass ich nicht länger zittere.

Nicki wirft mir einen merkwürdigen Blick über die

Schulter zu, als würde die Frage sie überraschen. »Das weißt du doch. Wir haben beide das Zelt verlassen.«

Mein Nacken prickelt. »Nein. Ich meine, schon, aber du warst bereits weg, als ich rausgekommen bin. Ich hatte keine Ahnung, wo du bist, und bin dich suchen gegangen. Also, was ist passiert? Wo warst du?«

Sie murmelt etwas, das ich nicht verstehe, und wendet sich abrupt wieder ab. Plötzlich wird ihr Schritt schneller, und ich kämpfe darum mitzuhalten. Der Schmerz in meinem Bein flammt auf, jeder Schritt ist wie ein Stich, aber ich beiße die Zähne zusammen.

Was ist bloß mit ihr los? Warum fragt sie mich nichts? Kein Wort darüber, wie es mir ergangen ist, keine Reaktion darauf, dass wir uns tagelang nicht gesehen haben – nicht einmal sicher waren, ob die andere überhaupt überlebt hat. Stattdessen verhält sie sich, als wäre nichts passiert, als hätten wir uns nur für ein paar Stunden aus den Augen verloren. Als hätte ich sie nicht halb erfroren aus einem Fluss gezogen, während ich selbst am Rande des Verhungerns war.

Vielleicht liegt es an ihrer Kopfverletzung. Ich hätte nicht zulassen dürfen, dass sie so rasch wieder aufsteht und sich anstrengt. Der Zeltplatz hätte auch noch ein paar Stunden warten können. Stattdessen drängt sie vorwärts, als gäbe es kein Morgen mehr.

Ihr Rücken wird immer kleiner, bis er fast von den Schatten der Bäume verschluckt wird. »Nicki, warte!«

Dann rutsche ich aus. Durch das viele Laub am Boden sehe ich kaum, wohin ich trete. Ich kann mich gerade noch an einem Baumstamm festkrallen, um nicht hinzufallen. Als ich wieder aufblicke, ist sie fort.

Mein Puls rast.»Nicki?«Meine Stimme hallt schrill und laut durch die bedrückende Stille des Waldes.

»Hier drüben.« Ihre Stimme ist gedämpft, kaum mehr als ein Echo. Ich sehe ihren dunklen Haarschopf kurz hinter einer schief stehenden Birke aufblitzen, doch bevor ich sie erreichen kann, tragen ihre raschen Schritte sie noch weiter weg.

»Jetzt warte doch!« Ächzend hechte ich ihr nach. Die Bäume stehen hier so dicht an dicht, dass ich Mühe habe, mich an ihren knochigen Stämmen vorbeizuschieben.

»Wir sind fast da«, hallt Nickis Stimme mir entgegen. Vor uns erhebt sich eine steile Böschung, dicht bewachsen mit Sträuchern und Gestrüpp. Ich bleibe stehen und mustere sie misstrauisch.»Wirklich?« Mein Blick wandert umher. Nichts an dieser Umgebung kommt mir auch nur ansatzweise bekannt vor. Im Gegenteil, etwas an diesem Ort fühlt sich falsch an.»Bist du dir sicher, dass wir den richtigen Weg genommen haben? Ich glaube, wir sollten uns weiter links halten.« Wie auf der improvisierten Karte, die ich auf den Waldboden gezeichnet habe.

Nicki wirft mir einen schnellen Blick über die Schulter zu, ihre Augen funkeln ungeduldig.»Ich bin sicher.«

Doch in mir schrillen die Alarmglocken. Mein Instinkt schreit, dass wir nicht weitergehen sollten, dass hier irgendetwas nicht stimmt. Kalter Schweiß bricht mir aus, meine Knie zittern, und ein Frösteln durchfährt mich. Ich kann nicht mehr.

»Ich glaube, ich muss kurz sitzen«, sage ich, meine Stimme schwach und heiser. Meine Beine drohen unter mir nachzugeben, während ich mich nach einem nahe gelegenen Stein oder Baumstumpf umsehe.

»Nein.« Plötzlich steht Nicki wieder genau vor mir und zieht sachte an meinem Arm. »Wir müssen weiter. Du schaffst das.«

Widerstrebend lasse ich mich ein paar Schritte von ihr ziehen, doch dann bleibe ich stehen, bohre die Fersen in den nachgebenden Waldboden. »Aber wir sind falsch!« Meine Stimme überschlägt sich vor Frustration, und ich gestikuliere aufgebracht in die entgegengesetzte Richtung. »Ich weiß es genau, wir hätten da langgehen müssen.«

Nicki beäugt mich skeptisch mit schief geneigtem Kopf. »Ich dachte, du hast dich verlaufen und weißt gar nicht, wo das Zelt ist?«

»Nicht genau vielleicht«, gebe ich zu und kämpfe darum, meine Atmung zu kontrollieren, während mein Herz heftig in meiner Brust hämmert. »Aber ich würde mich erinnern, wenn ich schon mal hier gewesen wäre.«

Ich mache ein paar zögernde Schritte zurück, hoffe inständig, dass Nicki mir folgt. Doch sie bleibt stur stehen, unbeweglich wie eine Statue.

Plötzlich spüre ich etwas Hartes unter meinen Fersen. Der Waldboden ist mit feuchtem Laub bedeckt, aber als ich es mit der Spitze meines Wanderstiefels beiseiteschiebe, kommt darunter etwas Dunkles, Eckiges zum Vorschein. Es ist grau vom Schmutz, doch mein Herz setzt einen Schlag aus, als ich erkenne, was es ist.

Ungläubig beuge ich mich hinunter und hebe es auf. Ein Handy. Und nicht irgendeins. Mein Handy. Die Rückseite ist zerkratzt, der Akku längst leer, der Bildschirm schwarz – aber ich erkenne es sofort. Die Marke. Die kleine Kerbe in der Hülle von dem Tag, an dem ich es auf einer Rolltreppe habe fallen lassen. Es gibt keinen Zweifel: Das ist mein Handy, das ich verloren habe, als ich vor ein paar Tagen die Böschung hinabgerutscht bin. Die gleiche Böschung, die sich jetzt direkt vor uns auftürmt.

Mein Puls stolpert, während ich langsam den Blick hebe und Nicki anschaue.

Also hatte sie doch recht: Das Zelt ist ganz in der Nähe.

22.

Ich ging noch mal zu meiner Frauenärztin, um mir bestätigen zu lassen, was ich ohnehin längst wusste und spürte. *Kein Herzschlag. Kein Embryo.* Statt Leben sah ich diesmal nur Schwärze auf dem Bildschirm des Ultraschalls.

Ihr mitfühlendes Lächeln war das Schlimmste. Es bohrte sich wie ein Messer in meine Brust, während sie mir versicherte, dass das häufiger vorkam, als man dachte. Dass ich gesund und jung war und noch viele Chancen auf eine erfolgreiche Schwangerschaft haben würde.

Ich nickte und gab mich stark. Ja, es ging mir gut. Nein, ich brauchte keine weitere Unterstützung.

Dabei schrie alles in mir, aber ich fand einfach keine Worte. Wie hätte ich ihr auch die Wahrheit sagen sollen? Dass das keine natürliche Fehlgeburt war, sondern ich zur Abtreibung gezwungen worden war? Ausgerechnet von dem Menschen, mit dem ich bereit gewesen war, mein Leben zu teilen?

Aber ich musste irgendetwas sagen. Ich durfte Lars nicht mit seiner Tat davonkommen lassen. Aber wer würde mir glauben? Ich hatte ja noch nicht einmal Beweise.

Er hatte keine Gewalt angewendet. Rein äußerlich hatte er mir kein Haar gekrümmt, und die Tabletten hatte ich selbst geschluckt.

Lars lachte wahrscheinlich über mich, weil ich ein so williges, naives Opfer gewesen war.

Schon deshalb überlegte ich, dennoch zur Polizei zu gehen, aber kaum hatte ich die Arztpraxis verlassen, vibrierte mein Handy. Eine neue Nachricht von Lars. »Was sagt die Ärztin? Ich hoffe, du fühlst dich schon besser. Und hast sie nicht mit scheußlichen Details verschreckt.«

Wie vom Donner gerührt blieb ich stehen. Mit gesträubten Nackenhaaren sah ich mich um. Die Straße war belebt, doch die Gesichter der vorbeieilenden Menschen waren mir alle fremd. Lars entdeckte ich nirgendwo. Woher wusste er, wo ich war? Wen ich besucht hatte? Lauerte er mir etwa hinter irgendeiner Ecke auf oder ließ mein Handy orten? Beides würde ihm ähnlich sehen. Zumindest der Person, die ich jetzt in ihm sah und die er bisher vor mir verborgen hatte.

Meine Hände bebten, als ich meine Antwort tippte. »Lass mich in Frieden! Hast du nicht genug Schaden angerichtet?«

»Ich wollte dir nur sagen, dass ich doch endlich deine Mutter kennengelernt habe. Du hattest recht, sie ist eine großartige Frau! So lebhaft und sehr stolz. Sie wollte sich erst gar nicht helfen lassen, als ich ihr anbot, die Einkäufe für sie nach oben zu tragen, dabei hat sie sich so abgemüht. Es ist nicht gut, wenn eine Dame ihres Alters so viele Stufen steigen muss. Stell dir vor, was passieren könnte, wenn sie mal stolpert.«

Darunter folgte ein Foto des Mietshauses, in dem meine Mutter wohnte. Die Eingangstür war einen Spalt offen, dahinter war ein blond gefärbter Haarschopf von hinten zu sehen. Meine Mutter.

Ich erstarrte. Alles Blut wich aus meinem Gesicht, als ich begriff, worauf er da anspielte.

Eine Sekunde später folgte die nächste Nachricht: »Mach keine Dummheiten.«

Eiswasser floss durch meine Adern. Am liebsten hätte ich das Handy weit von mir geschleudert. Doch ich durfte jetzt nicht in Panik verfallen. Vorher musste ich sicherstellen, dass es ihr gut ging. Ich rief meine Mutter an und war erleichtert, als sie sofort abhob.

»Mama! Gott sei Dank! Geht es dir gut?«

»Natürlich, wieso denn? Und dir? Du klingst so aufgelöst. Ist alles in Ordnung?«

»Ja, ja.« Ich atmete tief durch, um meine Stimme zu beruhigen. »Entschuldige, ich hatte gerade nur so ein dummes Gefühl und wollte sichergehen, dass es dir gut geht. Passt du auf, dass du niemanden Fremden hereinlässt? Ich lese immer wieder von diesen Betrügern und ihren Maschen. Sie haben es vor allem auf ältere Menschen abgesehen.«

»Nennst du mich gerade alt?«, fragte meine Mutter mit gespielter Entrüstung, doch gleich darauf lachte sie. »Mach dir keine Sorgen. Mir kommt hier keiner in die Wohnung.«

»Gut. Das ist gut.« Ich stammelte, weil ich nicht wusste, was ich sonst sagen könnte, um sie zu warnen, ohne wie eine Verrückte zu klingen.

»Ist wirklich alles in Ordnung? Du bist doch sonst nicht so überängstlich.«

Kurz zögerte ich. Sollte ich ihr von Lars erzählen? Aber dann bestand die Gefahr, dass meine Mutter ihn beim nächsten Mal die Straße hinunterjagte, und wer wusste schon, wie Lars dann reagierte. Inzwischen traute ich ihm alles zu.

Also lächelte ich und zwang mich zu einem heiteren Tonfall.

»Alles bestens. Ich hatte bloß etwas Stress und habe nicht so gut geschlafen. Da geht es manchmal durch mit mir. Ich wollte dich nicht beunruhigen, bloß dass du auf dich aufpasst. Ich hab dich lieb, Mama.«

»Ich dich auch, mein Schatz.«

Mir kamen die Tränen, und ich musste auflegen. Da stand ich nun, mitten auf dem Gehweg mit dem Handy in der Hand, und fühlte mich so allein wie noch nie in meinem Leben.

Gestern hatte ich mich noch wie die glücklichste Frau auf Erden gefühlt, und jetzt hatte Lars mir alles genommen: mein Baby, mein Selbstvertrauen, meine Sicherheit.

Ich wusste nicht, was ich tun sollte. Erschöpft und wie betäubt ging ich nach Hause und legte mich ins Bett. Ich lag einfach nur da und starrte an die leere Decke. Tagelang. Das Bett verließ ich nur für die notwendigsten Bedürfnisse. Nicht einmal mehr einkaufen ging ich, ernährte mich von Dosenvorräten und vom Lieferdienst.

Bei der Arbeit meldete ich mich krank, aber als ich nach zwei Wochen noch kein Attest vom Arzt nachgereicht hatte, folgte die Kündigung. Vor ein paar Wochen noch hatte ich mich so über die Jobzusage gefreut, nun war ich erleichtert. Eine Fassade weniger, die ich aufrechterhalten musste.

Meinen Freundinnen sagte ich, ich müsse viel arbeiten und hätte deshalb keine Zeit. Bei jedem Anruf hatte ich eine neue Ausrede parat, bis die Anrufe weniger und weniger wurden. Und teils komplett aufhörten.

Das Geld auf meinem Konto reichte für etwa drei Monate. Arbeitslosengeld bekam ich keines, weil ich es nicht schaffte, zu den Terminen zu erscheinen. Irgendwann hatte ich nur noch drei Euro auf dem Konto. Es kümmerte mich nicht einmal. Ich hatte keine Ahnung, wovon ich die nächste Mahlzeit bezahlen sollte, aber es war mir egal.

Die Küchenschränke waren leergeräumt. Ich besaß nicht einmal mehr ein Glas Oliven. Zwei Tage lang hungerte ich, dann erhielt ich plötzlich eine Einzahlungsmeldung auf meinem Handy. Erst erkannte ich die App nicht, bis ich mich wieder daran erinnerte, dass Lars mir die Krypto-Wallet zum Geburtstag geschenkt hatte. Als ich die Benachrichtigung genauer studierte, stutzte ich. Eine anonyme Wallet hatte mir zehntausend Euro in Bitcoin überwiesen. Erst hielt ich es für einen Systemfehler, bis kurz darauf eine Nachricht auf meinem Bildschirm erschien:»Für deine Unannehmlichkeiten.«Lars.

Mir wurde speiübel. Ich wollte sein Geld nicht. Ich wollte nicht einmal mehr wissen, dass er existierte. Bei dem Gedanken, dass er mich nach wie vor beobachtete, lief es mir kalt den Rücken hinunter.

Dennoch überwies ich ihm das Geld nicht zurück, wofür ich mich selbst verabscheute. Sein Schweigegeld.

Ironischerweise war es dieser Bestechung zu verdanken, dass ich mich wieder aufrappelte. Ich hasste den Gedanken, darauf angewiesen zu sein, und besorgte mir noch am nächsten Tag einen neuen Job. Ich fing an, in einer Bar zu kellnern, wie ich es bereits während meiner Studienzeit hin und wieder getan hatte. Erst nur drei Tage die Woche, um mich nicht zu überfordern, aber merkwürdigerweise fiel es mir nachts leichter, das Bett zu verlassen. Vielleicht, weil zu dieser Zeit alles wie durch einen Filter zu passieren schien. Im flackernden Licht konnte ich einfach mit der Menge mitschwimmen und mich selbst etwas vergessen.

Die Arbeit war eintönig, aber sie tat mir gut. Sie schaffte wieder Routine in meinem Leben und zahlte die Lebensmittel, so dass ich Lars' Geld nicht anrühren musste.

In dieser Zeit schöpfte ich etwas Hoffnung. Vielleicht würde ich doch irgendwann wieder ein normales Leben führen können. Ohne Angst. Ohne Schuld. Ohne nachts wach zu werden und diesen Schrei in der Brust zu spüren, den ich einfach nicht loslassen konnte.

Nach ein paar Wochen erweiterte ich mein Arbeitspensum auf fünf Tage die Woche und sah mich sogar wieder nach Stellenangeboten in meiner alten Branche um.

Ich hatte Lars nicht vergessen, aber ich hatte ihn zumindest an einen fernen Ort meines Bewusstseins verdrängt, um wieder funktionieren zu können.

Dann kam dein Geburtstag. Wir hatten uns seit Monaten nicht gesehen, und ich wollte unbedingt wieder an unsere Freundschaft anknüpfen. Du hast mir gefehlt, und ich freute mich schon seit Tagen darauf, dich endlich wiederzusehen.

Du hattest einen kleinen Keller in einem schicken Restaurant reserviert. Auf den Tischen flackerten Kerzen, deine Augen strahlten, und du trugst dieses wunderschöne, bordeauxrote Kleid. Als ich dich darin sah, hatte ich kurz dieses merkwürdige Déjà-vu, weil das gleiche Kleid bei mir im Schrank hing. Er hatte es mir in seiner Lieblingsfarbe gekauft.

Und dann sah ich ihn. An deiner Seite. Seine Hand besitzergreifend an deiner Taille. Die verliebten Blicke, die ihr euch zuwarft.

»Nicki!« Du quietschtest vor Freude, als du mich sahst. Sofort fielst du mir um den Hals. Du rochst so gut, nach Sonne und Wie-

sen und allem, was ich in meinem Leben vermisst hatte. Dennoch stand ich nur steif da, während du mich fest an dich gedrückt hieltest.

Ich war wie in Trance, brachte kaum ein Wort über die Lippen. Nicht einmal ein »Happy Birthday«.

»Ich bin so froh, dass du da bist! Wir haben uns ewig nicht mehr gesehen. Ich muss dir auch gleich jemanden vorstellen.« Dann tratst du einen Schritt zu Seite, um ihm Platz zu machen. »Das ist Lars!« Wie glücklich du über beide Ohren gegrinst hast, als du seinen Namen aussprachst.

»Hallo.« Lars gab mir die Hand. Sein Lächeln war freundlich und distanziert. Sein Blick ging direkt durch mich hindurch. Als wären wir Fremde. Als würden wir uns in dem Moment erstmalig begegnen, wären nicht monatelang ein Paar gewesen.

Beim Druck seiner Hand zog sich mein Magen krampfartig zusammen. Das letzte Mal hatten sich unsere Hände berührt, als er mir die Pillen gegeben hatte.

Sofort wurde mir schlecht. Jemand anderes betrat den Raum. Du und Lars wandtet euch um, während ich immer noch zitternd dastand. Der Raum verschwamm um mich, und ich musste nach der Wand greifen, um nicht umzukippen. Während du damit abgelenkt warst, weitere Gäste zu begrüßen, rannte ich zur Toilette. Ich sah mich nicht um, bildete mir aber ein, Lars' Blicke in meinem Rücken zu spüren. Meine Handfläche juckte dort, wo er mich berührt hatte. Ich wusch sie so gründlich wie möglich, tränkte sie in Seife und Desinfektionsmittel, aber das Jucken hörte nicht auf. Wie von Sinnen rieb ich meine Hände weiter aneinander in der Hoffnung, ihn von mir loszubekommen, bis meine Haut feuerrot war. Ein Gefühl der Ohnmacht überwältigte mich. Ich war zurück

*in dem Moment vor fünf Monaten, als ich nackt und blutend auf
dem kalten Fliesenboden kauerte und um Hilfe schrie.*

*Verzweifelt klammerte ich mich am Waschbecken fest, spritzte
mir eiskaltes Wasser ins Gesicht. Die Frau im Spiegel war eine
Fremde. Bleich und abgemagert, mit abgestumpften Augen, die
das Licht zu schlucken schienen.*

*Aus dem Nebenraum ertönte Gelächter. Lars' raue, hallende
Stimme hob sich daraus hervor und sandte eisige Schauer meinen
Rücken hinauf.*

Du und Lars. Ein Paar.

Mein Verstand weigerte sich, das zu begreifen.

*Ich fühlte mich wie in einem Traum gefangen. Einem entsetz-
lichen Albtraum.*

*In einer Großstadt wie Frankfurt konnte das kein Zufall sein.
Lars hatte nicht überrascht gewirkt, als er mich sah. Er hatte gewusst, dass ich kommen würde, dass Julia und ich befreundet waren. Aber wieso tat er das? Nur um mich zu quälen? Hatte es ihm
nicht gereicht, mir mein Kind zu nehmen?*

*Ich hätte ihn sofort entlarven sollen. Ich hätte dich warnen und
dir alles über ihn erzählen sollen. Was er mir angetan hatte. Was
er vielleicht auch dir antun würde.*

*Dafür schäme ich mich am meisten. Dass ich mich leise davon-
schlich, während du mit seinem Arm auf deiner Schulter auf einer
Bank saßt. Ahnungslos wie ein Tier auf der Schlachtbank, genau
wie ich einst.*

*Ich ließ mich von der Kellnerin bei dir entschuldigen, täuschte
eine plötzliche Magenverstimmung vor und eilte nach Hause, wo
ich mir die Decke über den Kopf zog und in mein Kissen schrie.*

Noch bevor die Nacht vorüber war, schrieb Lars mir eine Nach-

richt. »Mach keine Dummheiten.« Der gleiche Satz wie damals, als ich die Frauenarztpraxis verlassen hatte.

Er hatte mir von deinem Handy aus geschrieben, nicht von seinem eigenen. Eine Ermahnung, dass er wie immer alles unter Kontrolle hatte und genau wüsste, wenn ich versuchen würde, dich zu kontaktieren. Dich zu warnen.

Früher hätte ich es trotzdem getan. Ich hätte keine Angst vor ihm gehabt, wenn es darum ging, meine beste Freundin zu beschützen. Vor niemandem.

Aber dieses frühere Selbst war ausgelöscht. Ich verabscheute meine eigene Schwäche. Dass ich es nicht schaffte, mich gegen Lars zu wehren.

Am Tag nach deiner Geburtstagsfeier stand er vor meiner Wohnungstür. Ich wusste, dass er es war, noch bevor ich die Tür öffnete, spürte es daran, wie sich mein Magen plötzlich zusammenkrampfte und meine Beine zitterten.

Ich hakte die Sicherheitskette ein und machte die Tür einen Spalt auf.

»Hallo, Nicki.« Lars war in einen schicken langen Wollmantel gekleidet. Er besaß die Frechheit, zu grinsen. »Schön, dich wiederzusehen. Lässt du mich rein?«

»Nein«, antwortete ich emotionslos.

»Das ist schade. Wir hatten gestern so wenig Gelegenheit, uns zu unterhalten, und ich dachte, dass du vielleicht ein paar Fragen hast.«

»Ich habe keine Fragen. Ich will nur, dass du dich von Julia fernhältst. Sie ist viel zu gut für dich.«

Lars lachte. Ein Klang, den ich einmal geliebt hatte und bei dem sich nun meine Nackenhaare sträubten. »Da könntest du sogar recht haben«, sagte er in diesem selbstzufriedenen Tonfall, von dem mir speiübel wurde. »Aber ich werde sie nicht verlassen. Dafür mag ich sie viel zu sehr.«

»Wieso tust du das?«, fragte ich durch zusammengepresste Zähne. »Macht es dir etwa so viel Spaß, mich zu quälen?«

»O nein.« Lars machte ein betroffenes Gesicht, dem gleich darauf ein höhnischer Ausdruck wich. »Du denkst, es geht dabei um dich? Dafür bist du mir nun wirklich nicht wichtig genug. Das warst du nie.«

»Ich werde es Julia erzählen«, drohte ich, die Hand um den Türstock gekrallt. »Wenn du sie nicht in Ruhe lässt, wird sie alles erfahren.«

»Ach, wirklich?« Lars hob eine dunkle Augenbraue. »Das würde ich dir nicht raten. Glaub mir, du würdest damit nur einen Keil zwischen dich und Julia treiben. Außerdem hast du keine Beweise. Sieh dich doch an.« Lars ließ den Blick an mir hinabgleiten, über meine zerzausten, ungewaschenen Haare und mein fleckiges T-Shirt, das kaum meine dürren Beine bedeckte. Seine Mundwinkel kräuselten sich verächtlich. »Wer würde dir schon glauben?«

Ich knallte die Tür vor seiner Nase zu, doch selbst durch das dicke Holz hindurch konnte ich noch sein amüsiertes Glucksen hören.

Dann klopfte er einmal kurz mit dem Handrücken gegen das Holz. »Aber Nicki, falls es dich beruhigt: Ich liebe Julia. Also komm uns nicht in die Quere. Hast du verstanden? Oder ich sorge dafür, dass du es bereust.«

Ich konnte seinen Atem fast durch die Tür hindurch hören, bis schließlich seine Schritte im Flur verklangen. Mein Herz raste so schnell, dass ich das Pochen in meinen Ohren spürte. Unwillkürlich hatte ich wieder die Hand auf meinen Bauch gelegt, der zu diesem Zeitpunkt eigentlich schon längst hätte rund sein sollen. Stattdessen war er flach. Und leer.

Ein ersticktes Geräusch entfuhr mir, dann schrie ich und trat gegen die Tür, bis ich kraftlos daran herunterrutschte und auf dem Boden kauernd sitzen blieb. Für einen Moment wollte ich ihm hinterherstürmen, ihn büßen lassen für alles, was er mir angetan hatte.

Aber das hätte nichts an der Leere in mir geändert.

Also tat ich nichts. Wieder einmal.

Was war nur aus mir geworden?

Die nächsten Wochen war ich wieder ans Bett gefesselt. Ich verlor den Job in der Bar, aß kaum etwas und nahm noch mehr ab.

Ich schrieb mehrere Nachrichten an dich, die ich niemals abschickte. Alle klangen wirr und unglaubwürdig.

Ich klammerte mich an die Hoffnung, dass Lars bald sein Interesse an dir verlieren würde, so wie es bei mir gewesen war. Oder dass du schneller durchschauen würdest, was für ein Mensch er wirklich war. Dass du klüger wärst und einen anderen finden würdest. Einen besseren. Einen Mann, der dich wirklich verdient.

Das redete ich mir nachts oft ein, wenn das schlechte Gewissen wie ein Stein in meinem Magen lag und mich nicht schlafen ließ. Eine Zeit lang funktionierte es sogar ganz gut. Bis das böse Erwachen folgte.

An dem Morgen, als die Einladung zu deiner Hochzeit in einem cremeweißen Umschlag in meinem Briefkasten landete.

23.

Ich bin wie erstarrt, meine Beine fühlen sich an, als wären sie im Boden verwurzelt. Wahrscheinlich hätte ich keinen Schritt gemacht, wenn Nicki nicht plötzlich nach meiner Hand gegriffen hätte. Ihr Griff ist unerwartet sanft, fast beruhigend, als sie mich langsam die Böschung hinaufzieht.

Es ist seltsam. Vor ein paar Tagen hatte ich noch das Gefühl, diese Steigung niemals überwinden zu können, so dass ich nach Umwegen suchen musste. Nun kommt sie mir überhaupt nicht mehr so steil vor, und wir erklimmen sie fast mühelos.

Oben angekommen, ringe ich nach Luft, stütze mich keuchend auf meine Oberschenkel, während mein Herz wild schlägt.

»Hier entlang«, sagt Nicki ruhig und zieht an meiner Hand.

Doch ich stemme mich dagegen, entziehe mich ihrem Griff. »Warte. Bitte.« Trotz des Handys, das nun in meiner Hosentasche steckt, schleicht sich wieder dieses bohrende Gefühl ein, dass etwas nicht stimmt und wir umkehren sollten.

»Wir sind fast da«, beharrt Nicki mit fester Stimme.

Ohne zu zögern bewegt sie sich vorwärts, mit einer Sicherheit, die mich irritiert. Sie wirkt, als wüsste sie genau, wohin wir gehen, doch wenn sie den Weg so gut kennt, warum hat sie sich dann überhaupt so weit vom Zelt entfernt?

Schritt für Schritt folge ich ihr, obwohl sich alles in mir dagegen sträubt. Das knisternde Laub unter meinen Füßen hallt unnatürlich laut in meinem Kopf wider.

Während Nicki sich scheinbar mühelos durchs Dickicht bewegt, komme ich kaum vorwärts. Als würde der Wald vor mir eine Wand errichten. Alle paar Meter muss ich mich bücken oder über etwas hinwegsteigen. Nackte Zweige zerren an meiner Kleidung, meinen Haaren und hinterlassen brennende Kratzer auf meinem Gesicht.

»Nicki!« Sie ist schon wieder so weit weg, dass ich ihren schmalen Rücken kaum im Blick behalten kann, doch entweder hört sie mich nicht, oder sie bleibt absichtlich nicht stehen.

Stöhnend schiebe ich mich an einer weiteren Birke vorbei, stütze reflexartig meine Hand an ihrem glatten Stamm ab. Da ertasten meine Finger eine vertraute Kerbe: zwei senkrechte Linien, die ein X formen, eingeritzt in die bleiche Rinde.

Ich blinzle, will fast nicht glauben, dass das X von mir stammen kann. Die Linien sind blass, die Schnittkanten noch frisch. Wie kann das sein? Nicki zufolge befinden wir uns nur noch wenige Meter von unserem Zeltlager. Aber wie konnte ich so nah dran gewesen sein, ohne es zu sehen? Ich muss direkt daran vorbeigelaufen sein.

Nach zwei weiteren Schritten sehe ich es auch schon: unser Zelt, nach dem ich tagelang erfolglos den gesamten Wald abgesucht habe. Der Anblick ist so plötzlich und so unerwartet, dass ich einen Schritt zurücktaumle. Das Zelt ist völlig heruntergekommen. Der hintere Teil ist unter den Lasten von Sturm und Regen eingeknickt, die Plane übersät mit feuchtem Laub und Zweigen. Es strahlt eine bedrückende Leere aus, als wäre es schon vor Wochen oder Monaten verlassen worden und nicht nur für ein paar Tage. Unser Gaskocher vorm Eingang ist umgekippt, und der Topf, in dem ich vor einer gefühlten Ewigkeit Haferbrei gekocht habe, liegt im Laub. An den Rändern kleben nur noch trockene Krümel, den Rest müssen wilde Tiere gefressen habe.

»Ich glaub's nicht!« Meine Stimme überschlägt sich vor Aufregung, während ich auf Nicki zulaufe. »Du hast es wirklich gefunden!«

Ein breites Grinsen breitet sich auf meinem Gesicht aus, als ich sie anschaue. Doch sie steht nur reglos neben dem Zelt, die Arme verschränkt, ohne etwas zu sagen. Wie kann sie so ruhig bleiben? Wir sind endlich hier! Nach allem, was wir durchmachen mussten. Hat sie denn überhaupt keinen Hunger?

Hastig ziehe ich den Reißverschluss unseres Zelts auf und strecke den Kopf hindurch. Als ich unsere Rucksäcke hinten im Vorzelt stehen sehe, entfährt mir ein lauter Freudenschrei. Sofort greife ich in die vorderen Taschen, wo ich meine Energieriegel verstaut habe.

Ich reiße die Packung mit den Zähnen auf und verschlinge den ersten Riegel fast in einem Stück. Hastig kaue ich, kaum fähig, den Geschmack wahrzunehmen.

»Komm her! Du solltest auch was essen.« Ich strecke Nicki einen der Riegel entgegen, doch sie rührt sich immer noch nicht. Kein Wort, keine Bewegung. Ihr Blick ruht auf mir, seltsam ausdruckslos, fast so, als würde sie auf etwas warten.

Plötzlich wird mir übel. Der süßlich-nussige Geschmack in meinem Mund kippt ins Bittere, und ein saurer Nachgeschmack zieht sich durch meinen Rachen. Mein Magen verkrampft sich, und ich spüle den Brei mit ein paar schnellen Schlucken aus meiner Trinkflasche hinunter, die ich aus der Seitentasche meines Rucksacks ziehe.

Ich will die Trinkflasche gerade absetzen, als mir ein merkwürdiger, handgroßer Fleck am Boden der Zeltplane auffällt.

Er ist braun, fast dunkelrot. Wie getrocknetes Blut.

War der schon da, als ich das Zelt vor ein paar Tagen verlassen habe? Wie kann es sein, dass ich ihn beim Aufstehen nicht gesehen habe?

Ein eisiger Schauer kriecht meinen Rücken hinauf, während ich mich erneut zu Nicki umdrehe. »Was hast du damit gemeint, dass wir beide das Zelt in der Nacht verlassen haben?« Aus irgendeinem Grund habe ich das Gefühl, dass die Antwort sehr wichtig ist, wenn ich verstehen will, was an dem Abend passiert ist.

Zu meiner Verwunderung steht Nicki nicht mehr vor dem Zelt, sondern hat sich wieder an den Rand der Lichtung zurückgezogen, wo sie gegen den Wall aus Bäumen starrt.

»Nicki?«, frage ich laut, während ich auf sie zugehe.

»Wir müssen weiter. Wir sind noch nicht da.«

»Wovon redest du? Da ist doch das Zelt.« Verwirrt deute ich auf die windgebeutelten Planen.

Doch Nicki hat sich bereits wieder in Bewegung gesetzt. Will sie jetzt gleich zurück zum Kungsleden gehen? Vorher müssen wir doch noch packen.

Ich renne, um zu ihr aufzuschließen, und greife nach ihrem Arm, bevor sie vom Dickicht verschluckt werden kann.

»Warte! Wohin willst du?«

Nicki bleibt abrupt stehen, wendet mir das Gesicht zu. Ihre dunklen Augen funkeln auf eine Art, die mir einen Kloß in den Hals treibt. »Du wolltest doch wissen, was passiert ist«, sagt sie ruhig. »Und wohin ich gegangen bin.« Sanft streift sie meine Hand ab. »Mein Buch. Hast du es noch?«

»Dein Buch?«, frage ich, dabei weiß ich natürlich sofort, wovon sie spricht.

Nickis Notizbuch. Das Buch, in dem sie immer wieder während unserer Reise geschrieben hat. Mit zitternden Fingern ziehe ich es aus der Innentasche meiner Jacke. Seit ich es während des Sturms eingepackt habe, trage ich es ständig bei mir. Das Leder ist verquollen von Feuchtigkeit, die Seiten stellenweise rissig. In den letzten Tagen habe ich es so oft immer und immer wieder gelesen, dass ich es fast auswendig kenne. Entgegen meinen Vermutungen sind es keine Notizen für einen Roman, sondern Nickis Erinnerungen. Darüber, wie sie Lars kennengelernt hat und von ihm misshandelt wurde. Noch nie ist es mir so schwer gefallen, etwas zu lesen. Jedes Wort war wie ein Messerstich in mein Herz.

»Du hast bereits an unserem ersten Abend darin gelesen, weißt du noch?«, fährt Nicki mit rauer Stimme fort. »Den Anfang, wie Lars und ich uns kennengelernt haben, aber du hast nicht gleich verstanden, was du da liest. Du dachtest, dass Lars dich betrügt. Dass wir eine Affäre haben. Du wolltest es mir geben, aber dann hast du heimlich darin geblättert, als ich vorm Schlafengehen noch mal pinkeln gegangen bin.«

Mein Herzschlag stolpert. Schmerzhaft wie Nadelstiche prasseln die Erinnerungen auf mich ein. Plötzlich kann ich wieder den Donner hören, der an diesem Abend über uns getost hat. Spüre den kalten Regen auf meiner Haut, wie er mir ins Gesicht peitschte, als ich die Zeltplanen zurückschlug und nach Nicki Ausschau hielt.

Wieder hatte ich an Lars' Worte denken müssen: Dass Nicki eifersüchtig auf mich war. Plötzlich ergab alles einen Sinn: Lars' lange Abende im Büro. Dass Nicki sich immer mehr von mir zurückzog. Heiße Wut kochte in mir hoch.

***

Als ich Nicki nur ein paar Meter entfernt auf mich zukommen sah, trat ich ihr zitternd entgegen, das Notizbuch fest in der Hand.

»Was ist das? Was hat das zu bedeuten?«

Trotz der Dunkelheit konnte ich sehen, wie ihr Gesicht

bleich wurde. Ihre Hand glitt über ihre Jackentasche, als würde sie erst jetzt begreifen, dass sie das Notizbuch nicht länger bei sich trug.»Jules ...«

Die Wut brannte viel zu heiß in mir, ließ mich die Worte wie Gift speien.»Wie lange schläfst du schon mit ihm? Wann wolltest du es mir sagen? Vor oder nach der Hochzeit?«

»So ist es nicht«, begann Nicki, die Augen weit aufgerissen.»Du verstehst das völlig falsch.«

»Willst du mir weismachen, das wären nur Fantasiegeschichten? Hast du oder hast du nicht mit ihm geschlafen?«

Nickis Gesichtszüge erstarrten. Ihre Lippen öffneten sich, doch kein Ton kam heraus, und ihr entsetztes Schweigen war alles an Information, die ich in dem Moment brauchte. Der Schmerz darüber ließ meine Knie wanken. In meinem ganzen Leben hatte ich mich noch nie so verraten gefühlt. Ausgerechnet Nicki, die für mich wie eine Schwester ist. Kein Wunder, dass Lars so widerwillig reagiert hat, als ich ihm von der Wanderung mit ihr erzählt habe.

Nicki hob die Hand und machte einen wackligen Schritt auf mich zu.»Julia, jetzt warte! Lass mich bitte erklären. Du hast noch nicht alles gelesen. Du musst den ganzen Rest lesen, um zu verstehen.«

Noch mehr Details aus Nickis und Lars' Liebesleben? Darauf konnte ich getrost verzichten.

Angewidert warf ich ihr das Buch vor die Füße, wo es mit einem schmatzenden Geräusch auf dem schlammigen Erdboden aufkam.

Nicki bückte sich schnell, um es aufzuheben. Als sie sich wieder aufrichtete, war ich bereits zurück zum Zelt gelaufen und stopfte meinen Schlafsack in meinen Rucksack. »Hey, was machst du da?« Nickis Stimme klang alarmiert, als sie hinter mir ins Zelt spähte.

»Ich packe meine Sachen und gehe zu der Schutzhütte!« Meine Bewegungen waren hektisch vor angestauter Wut. Ich hatte Mühe, meinen Rucksack zuzuziehen, ehe ich ihn auf meine Schultern hievte. »Ich hätte niemals mit dir auf diese Wanderung gehen dürfen.«

»Sei nicht verrückt! Es regnet noch, und die Schutzhütte ist mindestens eine Stunde entfernt. Du würdest dich bloß verlaufen.«

Ein greller Blitz erhellte Nickis bleiche Wangen. Würde ich ohne ihre Hilfe überhaupt zurück auf den Wanderweg finden? Wahrscheinlich nicht, wofür ich mich selbst verabscheute. Dennoch hielt ich es gerade keine weitere Minute mit ihr im selben Zelt aus. Ich musste weg von ihr, und wenn es nur für einen kurzen Spaziergang durch den Wald war, um mich zu beruhigen.

»Bitte bleib hier.« Mit einem flehenden Gesichtsausdruck griff Nicki nach meiner Schulter. »Ich kann dir alles erklären. Genau dafür bin ich hier. Ich habe das Buch nur für dich geschrieben.«

Dann war sie nur mit mir auf diese Wanderung gegangen, um ihr Gewissen reinzuwaschen? Das tat fast noch mehr weh als der Betrug selbst. Mit einem angeekelten Schnauben schüttelte ich ihre Hand ab.

»Weißt du was? Ich will es nicht hören.«

Ohne Nicki eines weiteren Blickes zu würdigen, schob ich mich an ihr vorbei und trat hinaus in den peitschenden Regen.

* * *

Ich schlage die Hände vor die Augen, als könnte ich damit die Erinnerungen abwehren. Ich will die Zeit zurückdrehen. Noch mal mit Nicki im Regen vor dem Zelt stehen und anders reagieren. Ich hätte ihr zuhören sollen. Den Rest der Geschichte lesen, wie sie gesagt hat. Stattdessen bin ich einfach inmitten des Unwetters davongestürmt und Nicki mir hinterher.

Noch immer kann ich ihre Schritte hinter mir hören, wie sie laut keuchend meinen Namen rief, um mich zum Anhalten zu bewegen.

Aber ich blieb nicht stehen. Obwohl ich im Dunkeln kaum den Boden vor meinen Füßen sah, ging ich immer schneller. Das Brennen in meiner Lunge war das Einzige, was den Schmerz vertrieb. Also eilte ich mit ausgestreckten Armen voran, über mir ein fast schwarzer Himmel, der nur hin und wieder von Gewitterleuchten erhellt wurde.

Dann ertönte hinter mir ein spitzer Schrei, der abrupt wieder abriss. Stolpernd kam ich zum Stehen, die Finger in die Rinde eines Baums gekrallt.

»Nicki?«, fragte ich heiser in die Dunkelheit. Außer dem Prasseln des Regens war nichts mehr zu hören. Keine Schritte, keine Rufe.

Eine Eiseskälte überkam mich. Für einen Moment war ich wie gelähmt, unfähig, auch nur einen Finger zu rühren. Dann kämpfte ich mich Schritt für Schritt den Weg zurück. Erst jetzt merkte ich, wie tückisch der Boden hier war. Voller Sträucher und Wurzeln und rutschigem Laub. »Nicki?«, fragte ich erneut und wischte mir den Regen aus der Stirn, während die Angst mir die Brust zuschnürte. Ich kann diese Angst auch jetzt wieder spüren, wie eine Zwangsweste, die mich umklammert und mir die Luft zum Atmen raubt. Feuchtigkeit benetzt meine Wangen. Fast glaube ich, es ist der Regen aus dieser Nacht, aber es sind Tränen. Ich drehe mich um, um Nicki zu sagen, dass es mir leidtut, aber ich blicke ins Leere. Außer mir ist weit und breit niemand zu sehen. Der Zeltplatz liegt verlassen, und ich bin allein.

Nicki ist nicht hier.

Nicki war seit Tagen nicht mehr hier.

Weil Nicki ...

Die Erkenntnis lässt mich nach Luft japsen, während die Erinnerung sich wie ein Faustschlag in meine Magengrube gräbt. Wie von selbst tragen meine Beine mich vom Zelt fort. An den geisterhaften Birken vorbei, den gleichen Weg, den ich im Dunkeln in jener Nacht entlanggejagt bin, mit Nicki auf den Fersen. Obwohl ich da kaum etwas sehen konnte, spüre ich nun instinktiv, dass ich richtig bin, wie ein eisiger Schauer, der mich begleitet.

Ich will das nicht tun. Ich will umkehren und mich in meinem Schlafsack vergraben. Aber ich gehe weiter.

Vor meinen Augen flackern Bilder auf. Ich sehe nicht nur, was ich jetzt sehe, sondern auch, was ich in jener Nacht sah.

Nach Nickis Schrei fand ich sie nicht gleich. Die Blitze blieben aus und ließen mich in völliger Dunkelheit zurück, also kramte ich die Taschenlampe aus meinem Rucksack.

»Nicki?« Keine Antwort.

Langsam tastete ich mich zu der Stelle vor, von der ich ihre Stimme das letzte Mal gehört hatte. Es war nur wenige Meter hinter mir, dennoch konnte ich sie nirgendwo sehen.

Bis ich den Lichtstrahl auf den Boden richtete.

Heute brauche ich keine Taschenlampe, um Nicki zu finden. Sie liegt noch immer dort, wo ich sie vor ein paar Tagen entdeckt habe. Ihr Körper ausgestreckt im feuchten Laub, die Beine seltsam verdreht, während ihr Gesicht zum Himmel gerichtet ist. Direkt über ihrer Stirn klafft ein tiefer Schnitt. Braunes getrocknetes Blut verklebt ihre mittlerweile gräulich verfärbten Wangen. Die Wunde stammt von einem Felsen, der nur einen Meter vor ihr aus dem Boden ragt. In der Nacht, als sie mir hinterherrannte, muss sie auf dem unebenen Boden gestolpert sein. Sie fiel hin und krachte dabei mit dem Kopf direkt gegen den Felsen.

Als ich sie erreichte, rührte sie sich bereits nicht mehr. In Gedanken sehe ich mich in dem Moment wieder vor mir. Den Schrei, den ich ausstieß, als ich Nicki am Boden liegen sah. Ich ließ die Taschenlampe fallen, um sie in meinen Schoß zu ziehen. Panisch betastete ich ihr Gesicht, zog meinen Pullover aus, um ihn auf ihre Wunde zu pressen. Meine Hände waren voller Blut. Nickis Blut.

Weinend rief ich immer wieder ihren Namen, aber Nicki reagierte nicht. Kein Atem entwich ihren Lippen, und ihr Brustkorb blieb steif und unbewegt, auch als ich eine Herzdruckmassage anwandte.

Meine Knie wanken unter mir. Ein Teil von mir weigert sich immer noch, zu begreifen, während ein anderer Teil es die ganze Zeit über gewusst hat. Er hat es gewusst, als ich absichtlich Schleifen um das Zelt herum zog und immer wieder daran vorbeiging, um Nickis Anblick kein weiteres Mal ertragen zu müssen.

»Aber ich habe dich doch gerettet«, wimmere ich, als ich vor Nickis Körper auf die Knie sinke, deren milchig-trübe Augen ins Leere blicken. »Ich habe dich aus dem Fluss gezogen.« Meine Schultern schmerzen noch immer vor Anstrengung, weil ich sie den ganzen Weg bis zur Hütte geschleift habe. Das habe ich doch, oder? Hinter meiner Stirn breitet sich ein scharfer Schmerz aus. Die Bilder in meinem Kopf geraten durcheinander.

Da sehe ich wieder das junge Rentier vor mir, das mir am Fluss begegnet war, doch nun sehe ich eine ganz andere Version. Nicht mehr, wie es flink über die Felsen hinwegspringt, sondern wie es verletzt und blökend dort unten liegt, die Hinterläufe im Fluss. Es muss beim Versuch, zu trinken, die Uferböschung hinabgestürzt und von seiner Herde zurückgelassen worden sein. Ich bereitete seinem Leiden ein schnelles Ende, indem ich einen schweren Stein auf seinen Kopf fallen ließ. Ich brauchte drei Versuche, bis das Kalb starb, und schluchzte die ganze Zeit, bis seine Schreie endlich verklangen. Dann band ich seine Hufe mit meiner Jacke zusammen und zog den Kadaver die Böschung hinauf bis zur Hütte. Dort habe ich das Fleisch mit dem rostigen Jagdmesser aus der Truhe vom Knochen getrennt und roh verzehrt. Beim ersten Bissen musste ich mich übergeben, aber ich zwang mich, weiterzuessen, wusste, dass es meine einzige Chance war, zu überleben.

Es war leichter, mir etwas anderes vorzustellen. Dass ich nicht ein totes Tier durch den Wald schleifte, sondern meine beste Freundin, die ich mir in meiner Einsamkeit so sehnlich herbeisehnte und die ich dringend hatte retten wollen, als sie bereits nicht mehr zu retten war.

In dem Moment füllt der Geschmack vom blutigen, rohen Fleisch erneut meinen Mund. Gemischt mit dem süßlichen Verwesungsgeruch um mich herum lässt er mich trocken würgen.

»Es ist meine Schuld«, schluchze ich, während der Schmerz sich wie eine Schlinge um meinen Hals zieht. »Ich bin im Sturm einfach weggelaufen, obwohl ich wusste, wie gefährlich das ist. Dabei wollte ich gar nicht weg. Ich brauchte bloß etwas Abstand, um mich zu beruhigen, aber du bist mir hinterher. Du wolltest mir die Wahrheit sagen, und ich habe nicht zugehört.«

Schwer wie ein Stein liegt Nickis Notizbuch in meiner Jackentasche. Ich hatte es an mich genommen, bevor ich zurück zum Zelt ging, aber ich brauchte zwei Tage, bis ich die Kraft aufbrachte, darin zu lesen.

Danach wurde alles schlimmer. Weil ich dann erst begriff, wie falsch ich mit meinen Anschuldigungen lag. Dass Nicki mich nie hintergangen hat. Dass sie Lars' Opfer gewesen war und mir bloß hatte helfen wollen.

Tränen strömen meine Wangen hinab, während ich vor Nickis reglosem Körper kauere. »Es tut mir so leid.« Aber für Vergebung ist es zu spät. Nicki wird mir nie wieder antworten können, und es erscheint auch keine weitere Halluzination, um mir falschen Trost zu spenden.

Ich bin schon die ganze Zeit allein hier draußen.

Ich habe es nur nicht wahrhaben wollen.

24.

Nach der Verlobung versuchte ich dann doch einmal, dich zu warnen. Der Gedanke, dass du dich für immer an dieses Monster ketten würdest, ließ mir einfach keine Ruhe.

Ich wollte dich auf dem Heimweg abpassen und wartete kurz vor Feierabend vor dem Büro auf dich. Zu dem Zeitpunkt wohntest du bereits mit Lars zusammen, weshalb ich es für den sichersten Ort hielt, um dich zu treffen.

Um siebzehn Uhr warst du immer noch nicht draußen. Auch nicht um siebzehn Uhr dreißig. Ich wurde ungeduldig und hatte schon Angst, dass ich den falschen Eingang gewählt und dich irgendwie verpasst hatte.

Immer mehr Lichter in dem Bürogebäude erloschen, bis es irgendwann in völliger Schwärze zurückblieb. Um achtzehn Uhr beschloss ich es dann einfach zu wagen. Ich rief dich auf dem Handy an.

Bereits beim ersten Läuten gingst du ran. »Nicki!« Beim Klang deiner hellen Stimme wurden meine Augen feucht. »Ich will dich schon seit einer Ewigkeit anrufen, aber irgendwie kam immer was dazwischen. Mit den Hochzeitsvorbereitungen und allem. Wie geht es dir?«

»Gut.« Mein Herz raste so schnell, dass mir schlecht war. Ich ... bin gerade zufällig in der Nähe und dachte, ich schau kurz vorbei.«

»Oh.« Du machtest eine kurze Pause, schienst zu überlegen. Vor meinem inneren Auge sah ich dich mit deinen Haarsträhnen spielen, wie du es oft beim Telefonieren tatst. »Du findest das wahrscheinlich peinlich, aber ich nehme mir gerade eine Auszeit. Die letzten Monate waren so stressig, und ich wollte genug Zeit für den Umzug und die Hochzeit, ohne danach zusammenzuklappen.«

»Verstehe. War das Lars' Idee?« Die Worte entkamen mir schärfer als gedacht, was ich sofort bereute.

»Wieso fragst du?« Dein Tonfall war abwehrend. Plötzlich war da eine Mauer zwischen uns, die ich selbst hochgezogen hatte.

»Nichts.« Ich biss mir auf die Unterlippe. »Eine Auszeit klingt doch schön. Ich würde dich gern mal wiedersehen.«

»Aber klar! Ich bin gerade ohnehin die meiste Zeit daheim. Komm doch einfach mal vorbei.« Ein Rascheln ertönte, als du das Handy kurz vom Ohr wegzogst. Im Hintergrund wurde leise getuschelt, bevor sich wieder deine fröhliche Stimme meldete. »Lars sagt, er würde sich ebenfalls freuen, dich näher kennenzulernen. Ich soll dich lieb von ihm grüßen.«

* * *

In der Nacht darauf tat ich kein Auge zu. Mein Bauchgefühl sagte mir, dass Lars es nicht auf sich beruhen lassen würde, dass ich mit meinem Versuch, dich zu kontaktieren, seine Regeln gebrochen hatte. Die Tür war doppelt verriegelt, dennoch ließ jedes Geräusch mich hochschrecken. In der Früh hielt ich es nicht länger in meiner Wohnung aus. Draußen war es noch dämmrig, als ich losfuhr, eine wahllos zusammengewürfelte Reisetasche auf dem Rücksitz.

Dabei wusste ich noch nicht einmal genau, wohin ich wollte. Ob in ein Hotel oder zu meiner Mutter. Der frühmorgendliche Verkehr war so stockend wie mein Verstand. Meine Handflächen klebten auf dem Lenkrad, der Lärm ließ mich schwitzen. Hupen, Reifenquietschen, Motorenknattern und über all dem das laute Dröhnen meiner Gedanken. Ich konnte kaum atmen und spürte ein Prickeln unter der Haut, das mir sagte, ich musste weg von hier, raus aus der Stadt.

Als ich die Spur wechselte, scherte ich so weit aus, dass der Fahrer hinter mir hupte. Ein paar Minuten später befand ich mich auf der A66 Richtung Wiesbaden auf dem Weg in den Taunus.

Der Himmel war ein mattes Grau, tief hängende Wolken verschleierten die Sonne, und die Luft war noch feucht vom nächtlichen Regen, stickig und schwer. Nicht das beste Wetter zum Wandern, aber das spielte keine Rolle. Im Moment war es mein einziger Lichtblick. Ich brauchte die Erdung. Das Gefühl festen Bodens unter den Füßen. Etwas, woran ich festhalten konnte, bevor ich den Verstand verlor.

Seit Lars in mein Leben getreten war, war ich nicht mehr wandern gewesen. Noch eine Sache, die ich ihm stillschweigend überlassen hatte. Kaum hatte ich den Entschluss gefasst, fiel mir das Atmen leichter. Die Autobahn wurde ruhiger, die Landschaft weitete sich. Beton und Glas wichen üppigen, sattgrünen Wäldern und sanften Hügeln.

Schließlich parkte ich an einem Waldrand am Fuße des Großen Feldbergs, wo wir früher fast jedes Wochenende unterwegs gewesen waren. Ich nahm eine unserer Routen, die eigentlich gar keine richtige Route war und deshalb kaum frequentiert wurde. Der Weg war unbeschildert und nur anhand der plattgetretenen Ve-

getation zu erahnen, aber meine Beine waren ihn schon so oft gegangen, dass sie ihn wie von selbst fanden.

Nach Monaten ohne Bewegung war ich ziemlich aus der Form. Ich prustete vor Anstrengung und spürte meine Muskeln bei jedem Schritt erzittern. Noch dazu kam, dass ich nicht für eine Wanderung ausgerüstet war. Ich trug die falsche Kleidung und nur ein dünnes Paar Turnschuhe, mit dem ich kaum Haftung auf dem regenfeuchten Waldboden fand.

Trotz der Beschwernisse spürte ich, wie ich bei jedem Schritt kräftiger und klarer wurde, als würde endlich eine schwere Last von mir abfallen. Die Umgebung verschwamm im Rausch der Bewegung vor meinen Augen und mit ihr auch all meine Probleme und Sorgen.

Durch eine Lücke zwischen den Bäumen konnte ich ins Tal hinunterblicken, auf die Stadt, die von hier oben so winzig aussah. Auch Lars verlor etwas von seiner Übermacht. Noch hatte er nicht alles gewonnen. Noch bestand für mich die Chance zu handeln, doch dafür brauchte ich erst einen Plan. Einen richtigen Plan und keine überstürzten Aktionen wie neulich vor dem Bürogebäude.

Was wäre überhaupt passiert, wenn du dort gewesen wärst und ich versucht hätte, dich davon zu überzeugen, dass dein Verlobter ein Monster ist? Hättest du mir geglaubt? Ein Teil von mir fürchtete, dass du mich für verrückt erklärt hättest. Lars hatte seine Fänge schon zu lange in dir, was zum Teil meine Schuld war, weil ich nicht sofort eingeschritten war. Nun musste ich umsichtiger vorgehen, mit mehr Feingefühl. Ich würde Zeit und Ruhe brauchen, um dir alles zu erzählen, und ich musste sicherstellen, dass du mir zuhörst.

An einem ruhigen Ort. Einem Ort wie hier, wo die Welt stillzustehen schien. Weit weg von Lars und seinem Einfluss.

Ich ließ mir den Wind ins Gesicht pusten, während sich in meinen Gedanken langsam die Puzzleteile eines Plans zusammenfügten. Ich bin mir sicher, dass es der Berg war, der mir die nötige Kraft dazu gab. Einmal zu agieren, statt zu reagieren.

Die Zeit des Verkriechens war vorbei. Nun würde ich endlich etwas tun, um mir selbst zu helfen und dabei auch dir.

Am nächsten Tag kaufte ich mit dem letzten Geld auf meinem Konto die Flugtickets nach Schweden und ein Zweipersonenzelt. Es sollte eine Überraschung werden. Mein Geschenk an dich. Für die Hochzeit, die hoffentlich niemals stattfinden würde.

Das eigentliche Geschenk würde ich dir erst während unserer Wanderung überreichen, wenn wir uns bereits weit oben auf der Hochebene des Fjells befanden: meine Geschichte. Deine Warnung.

Ich schrieb alles so detailliert wie möglich auf, um jeden Zweifel zu ersticken. Dabei durchlebte ich selbst alles aufs Neue. Spürte den Schmerz. Den Hass. Die Verzweiflung. Sah die Warnsignale, die ich einfach ignoriert hatte. Ob du sie auch bereits siehst? Ich hoffe es.

Wir können das nur gemeinsam schaffen, Jules. Du und ich.

Ich kann dir nur meine Geschichte erzählen und dich warnen, aber du bist diejenige, die sich ihm am Ende stellen muss.

Erst zurück im Auto sah ich wieder auf mein Handy. Mein Herz machte einen Satz, als ich fünf Anrufe in Abwesenheit sah – alle von meiner Mutter.

Ich befürchtete das Schlimmste.

Mit zitternden Fingern drückte ich auf Rückruf, fluchte leise, als sie nicht sofort abhob, und wählte erneut. Diesmal klickte es nach dem zweiten Ton.

»Mama? Ist alles in Ordnung?« Meine Stimme überschlug sich vor Aufregung, während ich das Handy wie ein Schraubstock umklammerte.

»Hallo, alles gut, wirklich! Tut mir leid, wenn ich dich erschreckt habe.« Obwohl ihr Ton bemüht leicht war, konnte sie nicht ganz das Zittern darin verbergen. »Ich hatte bloß einen kleinen Autounfall, aber – «

»Was?«, entfuhr es mir. »Bist du verletzt?«

»Nein, nein, nur ein blauer Fleck. Ich war im Krankenhaus, die Ärzte haben mich untersucht – alles in Ordnung. Mach dir bitte keine Sorgen.«

»Was ist passiert?«

Sie seufzte leise. »Ein Vollidiot hat mich von der Straße abgedrängt, als ich auf dem Weg zum Supermarkt war. Ich hatte Glück, bin nur im Gebüsch gelandet. Fast wäre ich gegen einen Baum gekracht. Der Wagen hat ein paar Beulen, aber er fährt noch.«

»Was ist mit dem anderen Fahrer? Wurde er aufgehalten?«

»Leider nein. Das Kennzeichen war komplett verdreckt, und du weißt ja, wie viele schwarze Teslas in Frankfurt unterwegs sind.«

Ein schwarzer Tesla? Ich hielt die Luft an. Plötzlich hatte in meinem Kopf nur mehr ein einziger Gedanke Platz.

Lars fuhr einen schwarzen Tesla.

»Mama, ich komme sofort.« Ohne ihre Antwort abzuwarten, leitete ich den Anruf in die Freisprechanlage um und startete den Motor.

25.

Ich gehe noch mal zum Zelt zurück, um Nickis Schlafsack zu holen und damit ihre Leiche zu bedecken. Der leichte Nylonstoff wird ihr zwar nur wenig Schutz vor der Witterung bieten, aber es fühlt sich falsch an, sie einfach hier draußen inmitten der Wildnis liegen zu lassen, und ich kann sie nicht mitnehmen. Nicht den ganzen Wanderweg zurück über den Kungsleden.

Aber ich werde Hilfe holen. Das verspreche ich ihr, als ich den Schlafsack über Nickis bleiches Gesicht ziehe. Es gibt noch so vieles, das ich ihr sagen möchte. Vor allem möchte ich sie um Verzeihung bitten. Dafür, dass ich sie im Stich gelassen habe, als sie mich am dringendsten brauchte. Dafür, dass ich ihr nicht geglaubt habe. Dafür, dass sie nun tot auf dem eiskalten Erdboden liegt. Wegen mir.

So lange ging es ihr schlecht, und ich habe es nicht bemerkt. Ich wusste noch nicht einmal, dass sie in einer Beziehung war, geschweige denn schwanger. Und dass sie das Baby verloren hat.

Dabei hat sie die Wanderung nur für mich unternommen. Sie wollte mich vor Lars warnen, damit ich die Hochzeit noch rechtzeitig absage. Seite für Seite hat sie mir alles geschildert, damit ich nicht die gleichen Fehler wie sie begehe.

Beim Lesen musste ich wieder daran denken, wie ich selbst Lars kennengelernt habe. Damals kam es mir wie ein Zufall vor, aber wir sind uns direkt vor Nickis Wohngebäude begegnet. An dem Abend hatte ich mehrmals versucht, sie anzurufen. Ich habe mir Sorgen gemacht und, weil ich gerade in der Nähe war, spontan bei ihr vorbeigeschaut. Wir hatten uns ohnehin viel zu lange nicht mehr gesehen, doch gerade als ich klingeln wollte, hallte Lars' lautes Rufen hinter mir durch die Straße. Da war etwas in seiner Stimme, das mich die Hand wieder senken und nach ihm umdrehen ließ.

»Charlie! Charlie!«, rief er immer wieder, während er sich hektisch in alle Richtungen umsah.

Unsere Blicke kreuzten sich, und er kam ein paar Schritte auf mich zu. »Tut mir leid, aber haben Sie einen Hund gesehen? Er hat eine Katze aufgescheucht und sich von mir losgerissen. Er ist in diese Richtung gelaufen.«

Trotz seines verkniffenen Gesichtsausdrucks fiel mir sofort auf, wie gut er aussah. Mit dem leichten Bartschatten und dem kantig geschnittenen Kinn. Die braunen Haare vom Wind zerzaust, während seine warmen, dunklen Augen von Sorge umschattet waren.

»Nein, ich bin auch erst gekommen.« Dennoch blickte ich einmal den leeren Gehweg hinunter, auf dem es um diese Uhrzeit leer und still war.

»Verflucht.« Lars drehte sich im Kreis, blickte umher und fuhr sich fahrig durch die dichten Haare. »Er ist nicht mal mein Hund, sondern der von meinem besten Freund. Ich sollte nur für die Nacht auf ihn aufpassen, weil er spontan wegmusste.«

Normalerweise hätte ich an dieser Stelle mitfühlend genickt, ihm alles Gute gewünscht und mich verabschiedet. Aber da war etwas an Lars' Blick, das mich einfach nicht losließ. »Wie sieht er denn aus? Ich wohne leider nicht hier, aber ich kann ja rumfragen, ob ihn jemand gesehen hat.«

Lars wirkte erleichtert. »Er hat dunkelbraunes Fell und ist etwa so groß.« Er hob die Hand auf Hüfthöhe. »Ich kenne mich mit Hunderassen nicht so gut aus, aber ich glaube, es ist ein Labrador. Er heißt Charlie, was ziemlich egal ist, weil er auf den Namen ohnehin nicht hört.« Lars seufzte genervt, was mich schmunzeln ließ.

»Haben Sie ein Foto von ihm?«

»Leider nicht. Ich habe ihn ja nur für heute Nacht und eben erst abgeholt. Ich müsste meinen Freund fragen, aber ich will ihn nicht gleich in Panik versetzen.«

»Verstehe. Haben Sie's schon mit Leckerlis probiert? Ich hatte als Kind einen Hund, und der kam immer angerannt, wenn ich die Leckerlidose geschüttelt hab.«

»Nein, ich habe leider keine dabei.« Ein frustrierter Ausdruck kreuzte sein Gesicht. »Ich komme mir so dämlich vor. Ich bin überhaupt nicht drauf vorbereitet, auf einen Hund aufzupassen.«

»Ich bin mir sicher, er taucht bald wieder auf. Versuchen Sie es doch mal mit Pfeifen. Hunde reagieren oft auf hohe Töne.«

Lars schnitt eine Grimasse. »Das konnte ich schon als Kind nicht. Können Sie's vielleicht?«

»Ein bisschen.« Probehalber formte ich die Lippen zu einem Kreis und entließ einen hohen Ton. »Er heißt Charlie, richtig?«

Und ehe ich mich versah, lief ich mit Lars die restliche Straße entlang, pfiff in Gassen und Gebüsche und rief mit ihm gemeinsam nach Charlie, der trotz unserer Bemühungen niemals auftauchte. Dabei unterhielten wir uns, als würden wir uns schon ewig kennen. Lars fragte mich nach den Haustieren meiner Kindheit aus und erzählte von seiner Arbeit als Krypto-Broker, was ich ungewöhnlich und aufregend fand.

Nicki hatte ich darüber völlig vergessen. Unsere Suche dauerte zwei Stunden, wobei wir am Ende mehr redeten als suchten. Danach war ich ziemlich verfroren von der kalten Abendluft und zitterte unter meiner dünnen Wolljacke. Lars wollte mich als Wiedergutmachung auf einen Kaffee einladen, wofür ich schon zu müde war. Aber ich gab ihm meine Nummer, und ein paar Tage später holten wir den Kaffee nach.

Ich habe die Geschichte immer gerne erzählt, aber nun frage ich mich, wie viel davon echt war und wie viel nur eine gut konstruierte Falle.

Hat es den Hund überhaupt gegeben? Rückblickend waren da so viele Unstimmigkeiten, die mich hätten misstrauisch machen sollen. Lars hatte nicht einmal eine Leine dabei, obwohl er angeblich gerade mit Charlie spazieren gewesen war. Wieso habe ich das nicht früher hinterfragt?

Als ich ihn bei unserem nächsten Treffen nach Charlie fragte, erzählte er mir, dass das Tierheim ihn aufgegriffen hätte und er ihn am nächsten Morgen hatte abholen können. Dennoch sah ich in all den Monaten unserer Beziehung nie etwas von Charlie oder von Lars' vermeintlichem, ach so gutem Freund.

Hat er schon damals gewusst, dass Nicki und ich Freundinnen sind, und wollte mich von ihr fernhalten? Mit verkrampftem Magen erinnere ich mich an die Stelle im Buch, wo Lars Nicki im Bad einsperrt und ihr das Handy wegnimmt.

War es womöglich derselbe Abend gewesen? Der Zeitpunkt passte, wie mir schaudernd bewusst wurde. Bevor ich zu ihrer Wohnung fuhr, habe ich dreimal angerufen, aber nie einen Rückruf erhalten. Ich schrieb ihr, dass ich auf dem Weg zu ihr war, doch bevor ich zu ihrer Wohnung hochgehen konnte, wurde ich aufgehalten. Von Lars, der wahrscheinlich meine Nachrichten an sie gelesen hatte. Mit seinem Charme und der mitleiderregenden Hundesuche hat er mich erfolgreich abgelenkt, während Nicki blutend allein in der Wohnung zurückblieb.

Wie leicht hätte ich ihr helfen können, wenn ich Lars einfach ignoriert und dennoch zu ihr gegangen wäre. Irgendwie hätte ich einen Weg gefunden, zu ihr in die Wohnung zu kommen. Ich hätte sie aus dem Bad befreit und in den Arm genommen. Es hätte die Situation nicht besser gemacht, ich hätte das Baby nicht mehr retten können, trotzdem wäre dann alles anders verlaufen.

Wieso hat sie sich in all ihrer Verzweiflung nie an mich

gewandt? Früher haben wir uns alles erzählt. Jede Beziehung, jedes noch so katastrophale Tinder-Date – nichts blieb unausgesprochen. Aber Lars muss etwas so tiefgreifend in ihr zerstört haben, dass sie sich von allem zurückzog, sogar von mir.

Lars.

Meine Hände ballen sich zu Fäusten, wenn ich jetzt an ihn denke. Von dem warmen Gefühl, das ich einmal für ihn empfand, ist nichts mehr übrig. Mich ekelt vor mir selbst, dass ich ihn einmal geküsst, sogar geliebt habe. Der Ring, den ich einmal mit so viel Freude empfangen habe, hängt wie ein totes Gewicht an meinem Finger.

Wie habe ich nur so blind sein können, dass ich nie gesehen habe, was sich hinter seiner charmanten Fassade verbirgt? Das Grauen, zu dem er fähig ist.

Nicki hat es auch zu spät erkannt. Da hatte er ihren Geist und ihren Körper schon zugrunde gerichtet. Und trotzdem hat sie noch die Kraft gefunden, mir helfen zu wollen.

Ein letztes Mal lasse ich meinen Blick über sie gleiten – über ihren regungslosen, steifen Körper, der sich unter dem dunklen Schlafsack wölbt. Der stechende Geruch ihres Todes brennt in meiner Nase und treibt mir Tränen in die Augen.

Noch immer will ich kaum wahrhaben, dass das wirklich Nicki ist, die da liegt. Wie kann es sein, dass ein Mensch von einer Sekunde auf die nächste für immer fort ist? Vor wenigen Stunden noch dachte ich, sie würde vor mir durch den Wald stapfen. Ich habe ihre Haut berührt. Ihrer Stimme gelauscht.

Alles Lügen, die ich mir selbst erzählt habe. Ich hätte sie gerne noch ein wenig länger geglaubt, um Nicki am Leben zu halten.

Ich kann ihren regungslosen Anblick nicht länger ertragen und wende mich hastig ab.

Laub raschelt, als ein scharfer Windzug durchs Gehölz fährt, der mich bis zum Zelt begleitet. Der Anblick ihres Rucksacks scheint mich zu verhöhnen. In meiner Brust bildet sich ein lautloser Schrei, als ich daran denke, dass sie ihn nie wieder aufsetzen wird.

Meine Glieder fühlen sich schwer und erschöpft an. Obwohl ich mir in den letzten Tagen nichts sehnlicher gewünscht habe, als mich in meinen wärmenden Schlafsack zu kuscheln, weiß ich, dass ich hier nicht bleiben kann. Nicht mit Nickis Leiche, die nur wenige Meter entfernt liegt.

Kein Wunder, dass ich unbewusst die letzten Tage einen weiten Bogen um diesen Ort gemacht habe.

Noch ist es hell. Wenn ich sofort aufbreche, habe ich die Chance, den Weg zurück zum Kungsleden zu finden und von dort den Schildern Richtung Ammarnäs zu folgen. Mein Bein macht mich zwar langsamer, aber wenn ich mich beeile, kann ich es dennoch vor Tagesanbruch schaffen.

Ich leere meinen Rucksack und nehme nur das Nötigste mit, um leichter voranzukommen: Wasser, ein paar Riegel, Wanderkarten, Taschenlampe und meine Regenkleidung. Schließlich packe ich nicht mehr für eine mehrtägige Tour, sondern für eine einzige, letzte Etappe.

Das Zelt lasse ich aufgebaut zurück. Es kann zur Orientierung dienen, damit Nicki leichter gefunden wird, sobald ich die Rettungskräfte alarmiert habe. Noch immer fühlt es sich wie Verrat an, sie hierzulassen. Mein Blick wird wieder von den Schatten zwischen den Bäumen angezogen, hinter denen sie liegt, und ein Kloß bildet sich in meinem Hals.

Ich zwinge mich, meinen Rucksack zu schultern, und kehre dem Zeltplatz den Rücken. Die Schuld treibt meine Schritte an, fast renne ich die ersten Meter durch den Wald, bis das Pochen in meinem Bein mich zur Vernunft bringt. Also versuche ich, langsamer zu gehen und mir meine Kräfte einzuteilen. Bis nach Ammarnäs ist es noch ein langer Marsch, und ich weiß nicht, wie schnell ich den Kungsleden überhaupt finden werde. Noch versperren hohe Birken meinen Blick, so dass ich den Weg vor mir nur erahnen kann.

Meine Stiefel sinken tief in den weichen, feuchten Boden, der von moosigen Polstern und glitschigen Wurzeln durchzogen ist. Ich bin überrascht, wie instinktiv ich mich inzwischen durchs Dickicht bewege. In Wahrheit war nie der Wald das Problem, die wahre Hürde war immer nur mein eigener Geist, der mich schützen wollte und dadurch einsperrte. Jetzt bin ich frei und bahne mir fast mühelos meinen Weg hinaus aus dem Labyrinth, bis die Bäume irgendwann lichter werden. Die Birken weichen zurück und geben erste Anzeichen auf das Fjell dahinter frei, auf kahle, windgezeichnete Flächen, die zwischen den bleichen Stämmen hervorblitzen und mir zeigen, dass ich richtig bin.

Bevor ich zwischen den Bäumen auf die offene Ebene stapfe, ziehe ich ein türkisfarbenes Stirnband aus einer Seitentasche meines Rucksacks und knote es um einen tief hängenden Ast, um die Stelle zu markieren.

Ein eisiger Wind schneidet mir ins Gesicht, als ich aus dem Schutz der Bäume trete. Er ist beißend kalt und trägt den klaren, herben Duft der Hochebene mit sich – ein Gemisch aus dem würzigen Aroma von Heidekraut, niedrigen Sträuchern und der kühlen Schärfe des nahenden Winters. Die Baumgrenze liegt nun hinter mir, und vor mir breitet sich die ungezähmte Weite des Fjells aus. Der Nebel, der in den vergangenen Tagen alles verhüllt hatte, hat sich verzogen und gibt den Blick auf die Hochebene frei.

Die Landschaft erstreckt sich scheinbar endlos. Goldene Gräser und raue Felsen durchziehen die Ebene, und am Horizont zeichnen sich Berge und Hügel ab, deren höchste Spitzen bereits von Schnee bedeckt sind.

Ich nehme einen tiefen Atemzug voller klarer, eisiger Luft und gehe weiter, wobei mir die Bergformationen als Kompass dienen. Als wir von der Hochebene in den Wald geflohen sind, war es dunkel, deshalb kann ich kaum sagen, ob wir wirklich diesen Weg genommen haben, aber zumindest weiß ich noch die ungefähre Richtung, aus der wir gekommen sind. In dieser Nacht kam es mir vor, als wären wir endlos lang gelaufen, doch nun kostet es mich kaum eine Viertelstunde, das Plateau zu erreichen, wo wir unser Zelt aufgestellt hatten.

Kurz sehe ich wieder Nicki vor mir. Wie wir mit unseren Thermobechern anstießen und lachten, während der

Wind die Zeltplanen um uns zum Flattern brachte. Die Füße wund von der langen Wegstrecke, aber mit diesem tiefen Gefühl der Zufriedenheit, etwas Großes geschafft zu haben.

Ich muss die Augen gegen die Erinnerung schließen. Als ich sie wieder öffne, kann ich sie endlich in der Ferne erkennen: die ersten Anzeichen des Kungsleden, dessen sicheren Pfad wir vor ein paar Tagen verlassen haben. Der Sommerpfad folgt hier dem Winterpfad, und die rot gestrichenen, zwei Meter hohen Markierungen der Winterroute ragen deutlich aus der steinigen Landschaft hervor. Beim Anblick des roten Kreuzes macht mein Herz einen Satz.

Die ganze Zeit war der Kungsleden so nah und doch so unerreichbar. Als ich den ersten Schritt auf den ausgetretenen Pfad setze, vermisse ich Nicki so sehr, dass mir der Atem stockt. Sie sollte jetzt bei mir sein. Es war nie geplant, dass ich den Kungsleden ohne sie betrete.

Dennoch gehe ich weiter. Auf dem Fjell herrscht eine tiefe Stille, nur unterbrochen vom gleichmäßigen Pfeifen des Windes, der über die Gräser fegt, und dem Knirschen meiner Schritte auf dem harten Boden.

Ich hatte gehofft, vielleicht auf andere Wanderer zu treffen, sobald ich es einmal zurück auf den Weg geschafft habe, aber der Kungsleden liegt vollkommen verlassen vor mir. Die Sonne verliert sich hinter den Bergen, und außer mir ist um diese Zeit niemand mehr unterwegs. Als das letzte Tageslicht verblasst ist, mache ich kurz Rast, um Handschuhe und Taschenlampe aus meinem Rucksack zu ziehen, dann geht es weiter, über hölzerne Planken, die sich durch das Sumpfgebiet zwischen Hochebenen und Wäldern ziehen und im Mondschein matt leuchten. Mein Atem steigt in weißen Wölkchen vor mir auf, während die Holzbohlen unter meinen Stiefeln leise knarzen. Die ganze Zeit halte ich den Taschenlampenstrahl auf den Weg vor mir gerichtet. Das Holz ist glatt und rutschig, und ich muss mich konzentrieren, um nicht wegzugleiten. Plötzlich merke ich, wie der Lichtstrahl schwächer wird. Oder wird die Umgebung heller? Ich schüttle die Taschenlampe, wobei ein flüchtiger Lichtschein meinen Blickwinkel streift, so schwach, dass ich zunächst glaube, es mir nur einzubilden.

Bis ich den Blick zum Himmel hebe.

Ein grünlicher Schein breitet sich am Horizont aus, fließend und lebendig, wie eine Geistererscheinung, die die Erde streift. Ich schalte die Taschenlampe aus. Die Dunkelheit um mich herum wird dichter und zugleich heller. Der grünliche Schimmer wächst, wird intensiver, bis er sich wie ein Schleier über die Berge legt. Dann erscheint eine zweite Farbe, ein Hauch von Violett, der sich wellenartig durch das Grün zieht, als würde der Himmel tanzen.

Nordlichter.

Ich erstarre. Für einen Moment steht die Zeit still. Ich habe davon gehört, sie auf Fotos und Videos bestaunt, doch sie selbst zu sehen, hier unter diesem weiten, unberührten Himmel, ist etwas ganz anderes. Sie wirken lebendig, unwirklich, nicht von dieser Welt.

Die Lichter verändern sich ständig, ziehen Schleifen, formen Bögen, verblassen und kommen mit neuer Kraft zurück. Das Grün leuchtet hell und klar, während die violetten Spitzen zart und flüchtig bleiben. Gemeinsam umgarnen sie die Sterne in einem hypnotischen Tanz.

Ich kann mich nicht bewegen, kaum atmen, mein Blick ist unverrückbar auf das Schauspiel über mir gerichtet. Für einen Moment vergesse ich alles – den Schmerz, die Erschöpfung, die Kälte. Unter diesem magischen Himmel und dem gespenstischen Spiel der Lichter fühle ich mich klein, aber nicht bedeutungslos. Und vor allem nicht allein.

Ich bleibe noch eine Weile stehen, unfähig, den Blick abzuwenden, bis die kalte Realität des Fjells mich schließlich einholt. Meine Finger sind steif, und meine Beine zittern. Langsam setze ich meinen Weg fort.

Das Nordlicht erhellt die hölzernen Planken vor mir. Seine schimmernden Farben folgen mir noch eine ganze Weile, werden zu einem stummen Begleiter, der mir den Weg leuchtet, und obwohl ich sie nicht sehen kann, spüre ich, dass Nicki in dem Moment ebenfalls bei mir ist.

Erst als ich den dichten Mischwald erreiche, wird das Licht schwächer, bis es irgendwann vollends von den hohen Baumwipfeln verschluckt wird, die über mir aufragen, und ich meine Taschenlampe erneut einschalte.

Hier geht es wieder bergab, und der Weg ist von nassem Laub und vom Wind verwehten Zweigen übersät, so dass ich genau aufpassen muss, wohin ich meine Schritte setze. Als ich die Brücke passiere und das stetige Rauschen des Flusses unter mir höre, weiß ich, dass Ammarnäs nicht mehr weit sein kann.

Aber was dann?

Ich werde zur Polizei gehen müssen, erklären, was passiert ist, und dabei helfen, Nicki zu bergen.

Und danach? Der Flug nach Hause. Ein leerer Sitzplatz neben mir. Meine Schritte werden schwerer, langsamer, als mir bewusst wird, dass mir das Schwerste noch bevorsteht. Die Rückkehr nach Frankfurt, in ein Leben ohne Nicki. Zurück zu Lars.

* * *

Die restlichen Kilometer lege ich wie in Trance zurück, den Blick immer auf den Boden und den zitternden Kegel meiner Taschenlampe gerichtet. Ein schleppender Schritt nach dem anderen, bis meine Stiefel irgendwann Kies erreichen, dann ungewohnt ebenen Asphalt.

Es ist spät in der Nacht, als ich in Ammarnäs eintreffe. Beim Anblick des ersten Hauses, das ich erspähe, bleibe ich kurz stehen und atme tief durch. Ich kann es kaum glauben. Ich habe es tatsächlich geschafft. Zurück aus der Wildnis in die Zivilisation. Der Wechsel fühlt sich merkwürdig still und unspektakulär an. Niemand erwartet mich. Keine erleichterten Ausrufe oder besorgten Gesichter. In dem kleinen Dorf ist es in den frühen Morgenstunden genauso still wie auf dem einsamen Wanderweg hinter mir. Die Straßen sind verlassen. Die Fenster in Schwärze gehüllt.

Trotz brennender Fußsohlen und schwerer Muskeln zwinge ich mich noch, die letzten Meter zu überwinden. Die Hauptstraße durchs Dorf entlang, bis ich wieder dort stehe, wo Nicki und ich unsere Reise vor ein paar Tagen begonnen haben, am Eingang der Pension. Um diese Uhrzeit ist die Tür verschlossen. Entweder gibt es keine Klingel, oder ich finde sie im Dunkeln nicht, also bleibt mir nur zu klopfen. Meine Glieder sind schwach, der Schlag meiner Knöchel auf dem Holz nur ein dumpfer Laut, den wahrscheinlich niemand hört. Dennoch klopfe ich weiter, die Stirn gegen das kühle Holz gelehnt. Nun, da ich mein Ziel endlich erreicht habe, spüre ich, wie die Kraft mich verlässt. Meine Beine knicken ein, und ich sinke am Rand der Hausmauer nach unten. Ich lasse meinen Kopf zurückkippen, nur für eine kurze Pause, sage ich mir, während mir bereits die Augen zufallen. Ob mich schon jemand gehört hat? Ich kann es mir kaum vorstellen. Vielleicht sollte ich es stattdessen bei einem Fenster probieren, aber ich finde nicht genug Kraft, wieder aufzustehen.

Am Rande meines Bewusstseins höre ich noch, wie eine Tür aufgeht, schwaches Licht, das auf meinen geschlossenen Lidern kitzelt, und undeutliche Worte, die auf mich einprasseln. Feste Hände legen sich auf meinen Rücken, und fast glaube ich meinen Namen zu hören, aber da packt mich bereits die Schwärze und trägt mich weit weg.

26.

*Ich habe alles genau geplant und warte bis zur letzten Minute,
um dir von der Wandertour zu erzählen. Lars soll keine Gelegenheit haben, dich davon abzuhalten oder mir aufzulauern.*

*Aber auch dafür habe ich Vorkehrungen getroffen: Ich bin vo-
rübergehend in ein Hotel gezogen, und auch meine Mutter habe
ich woanders untergebracht, damit ich mich nicht während unserer Reise um sie sorgen muss. Nach ihrem Autounfall will ich
keine weiteren Risiken eingehen. Obwohl ich keine Beweise habe,
bin ich mir ganz sicher, dass es Lars war, der sie von der Straße
gedrängt hat.*

*Diesmal war es mehr als eine bloße Warnung. Sie hätte sich
ernsthaft verletzen, sie hätte sterben können, was mir einmal
mehr zeigt, dass er vor nichts zurückschreckt und ich endlich handeln muss.*

Genug ist genug.

*Heute am späten Nachmittag werde ich es dir sagen, während
Lars noch bei der Arbeit ist. Ich werde dir die Flugtickets und die
Wanderkarte zeigen, und ich weiß, du wirst nicht Nein sagen können. Nicht zum Kungsleden, von dem du schon in unserer Studienzeit immer geredet hast. Du hattest sogar ein ganzes Pinte-
rest-Board dazu erstellt, und ein paar Mal waren wir kurz davor,
es einfach zu tun, unsere Flüge nach Schweden zu buchen, aber*

irgendwie kam immer etwas dazwischen. Prüfungen. Männer. Geld. Das Leben.

Aber diesmal nicht. Diesmal werden wir den Königsweg wandern.

Du gibst dir im Alltag zwar nicht viel Gelegenheit dazu, aber im Herzen bist du eine Abenteurerin. Ich werde nicht zulassen, dass Lars dir diesen Teil von dir nimmt und dich in eine Zwangsjacke steckt.

Nach dieser Wanderung werden wir endlich frei von ihm sein.

Ich kann es kaum erwarten, den ersten Schritt mit dir auf den Kungsleden zu setzen, die klare Fjellluft einzuatmen und die Weite der Landschaft zu spüren, während wir Seite an Seite über die Hochebene gehen.

Mein Rucksack steht seit Tagen fertig gepackt neben der Tür, die Kleidung für morgen auf einem Stuhl ausgebreitet.

Ich habe mir die Haare geschnitten.

Der Entschluss kam spontan, als ich mich heute im Spiegel betrachtet habe. Ich wusste sofort, dass ich etwas ändern möchte, bevor wir losgehen. Etwas, das mich so weit wie möglich von der Person unterscheidet, die Lars geliebt hat.

Ich nahm eine ganz normale Küchenschere, das Ergebnis war weder besonders modisch noch sauber, doch der Prozess hatte etwas Befreiendes. Als die letzte lange Haarsträhne zu Boden rieselte, strich ich mir mit einem zufriedenen Lächeln über den Hinterkopf.

Die Uhr auf meinem Handy sagt mir, dass es bald so weit ist. Ich muss los, um dich vor Lars zu erreichen.

Meine Finger zittern beim Schreiben, wenn ich daran denke, was alles schiefgehen könnte, aber ich weiß, du wirst mich nicht enttäuschen. Du wirst mitkommen, und morgen um diese Zeit sind wir längst in Schweden. Wir werden den Kungsleden wandern, und Lars wird zu einem mickrigen, unwichtigen Punkt in der Ferne verblassen.

27.

Ich träume, dass ich wieder auf dem Fjell bin, doch die Welt um mich ist seltsam verändert. Dichte Nebelschwaden liegen über der Ebene, hüllen alles in ein diffuses, graues Licht. Der Wind ist verstummt, und die sonst so klare Luft fühlt sich schwer an, fast erstickend. Ich irre umher, suche fieberhaft nach dem Weg, halte Ausschau nach Markierungen, Stiefelspuren, irgendetwas, das mich zurückführen könnte.

Dann eine Bewegung. Das Aufblitzen von Rot inmitten des endlosen Grau. Eine rote Wanderjacke. Nicki, die in einiger Entfernung vor mir über die steinige Ebene schreitet.

Mein Herz setzt aus. Aufgeregt rufe ich ihren Namen, aber die Worte verhallen in der Lautlosigkeit. Kein Echo, kein Geräusch, der Nebel verschluckt meinen Ruf.

Ich beginne zu rennen, doch jeder Schritt fühlt sich an, als würde ich durch Wasser waten, zäh und schwer, so dass ich kaum vorwärtskomme. Nicki ist jetzt weiter entfernt, ihr schlanker Körper kaum mehr als ein Schemen. Panik steigt in mir auf. Ich will erneut nach ihr rufen, doch als ich die Lippen öffne, dringt Nebel wie Wasser in meinen Mund und füllt meine Lungen, raubt mir die Stimme.

Ich bekomme keine Luft mehr. Dennoch kann ich nicht aufhören zu rennen, den Arm immer noch nach Nicki ausgestreckt, deren Konturen verschwimmen.

Dann dreht sie sich endlich zu mir um, das Gesicht in Schatten gehüllt, und sagt meinen Namen.

»Julia.«

Doch es ist nicht Nickis Stimme, die zu mir spricht.

Keuchend schlage ich die Augen auf.

Der weiche Untergrund irritiert mich. Unter meinen Fingern spüre ich den weichen Stoff einer Matratze. Mein Kopf liegt auf einem Kissen, und der Duft von frischer Bettwäsche steigt mir in die Nase. Gedanklich befinde ich mich noch ganz woanders, weit weg von jeder Zivilisation in der kargen Felstundra des Kungsleden.

Einen Moment lang liege ich still, blinzle gegen das schwache Licht an, das durch die Ritzen der Vorhänge dringt, und versuche zu begreifen, wo ich bin, wie ich in diesem weichen Bett gelandet bin.

»Julia.«

Wieder diese Stimme, die ein unangenehmes Kribbeln über meine Haut schickt. Rau und vertraut. Die letzte Stimme, die ich hören will.

Und dort am Fußende meines Bettes sitzt er. Lars. Ungewohnt leger in Jeans und grauem Sweater, das Haar zerstrubbelt und die Augen gerötet, als hätte er die Nacht durchgemacht.

Ich blinzle wieder, als könnte ich noch immer träumen. Wie ist das möglich? Ich bin doch noch in Schweden, in dem kleinen Dorf Ammarnäs am Rande des Kungsleden.

Ich bin gestern erst wieder angekommen, habe mich mit letzter Kraft zur Pension geschleppt, und Lars sollte mehrere Hundert Kilometer weit weg sein. Doch er sitzt hier, nur eine Armlänge von mir entfernt.

Ich richte mich auf und rutsche mit dem Rücken ans Kopfende, so weit weg von ihm wie möglich. »Lars.« Meine Stimme ist heiser, als hätte ich die ganze Nacht geschrien. »Was machst du hier?«

Bei dem Ausdruck in meinem Gesicht sacken seine Mundwinkel nach unten. »Ist das dein Ernst? Hast du eine Ahnung, welche Sorgen ich mir gemacht habe?«

Schützend ziehe ich die Bettdecke bis unter mein Kinn, als könnte ich damit eine Mauer zwischen uns errichten.

Lars' Augen folgen mir mit einem irritierten Funkeln. »Ich bin schon seit zwei Tagen hier. Ich habe von dem schweren Sturm in dem Reservat gehört. Ich konnte dich nicht erreichen und habe überall nachgefragt. Aber ihr wart in keinem der Hüttenbücher eingetragen. Niemand hat euch auf dem Kungsleden gesehen. Auf keiner der Etappen.« Lars' Hand ballt sich langsam zur Faust. »Da wusste ich, dass etwas passiert sein muss.«

Eine ganze Menge ist passiert. Dennoch begegne ich Lars' forschendem Blick nur mit Schweigen.

»Ich bin sofort in den nächsten Flieger nach Schweden gestiegen und hab einen Helikopter gemietet, um euch zu suchen, aber ihr wart wie vom Erdboden verschluckt.«

Dann war das also er? Der Helikopter, den ich verzweifelt auf mich aufmerksam machen wollte? Nun bin ich fast froh, dass er mich übersehen hat.

»Heute wollte ich einen Suchtrupp zusammentrommeln«, fährt Lars mit rauer Stimme fort. »Ich hab die halbe Nacht wach gelegen und Pläne geschmiedet, doch dann dachte ich, ich höre etwas. Ich bin zum Fenster gegangen, und da warst tatsächlich du.« Lars' Augen blitzten auf. »Ich dachte schon, ich träume. Bin sofort runtergerannt und hab dich am Boden neben der Tür gefunden. Du warst kaum noch bei Bewusstsein, aber am Leben. Ich war so erleichtert.«

Dunkel erinnere ich mich wieder an das Gefühl von warmen Händen in meinem Rücken. Lars muss mich in sein Zimmer getragen haben. Der Gedanke, ihm so wehrlos ausgesetzt gewesen zu sein, jagt einen Schauer durch meinen ganzen Körper.

»Und du hast keinen Arzt geholt?«, frage ich, die Beine fest an mich gezogen. Nicht weil ich wirklich das Bedürfnis habe, einen Arzt zu sehen, sondern weil es mich nervös macht, allein mit Lars in einem Raum zu sein. Weiß außer ihm überhaupt jemand, dass ich hier bin? Wahrscheinlich nicht, sonst wäre bestimmt schon jemand von der Pensionsleitung aufgetaucht, um mich zu fragen, wieso ich allein zurückgekehrt bin.

»Ich wollte erst mal, dass du dich ausruhst. Du warst sehr mitgenommen und stark unterkühlt, aber nicht ernsthaft verletzt.« Lars lächelt mich an und legt seine Hand über der Bettdecke auf mein Bein. »Ich dachte wirklich schon, ich hätte dich verloren. Ich bin so froh, dass es dir gut geht.«

Die Berührung lässt mich zusammenzucken. Hastig schüttle ich seine Hand ab, woraufhin Lars die Brauen zusammenzieht. »Alles in Ordnung? Was ist auf eurer Wanderung passiert? Und wieso bist du allein? Wo ist Nicki?«

Bei ihrer Erwähnung setzt mein Herz aus. Mir ist der scharfe Unterton nicht entgangen, mit dem Lars ihren Namen ausspricht. Sein Blick ist durchdringend. Mein ganzer Körper verkrampft sich darunter. Ich weiß nicht, was ich sagen soll. Ich bin auf diese Begegnung nicht vorbereitet, war mir sicher, dass ich mehr Zeit hätte, bis ich Lars erneut gegenübertreten muss. Meine Unterlippe beginnt zu zittern, woraufhin ich den Mund fest zusammenpresse.

Der Ausdruck in Lars' Gesicht wird weicher, während er sich mir entgegenbeugt. »Ganz ruhig. Du bist jetzt in Sicherheit. Erzähl mir einfach alles von Anfang an.«

Doch ich schüttle den Kopf. Kein Ton entweicht mir. Am liebsten würde ich mich einfach nach Hause beamen. Weit weg von Lars. Stattdessen kommt er wieder näher, streichelt sanft über meinen Arm und bemerkt nicht, wie mich seine Berührung schaudern lässt.

»Was ist passiert, nachdem ihr losgegangen seid?«, bohrt Lars weiter nach. »Was war mit Nicki? War sie irgendwie ... anders?«

Mein Hals wird eng. Natürlich ahnt er es. Aber ich kann es ihm nicht sagen, darf seinem bohrenden Blick nicht nachgeben. Nicht hier, wo wir ganz allein sind und niemand weiß, wo ich bin. Wer weiß, wie Lars reagieren wird, wenn er erfährt, dass ich die ganze Wahrheit über ihn und Nicki kenne. Darüber, was er ihr und ihrem Baby angetan hat.

Zitternd atme ich ein und aus. Schließe die Augen. Öffne

sie wieder. »Unsere Wanderung hat nur kurz gedauert«, entgegne ich vage. »Der Sturm hat uns überrascht und in den Wald getrieben. Wir wurden getrennt, und ich habe mich verlaufen.«

»Und dann? Habt ihr euch wiedergefunden?«

Ich knete die Bettdecke, während ich fieberhaft nach Worten suche, aber mein Kopf ist leer. Um Zeit zu schinden, fasse ich mir an die Kehle. »Kann ich ... Kann ich bitte ein Glas Wasser haben?«

»Natürlich! Du bist bestimmt völlig dehydriert.«

Erleichtert atme ich aus, als Lars sich vom Bett erhebt und ins angrenzende Bad geht. Wasser gurgelt durch die Leitung. Ein paar Sekunden später steht er mit einem vollen Glas vor mir und drückt es mir in die Hand. Der Durst ist echt. Gierig leere ich das Glas in einem Zug. Lars füllt es gleich wieder auf, stellt es auf den Nachttisch und setzt sich erneut zu mir aufs Bett.

»Tut mir leid, dass ich dich in deinem Zustand so mit Fragen löchere.« Mitfühlend tätschelt er mein Knie durch die Decke. »Ich verspreche, ich hole dir gleich ein riesiges Frühstück, aber du verstehst bestimmt, wieso ich das alles wissen muss.«

Ich zwinge mich zu einem schwachen Nicken.

»Also, erzähl weiter. Was ist mit Nicki? Heißt das, sie ist immer noch dort draußen? Ist sie verletzt?«

Der fieberhafte Ausdruck in Lars' Gesicht lässt mich innehalten. Vielleicht ist das meine Chance. Eine Chance, Lars auf eine falsche Fährte zu setzen, seine Aufmerksamkeit von mir abzulenken. Weit genug, dass ich unbemerkt verschwinden und irgendwo vor ihm Zuflucht finden kann.

»Ja«, stammle ich schließlich. »Sie ist gestürzt und kann nicht mehr richtig gehen. Ich musste ohne sie zurückgehen.«

Lars' Stirn legt sich in Falten. »Verstehe«, sagt er schließlich und tätschelt erneut mein Knie, wobei ich ein Zusammenzucken nicht unterdrücken kann. »Mach dir keine Vorwürfe. Das war die richtige Entscheidung. Du musstest dir selbst helfen, um auch ihr zu helfen.«

Dann beschließe ich, Lars noch einen Schubs zu geben. »Sie hat in ihrer Panik von einem Baby geredet, wie im Delirium. Ich habe Angst, dass sie schwanger sein könnte.«

Bei dem Wort »Baby« wird Lars plötzlich ganz still. Der eisige Glanz in seinen Augen lässt mich die Luft anhalten. Bin ich zu weit gegangen und habe mich selbst verraten?

»Ein Baby?«, fragt er schließlich und greift mein Handgelenk so fest, dass es wehtut. »Bist du sicher?«

»Ich weiß nicht. Sie war nicht mehr wirklich ansprechbar, hat nur noch wirr geredet.«

»Sie wird wahrscheinlich Fieberträume haben und keine Ahnung, was sie da sagt. Wahrscheinlich ist sie nicht einmal schwanger. Aber keine Angst. Wir werden sie da rausholen.«

Mein Mund wird trocken. »Wir?«, krächze ich.

»Du weißt doch noch, wo sie ist, oder? Kannst du mich hinführen?«

Das Blut verlässt meine Wangen. »Ich kann nicht.« Ich

muss ihm nichts vorspielen, um meine Stimme schrill werden zu lassen. Allein die Vorstellung, mich noch einmal in diese raue Wildnis zu begeben, lässt meinen Puls rasen. »Lars, ich kann nicht noch mal dorthin.«

»Du brauchst keine Angst haben. Diesmal wird es anders. Ich werde bei dir sein und auf dich aufpassen.«

Fast hätte ich hysterisch aufgelacht, denn der Gedanke ist noch so viel schlimmer. Aber das kann ich ihm natürlich nicht ins Gesicht sagen. »Kannst du nicht die Bergrettung verständigen? Ich kann den Weg genau beschreiben. Und ich habe Markierungen im Wald hinterlegt, die die Suche erleichtern.«

»Das dauert alles zu lang. Du bist die Einzige, die den genauen Weg kennt. Außerdem habe ich mit der Bergrettung gestern schon den ganzen Tag gestritten. Wegen der Wettervorhersagen weigern sie sich gerade, noch mal ins Reservat zu fliegen. Anscheinend soll es Schnee geben, wir werden also schnell sein müssen.«

Energisch schüttle ich den Kopf. »Ich habe es kaum hierher zurückgeschafft. Ich kann einfach nicht noch mal den ganzen Weg gehen. Das schaffe ich nicht.«

Allein dass Lars mich das fragt, macht mich fassungslos. Weil ich insgeheim immer noch zwei Versionen von ihm vor mir gesehen habe: Nickis und die, die ich kennengelernt habe. Lange habe ich damit gekämpft, beide miteinander zu vereinen, doch Lars' Forderung zeigt mir, dass sie schon immer ein und dieselbe Person waren. Und dieser Person liegt nichts an mir. Sie ist bereit, mich und mein Wohlergehen für seine eigenen Ziele zu opfern.

Als spüre er meinen innerlichen Aufruhr, wird Lars' Gesicht plötzlich weich. »Was ist mit Nicki? Willst du ihr denn nicht helfen?«

Nicki ist nicht mehr zu helfen, sonst wäre ich selbst niemals allein zurückgekommen. Aber offensichtlich kennt Lars mich nicht gut genug, um das zu wissen.

Und wenn ich ihm doch die Wahrheit sage: dass Nicki schon seit Tagen tot ist? Aber dann würde er sofort merken, dass ich ihm etwas vorspiele. Trotz der warmen Bettdecke um mich herum zittere ich wieder so stark wie auf der eisigen Hochebene des Kungsleden.

Lars nimmt meine Hände in seine, und es kostet mich all meine Willenskraft, sie ihm nicht sofort zu entreißen. »Weißt du was, ich hole dir jetzt erst mal was zu essen. Und du nimmst so lange eine heiße Dusche, um dich aufzuwärmen. Danach wirst du dich schon viel besser fühlen, und wir gehen alles ganz in Ruhe an. Schritt für Schritt. Ich werde bei dir sein und dich keine Sekunde allein lassen.«

Lars drückt meine Hände fest, und ich spüre, wie sich jeder Muskel in meinem Körper vor Anspannung zusammenzieht angesichts seiner Worte, die mehr wie eine Drohung klingen als wie ein Versprechen.

Dennoch ziehe ich meine Mundwinkel nach oben, bis sie den Ansatz eines Lächelns formen, ganz so, wie es eine verliebte Verlobte in dem Moment tun würde. Lars soll nicht wissen, dass die Hochzeit für mich längst geplatzt ist. Noch nicht. »Eine heiße Dusche klingt gut.«

»Das ist mein Mädchen.« Lars lehnt sich vor, um mich auf die Wange zu küssen, seine Lippen wie brennende

Kohlen auf meiner Haut. »Ich komme gleich wieder. Und danach reden wir weiter.«

Endlich steht er auf und verlässt den Raum.

Ich atme aus, merke erst jetzt, dass ich die Luft angehalten habe, und sacke nach vorne. Was mache ich jetzt? Unmöglich, dass ich noch mal den ganzen Weg gehe. Aber vielleicht muss ich das auch gar nicht. Auch wenn ich geschwächt bin, ist die Wildnis immer noch mehr mein Gebiet als seins. Umgeben von Bäumen und dichtem Gestrüpp dürfte es mir nicht schwerfallen, einen unbedachten Moment abzuwarten und unbemerkt im Dickicht zu verschwinden. Ich muss nur genügend Abstand zwischen uns bringen. Das schaffe ich. Ich kann das schaffen.

Dennoch geht mein Atem hektisch, als ich die Decke zurückschlage und sehe, dass ich darunter nur mehr meine Thermounterwäsche trage. Lars muss mich umgezogen haben, während ich bewusstlos war. Von meiner restlichen Kleidung fehlt jede Spur. Auch mein Rucksack ist weg. Ich durchsuche die Schränke und Läden, kann nichts von meinen Sachen irgendwo finden. In dem schmalen Holzschrank hängt nur die Kleidung von Lars. Die Wanderausrüstung ist ersetzbar, aber in dem Rucksack sind mein Pass und mein ganzes Geld. Ohne weiß ich nicht einmal, wie ich nach Deutschland zurückkehren soll.

Ein ungutes Gefühl überkommt mich. Ich schleiche zur Tür und versuche die Klinke hinunterzudrücken. Abgeschlossen. Lars hat die Tür von außen verschlossen. Und mich eingesperrt. Genau wie Nicki.

Die Wut lässt mich die Hände zusammenballen. Ich

schlucke hart. Kurz überlege ich, einfach laut zu schreien, aber was, wenn Lars auf der anderen Seite steht und genau darauf wartet? Auf irgendein Zeichen, dass ich ihn mit meiner Geschichte bloß in die Irre führe? Dass er mich eingeschlossen hat, zeigt bereits, dass er mir nicht mehr traut. Das heißt, ich muss jetzt clever sein, darf mich nicht von meinen Emotionen leiten lassen.

Also tue ich erst mal, was Lars von mir will, gehe ins Bad, stelle die Dusche an. Heißes Wasser prasselt auf meine Haut, doch die Kälte sitzt so fest in meinen Knochen, dass ich es kaum spüre, während der Schmutz der letzten Tage sich zu meinen Füßen sammelt.

Als ich ein paar Minuten später aus dem dampfenden Badezimmer komme, ein Handtuch um meinen Körper gewickelt, ist Lars wieder da. Meine Wanderkleidung und mein Rucksack liegen ordentlich am unteren Ende des Bettes, auf dem Nachttisch daneben steht ein Tablett mit einem üppigen Frühstück aus Kaffee, Müsli, Orangensaft und dick belegten Schinkenbroten.

Ich unterdrücke meine Fragen, wo er meine Sachen zwischenzeitlich versteckt hatte, und ziehe mich wortlos an. Durch das Innenfutter der Jacke hindurch kann ich noch immer Nickis Notizbuch spüren – ein kleiner Trost. Offenbar hat Lars es nicht entdeckt, sonst hätte er es bestimmt behalten.

»Du hast abgenommen«, kommentiert Lars unvermittelt meinen Körper, obwohl ich ihm extra den Rücken zugewandt habe, während ich die vor Schmutz steif gewordene Wanderhose über meine Schenkel ziehe. »Aber keine

Sorge, bis zur Hochzeit päpple ich dich schon wieder auf. Komm her und iss was.« Sein Ton ist ruhig, und doch hat er etwas Gebieterisches, das keine Widerrede duldet. Hat er davor auch schon so mit mir gesprochen? Habe ich es früher einfach überhört, es mit Fürsorge verwechselt, benebelt von meinen eigenen Gefühlen?

Lars schenkt Kaffee aus einer Thermoskanne in die Tassen und hält mir eines der Brote entgegen. Der Appetit ist mir längst vergangen, doch in meinem Magen klafft immer noch ein Loch. Unter Lars' wachsamen Augen zwinge ich mich, etwas vom Brot abzubeißen. Ich kaue hastig, ohne wirklich etwas zu schmecken, und spüle die Bissen mit einem großen Schluck Kaffee hinunter, der zumindest angenehm meinen Magen wärmt. Spätestens in ein paar Stunden werde ich diese Wärme vermissen, genau wie den Komfort dieses Raums.

Bei dem Gedanken rumort das Frühstück in meinem Magen. »Willst du das wirklich tun?« Jede Faser meines Körpers sträubt sich gegen die Vorstellung, noch einmal loswandern zu müssen. Die gleiche Strecke, die ich mir gestern Nacht so mühsam erkämpft habe. Meine Glieder schmerzen immer noch von den Strapazen. Ich habe noch nicht einmal richtig geschlafen, höchstens fünf Stunden.

»Du hast gesagt, eure Wanderung hat nicht lange gedauert«, bemerkt Lars. »Ich schätze also, dass Nicki nicht allzu weit weg sein kann. Wie lange hast du für den Rückweg gebraucht?«

»Ich weiß es nicht genau. Ich hatte kein Handy mehr und keine Uhr, aber wahrscheinlich um die sechs Stunden.«

»Sechs Stunden!« Lars stößt ein belustigtes Schnauben aus. »Das ist doch ein Klacks. Wir sind wahrscheinlich vor dem Morgengrauen wieder zurück.«

Lars' nonchalante Art zeigt mir einmal mehr, dass er keine Ahnung vom Wandern hat, geschweige denn davon, welcher Gefahr er uns aussetzt. Was, wenn es tatsächlich schneien sollte und wir auf der Hochebene festsitzen?

»Und Nicki?«, frage ich probehalber, während Lars in eine dunkelblaue Jacke schlüpft, die kaum dick genug ist, um ihn vor den harschen Fjellwinden zu schützen. »Wie willst du sie einfach da runterschaffen, wenn wir nur zu zweit sind?«

»Das finden wir heraus, wenn es so weit ist.« Lars winkt ab, ohne meinen Blick zu erwidern. Aber ich kenne die Wahrheit, kann sie von seiner glatten, kontrollierten Miene ablesen. Er denkt nicht im Traum, Nicki von der Hochebene zu retten. Er will sie bloß vor möglichen anderen Rettungskräften erreichen.

Plötzlich kann ich nicht mehr weiteressen und lege das halb gegessene Brot aufs Tablett zurück.

»Was ist mit deinem Fuß?«, fragt Lars, der jede meiner Bewegungen genaustens beobachtet. »Du humpelst leicht.«

»Ein Schlangenbiss«, antworte ich und schüttle das verletzte Bein aus, um es zu lockern. »Er ist schon zum Großteil verheilt, aber beim Auftreten tut es noch weh. Ich kann nur langsam gehen.«

»Kein Problem. Ich bin jetzt ja bei dir.« Wie zur Demonstration holt Lars meine Wanderschuhe, um mir beim Anziehen zu helfen. Meine Schonfrist scheint vorüber zu sein. Er will das tatsächlich durchziehen.

Ich kann meinen Hass auf ihn kaum verbergen und muss mich wegdrehen, um meine restliche Ausrüstung anzulegen, während Lars die übrig gebliebenen Brote im Rucksack verstaut und die Wasserflaschen im Bad auffüllt. Als wir das Zimmer schließlich verlassen, geht er dicht neben mir. »Soll ich dich stützen?«, fragt er an der Treppe, und obwohl ich den Kopf schüttle, hält er mich fest am Arm und lässt erst los, als wir auf die Straße hinaustreten.

Die Sonne steht bereits hoch am Himmel, dennoch wäre es möglich, Nicki noch vor Einbruch der Dunkelheit zu erreichen. Aber so weit will ich es gar nicht kommen lassen. Bis Sonnenuntergang befinde ich mich hoffentlich schon weit weg von Lars und dem Kungsleden.

Lars trägt den Rucksack, um mich zu schonen, was so heuchlerisch ist, dass ich am liebsten laut lachen würde. Er will so lediglich die Kontrolle bewahren. Im Rucksack befindet sich alles Wichtige: unser Proviant, die Wanderkarten und die Taschenlampe. Alles, was wir für den sicheren Hin- und Rückweg benötigen.

Auf dem Parkplatz, von dem der Kungsleden abzweigt, muss ich kurz stehen bleiben und mich sammeln. Obwohl wir erst wenige Meter gegangen sind, schlägt mein Herz mir bis zum Hals, und meine Fußsohlen pulsieren. Eine Windböe fegt zwischen den Bäumen hindurch und lässt das lose Laub am Boden rascheln.

»Alles in Ordnung?«, fragt Lars scheinbar besorgt.

Ich beiße die Zähne zusammen. »Alles in Ordnung«, presse ich hervor. Dann nehme ich einen tiefen Atemzug und setze meinen Fuß auf den Kungsleden. Schon wieder.

Mein Körper ist immer noch geschwächt, weshalb ich nicht sonderlich schnell bin. Ich kann Lars' Ungeduld förmlich in meinem Rücken spüren, doch noch hält er die mitfühlende Fassade aufrecht. Er drängt mich nicht, geht jedoch so knapp hinter mir, dass er mir fast auf die Fersen steigt.

Zuerst versucht er noch hin und wieder, mich in ein Gespräch zu verwickeln, fragt mich nach Details zu unserer Wanderung aus. Wie wir vom Weg abgekommen sind. Wie genau Nicki sich verletzt hat. Um mich nicht zu verraten, gebe ich nur möglichst knappe Antworten und bin dankbar, als das Gelände ansteigt und Lars seinen Atem anderweitig braucht.

Trotz des klaren Wetters sind wir allein auf dem Wanderweg. Die Tageswanderer sind um diese Zeit wahrscheinlich längst auf dem Heimweg, und um den gesamten Kungsleden zu wandern, ist es zu spät im Jahr. Sobald der Winter naht, ist es auf dem Fjell zu gefährlich. Die Ruhe des Waldes hätte friedvoll sein können, aber Lars' Anwesenheit macht mich so nervös, dass ich mehrmals strauchle und auf dem feuchten Laub ins Rutschen gerate.

Der Weg vor uns wird immer steiler und enger. Schweres Keuchen und knirschende Schritte erfüllen die Luft. Dann noch ein Geräusch, auf das ich schon seit mehreren Kilometern warte. Das vertrautes Rauschen lässt mein Herz höherschlagen. Als dann endlich der sich windende Fluss mit der schmalen Brücke in Sichtweite kommt, bleibe ich abrupt stehen.

»Ich muss mal kurz.« Demonstrativ ziehe ich ein Taschentuch aus meiner Jackentasche.

Lars blickt sich kurz um und nickt dann knapp. »In Ordnung, aber beeil dich.«

»Bin gleich wieder da.« Mit klopfendem Herzen steige ich über einen Felsen hinweg und verlasse den Weg, um hinter eine Baumreihe zu schlüpfen. Ich habe absichtlich auf diese Stelle gewartet, weil das Flussrauschen laut genug ist, um andere Geräusche zu übertönen – wie das Geräusch raschelnder Blätter und knackender Zweige unter schnellen, fliehenden Schritten.

Ich ducke mich hinter eine ausladende Fichte, um mir einen Überblick zu verschaffen. Der Wald ist hier so dicht, dass ich es schwer haben werde, eine Route abseits des Wanderwegs zu finden, aber wenn ich mich am Fluss entlang bewege …

Noch bevor ich losrennen kann, lässt eine Berührung an meiner Schulter mich zusammenzucken. Lars steht vor mir und hält mir etwas entgegen. Mein Taschentuch. Ich habe es vor der Fichte zu Boden fallen lassen.

Das laute Tosen des Flusses, das meine Flucht hätte tarnen sollen, hat auch einen Nachteil: Seine Schritte habe ich ebenfalls nicht gehört.

»Du hast das verloren«, sagt er mit einem hinterhältigen Lächeln.

»Danke.« Panisch nehme ich das Taschentuch entgegen. Ehe ich die Hand wieder zurückziehen kann, greift Lars meinen Arm. Etwas zu fest. Eine Warnung. »Wir haben nicht viel Zeit«, raunt er. »Mach schnell.« Lars lässt mich los, dreht sich jedoch nur halb weg, während er mich immer noch aus dem Augenwinkel beobachtet.

Die Anspannung lässt meine Blase austrocknen. Unmöglich, dass ich vor ihm pinkeln kann. Ich hocke mich dennoch mit heruntergelassener Hose zwischen zwei Sträucher, um zumindest so zu tun, als würde ich mich erleichtern.

»Fertig?«, fragt Lars, nachdem ich mich wieder aufgerichtet habe und meine Hose zuknöpfe.

»Fertig«, lüge ich. Meine Mundwinkel zittern.

Zurück auf dem Wanderweg, lässt Lars mich nicht mehr aus den Augen, geht maximal eine Schrittlänge hinter mir. Sein bohrender Blick in meinem Nacken lässt mich noch stärker schwitzen als der ansteigende Pfad unter meinen Füßen.

Er weiß es, schießt es mir ständig durch den Kopf. Er weiß, dass etwas nicht stimmt. Aber was mache ich dann? So wird mein Plan niemals aufgehen.

Ich werde mir etwas ausdenken müssen. So tun, als ob ich mich verlaufen hätte und den Weg zu Nicki nicht mehr finde. Oder Schwäche vortäuschen, so dass Lars mit mir umkehren muss. Zurück im Ort, finde ich vielleicht eine andere Lösung, um ihn loszuwerden oder Hilfe zu holen. Alles ist besser, als mit ihm allein in dieser Wildnis festzusitzen. Ich hätte mich von ihm niemals zurück auf den Kungsleden drängen lassen dürfen.

Ein Ast knackt unter meinen Füßen, und ich zucke zusammen. Lars wirft mir einen kurzen Blick zu, sagt jedoch nichts. Sein Schweigen ist schwerer zu ertragen als seine Fragen. Ich spüre, wie mein Atem schneller geht, die Luft brennt in meinen Lungen.

»Wie weit noch?«, fragt Lars plötzlich, seine Stimme hart, obwohl er versucht, sie freundlich klingen zu lassen.

»Ich weiß nicht genau.« Nervös lecke ich mir über die Lippen, will hinter mich nach meinem Rucksack greifen, um etwas zu trinken, bevor ich mich wieder daran erinnere, dass Lars ihn trägt. »Aber wir haben jetzt fast die Hälfte.«

Lars scheint meine Geste bemerkt zu haben. Er bleibt stehen, um die Trinkflasche aus dem Seitenfach zu holen. Er trinkt zuerst, während ich danebenstehe, den Arm leicht erhoben, um die Flasche als Nächster entgegenzunehmen.

»Gut«, erwidert er und geht an mir vorbei, meinen ausgestreckten Arm ignorierend, und steckt die Flasche zurück in die Halterung. »Dann verlieren wir besser keine Zeit.«

Meine Kehle brennt vor Durst, dennoch lasse ich die Hand wieder sinken, spüre, wie ein Beben durch meinen Körper geht.

»Kommst du?«, fragt Lars zwei Schritte vor mir und grinst mich über seine Schulter hinweg an. Es ist mehr dieses Grinsen als die Geste selbst, die mir eine Gänsehaut beschert. Er genießt das. Die Macht. Die Kontrolle, die er hier draußen über mich besitzt, während ich ihm schutzlos ausgeliefert bin und mich seinem Willen beugen muss. Ein Vorbote dessen, was mich erwartet hätte, wenn ich ihn tatsächlich geheiratet hätte. Nicki hat mich davor gerettet, und jetzt werde ich ihr nicht einmal dafür danken können.

Wortlos folge ich Lars. Kurz darauf wird der Weg steiler, und die dichten Bäume um uns herum lichten sich allmählich. Die Wurzeln, die bisher den Pfad durchzogen haben, weichen felsigem Untergrund, der sich unnachgiebig in meine Sohlen presst.

Als wir die letzte Baumreihe hinter uns lassen, tritt die Landschaft mit einem Mal in ihrer ganzen Weite hervor. Vor uns liegt das Fjell, eine endlose Ebene aus Heidekraut, Grashügeln und Felsen, die wie verstreute Inseln im Gras liegen. Der Kungsleden schlängelt sich wie ein schmaler Faden durch die Einsamkeit, verschwindet hinter einem Hügel und taucht irgendwo am Horizont wieder auf.

Kein Mensch weit und breit. Nur Lars und ich. Ohne Schutz. Ohne Deckung.

Der Himmel ist weit und offen, mit Wolken, die tief über dem Horizont hängen. Ein eisiger Wind schlägt uns entgegen und schneidet durch unsere Kleidung. Lars zieht das Kinn ein und greift nach seinem Kragen, um ihn hochzuschlagen, doch der dünne Stoff seiner Jacke flattert bloß nutzlos im Wind.

Ich bleibe kurz stehen und lasse meinen Blick über die Ebene schweifen, die sich in einem beeindruckenden Farbspiel aus Gold- und Rottönen erstreckt. Ein unterschwelliger Duft liegt in der Luft – frisch und schneidend.

Die Männer von der Bergrettung haben recht.

Es riecht nach Schnee.

28.

Lars war noch nie wandern, und das sieht man ihm hier oben deutlich an. Sein Atem geht schwer, keuchend, während seine Schultern steif vor Kälte sind. Wie vermutet, haben sich seine Turnschuhe auf dem schlammigen Boden mit Wasser vollgesogen. Schmatzend stapft er damit vor sich hin. Seine Füße müssen darin inzwischen zu Eisklumpen gefroren sein, dennoch jammert er nicht. Der Kungsleden erstreckt sich scheinbar grenzenlos vor uns über die Ebene. Die Weite wird nur gelegentlich von niedrigen Felsen und kargen Büschen unterbrochen, die sich dem Wind beugen. Zwischen den Steinen schimmern Wasserpfützen, in deren glatten Oberflächen sich das graue Licht des Himmels spiegelt.

In Stille setzen wir unseren Weg fort, die Köpfe gegen den schneidenden Wind eingezogen und die Augen auf den grauen, steinigen Pfad zu unseren Füßen gerichtet.

Monoton hebe ich ein Bein nach dem anderen. So weit hatte ich nie mit Lars gehen wollen. Und nun gibt es kein Zurück mehr. Auf der offenen Ebene ist an Flucht nicht mehr zu denken, erst wieder, wenn wir den Birkenwald erreichen, in dem noch immer unser Zelt steht. Aber soll ich ihn wirklich dorthin führen? Zu Nicki? Alles in mir sträubt sich dagegen, will sie noch immer vor ihm schützen, auch wenn dieser Schutz viel zu spät kommt. Aber vielleicht ist das meine letzte Chance. Wenn wir Nicki erst erreichen, wird er zumindest abgelenkt sein, und ich brauche nur ein paar unbeobachtete Sekunden. Auch wenn er gleich darauf merken wird, dass ich ihn angelogen habe, sobald er in Nickis leblose Augen blickt.

Kurz bevor wir die nächstgelegene Schutzhütte erreichen, verlasse ich den Pfad.

Lars greift nach meinem Jackenärmel. »Was tust du da?«

»Nicki ist nicht auf dem Wanderpfad. Ich sagte doch, dass wir vom Weg abgekommen sind.«

Kurz mischen sich Zweifel in Lars' selbstsichere Fassade. »Aber finden wir dann auch wieder zurück?«

»Wir haben die Wanderkarten«, antworte ich, ohne zu erwähnen, wie nutzlos sie hier draußen ohne Markierungen sind.

»Gut.« Lars nickt, wie um sich selbst zu bestärken. »Und ich schätze, du kennst noch den Weg?«

»Es ist nicht mehr weit von hier«, entgegne ich vage und deute zur Ebene hinter mir. »Nur noch etwa eine Stunde.«

»In Ordnung. Ich folge dir, aber bleib in der Nähe, verstanden?«

Ohne zu antworten, gehe ich los. Lars folgt mir mit knappem Abstand.

Ein leichter Nieselregen setzt ein und lässt das Fjell in einer grauen Dunstwolke versinken. Die Temperatur fällt schlagartig ab, so dass nun nicht einmal mehr Handschuhe und die zweite Überjacke etwas gegen die beißende Kälte ausrichten. Dabei könnte ich jetzt im Warmen sitzen, die Finger um eine heiße Tasse geschlungen und eine kuschelige Decke über meine wund gelaufenen Füße gebreitet. Ich schüttle die Vorstellung ab und stapfe weiter über den unebenen Boden.

Der Nebel wird dichter, macht es fast unmöglich, die Orientierung zu behalten. Erst irre ich mich in der Richtung und gehe mehrere Hundert Meter in die falsche Richtung, bevor ich den Fehler bemerke, umkehre und einen Schlenker mache. Lars, der stumm hinter mir herläuft, scheint nichts davon mitzubekommen, und ich verliere kein Wort darüber.

Als wir das Plateau passieren, wo Nicki und ich zum ersten Mal unser Zelt aufgeschlagen haben, gerate ich kurz ins Taumeln. Es ist unwirklich, wieder hier zu sein. Wie ein Albtraum, verstärkt durch den Nebel, der geisterhaft über allem schwebt. Kurz muss ich wieder an letzte Nacht denken, an Nickis schemenhafte Silhouette, die ich einfach nicht erreichen konnte.

Lars sieht über die flechtenüberzogene Fläche hinweg, ohne zu ahnen, was der Ort für mich bedeutet, und wir gehen weiter. In der Ferne kann ich bereits Ausläufer des Birkenwalds sehen, in dem wir Zuflucht gesucht haben, nicht ahnend, dass er sich als Falle entpuppen würde. Mein Herz schlägt schneller, je näher wir den Bäumen kommen, und mein Mund wird trocken.

»Ist Nicki da drinnen?« Lars zeigt mit einer knappen Geste auf die bleichen Baumreihen, die sich am Rand des Waldes erstrecken.

Ich nicke. Mein Blick gleitet suchend über die Bäume, während ich versuche, den richtigen Eingang zu finden. Von dort aus werde ich mich orientieren können.

Ein paar Schritte weiter fällt mein Blick auf ein leuchtendes Stück Stoff. Das türkisfarbene Stirnband, das ich nicht einmal vierundzwanzig Stunden zuvor an eine Astspitze gebunden habe, flattert im Wind und hebt sich deutlich von den hellen Baumstämmen ab.

»Hier drüben«, rufe ich und winke Lars, mir zu folgen, während ich unter dem Stirnband hindurchgehe und den Wald betrete.

Sofort verändert sich die Atmosphäre. Das Licht verblasst, gedämpft von den Baumkronen, die hoch über uns thronen und den Himmel verdecken. Der dicht bewachsene Boden verschwimmt im Halbdunkel und zwingt mich, mein Tempo zu verringern.

Hinter mir höre ich Lars' Schritte, das Knirschen von Laub und Zweigen unter seinen Schuhen.

»Wie weit noch?« Lars bricht einen hervorstehenden Ast ab, um seine breiten Schultern an einem Baum vorbeizuschieben. Das Knacken hallt unnatürlich laut durch den stillen Wald.

»Wir sind bald da«, antworte ich atemlos.

Die Bäume um mich ächzen, hier und da fällt ein Regentropfen durchs Blätterdach und streift meine Wange.

»Gut.« Lars seufzt angestrengt. »Ich kann es kaum erwarten, endlich von diesem elenden Ort wegzukommen. Unglaublich, dass ihr diesen Wahnsinn freiwillig gemacht habt – zum Spaß.«

Meine Nasenflügel blähen sich vor Wut, aber ich zwinge mich, ruhig zu bleiben und einfach weiterzugehen. »Weißt du«, fährt Lars mit nachdenklichem Ton fort. »Ich habe die Freundschaft zwischen euch beiden nie ganz verstanden. Ihr seid so verschieden. Außer dieser komischen Vorliebe für windige Berghänge habt ihr nicht viel gemeinsam, oder?«

Mein Magen zieht sich zusammen. Ich bleibe still und halte den Blick auf den überwucherten Waldboden gerichtet. Mein Kopf hämmert inzwischen vor Durst, es fällt mir immer schwerer, mich zu konzentrieren. Gehe ich überhaupt noch in die richtige Richtung? Oder habe ich mich schon wieder verlaufen?

Lars spricht weiter. »Wärt ihr nicht zufällig Mitbewohnerinnen geworden, hättet ihr wahrscheinlich nie ein Wort miteinander gewechselt, habe ich recht? So eine typische Studienfreundschaft, der man normalerweise irgendwann entwächst. Deshalb war ich überrascht, als sie plötzlich wieder in dein Leben gepoltert kam. Seien wir ehrlich. So eine wie Nicki passt überhaupt nicht zu dir.«

Die Selbstgefälligkeit, mit der er das sagt, lässt mich innerlich brodeln. »Du kennst Nicki doch gar nicht«, zische ich erbost, während ich über einen Farn hinwegsteige, dessen feuchte Blätter im Nebel wie mit Glas überzogen schimmern.

»Und du kennst sie so viel besser?«, höhnt Lars und lässt erneut einen Ast knacken, der seinen Weg blockiert. »Vor dieser Wanderung hast du dich doch kaum für sie interessiert. Hast sie kaum erwähnt. Ich wette, du wusstest nicht einmal, dass sie das Baby bereits verloren hat.«

»Doch nur, weil – «

Ich verstumme, kann hören, wie Lars hinter mir stehen geblieben ist. Der ganze Wald scheint die Luft anzuhalten, bis alles, was ich noch hören kann, mein hämmernder Herzschlag ist.

»Also hat sie es dir doch erzählt. Das war dumm von ihr. Wirklich dumm.« Lars' Stimme ist sanft, aber mit einem scharfen Unterton, der mir einen kalten Schauer über den Rücken jagt.

Ich öffne den Mund, doch kein Laut kommt heraus. Mein Kopf ist leer, mein Körper wie gelähmt.

»Was hat sie dir noch alles erzählt?«, fragt er.

»Lars ...« Langsam drehe ich mich um. Er ist nur wenige Meter von mir entfernt. Und dann kommt er noch näher, tritt einen Schritt nach vorne. Auf mich zu.

»Du hast mich angelogen, stimmt's?« Lars hebt eine Augenbraue, sein Gesicht bleibt ruhig, aber ich kann sehen, wie seine Kiefermuskeln arbeiten. »Ein Teil von mir hat es schon die ganze Zeit geahnt, schon vom ersten Moment an, als du in der Pension die Augen aufgemacht hast und mich mit diesem Blick angesehen hast.«

»Lars, so ist es nicht.« Ich will zurückweichen, doch hinter mir versperrt mir ein Baum mit seinem massigen Stamm den Weg. Der Wald scheint mich plötzlich einzukreisen wie ein Käfig.

»Wie ist es dann? Willst du mir weismachen, dass du dich nicht von ihrer Geschichte und ihren Lügen hast einlullen lassen, anstatt mich zu fragen, was wirklich passiert ist? Deinen Verlobten, mit dem du den Rest deines Lebens verbringen wolltest?«

Lügen? Fast hätte ich aufgelacht, doch das Glimmen in Lars' Blick bringt mich zum Schweigen.

»Du hast dich für sie entschieden«, stellt Lars mit einem grimmigen Zucken seiner Mundwinkel fest. »Gegen mich. Wie soll ich dir je wieder vertrauen? Irgendetwas glauben, das aus diesem hübschen Mund kommt?«

Ich presse die Lippen zusammen, während mein Puls an meiner Schläfe pocht. Wieder macht Lars einen Schritt auf mich zu. Seine rechte Hand ist so stark verkrampft, dass die Adern auf seinem Handrücken hervortreten, als würde er ein unsichtbares Objekt damit zerquetschen.

»Wo ist Nicki wirklich?«, fragt Lars. »Ist sie überhaupt irgendwo in diesem gottverlassenen Wald, oder habt ihr in Wahrheit etwas ausgeheckt? Wolltet ihr mir eine Falle stellen?« Sein Blick gleitet über das karge Blätterdach über uns, als könnte er dort Spuren dieser Falle entdecken. Nicki, die irgendwo lauert, um sich aus dem Unterholz auf ihn zu stürzen. Wie sehr ich mir wünsche, das wäre wahr. Dass ich nicht allein mit ihm hier draußen wäre.

»Ich habe dich nicht angelogen«, gebe ich mit zittriger Stimme zurück, während meine Hand über die Rinde des Baums hinter mir gleitet. »Nicki hat sich wirklich hier im Wald verletzt und konnte nicht mehr weiter.«

»Und dann führst du ausgerechnet mich zu ihr, um ihr zu helfen? Soll ich dir das wirklich glauben?« Lars verzieht die Lippen zu einer Grimasse. »Nein, ich weiß, dass du mich anlügst. Du und Nicki. Ihr Frauen seid doch alle gleich.«

Jetzt trennt uns nur mehr ein winziger Schritt. Eine einzelne Schweißperle rollt meinen Nacken hinab. Ein paar Sekunden starren wir uns nur an.

Dann drehe ich mich um, schiebe mich an dem Baumstamm hinter mir vorbei und renne los. Lars brüllt vor Zorn. Seine Hand schießt auf mich zu und verfehlt mich nur knapp.

Ich renne, so schnell ich nur kann, ohne Ziel und ohne Plan. Ich weiß nur eines: Ich muss weg von ihm.

Lars nimmt sofort die Verfolgung auf. Ich kann seine trampelnden Schritte hinter mir ihm Unterholz hören. Das Rascheln von Blättern, das Knacken von Zweigen. Sein schwerer Atem mischt sich mit meinem eigenen. Ich wage es nicht, mich umzusehen, aber er ist nah. Viel zu nah. Als müsste er nur den Arm ausstrecken, um mich zu packen.

Er ist schneller als ich, aber ich bin kleiner und wendiger, muss mich weniger ducken und weniger ausweichen. Das verschafft mir etwas Zeit, aber wie lange noch?

Der Wald verschwimmt vor meinen Augen. Die Baumstämme ragen wie geisterhafte Säulen aus dem Nebel, deren Umrisse sich mit jedem Schritt verzerren. Der Boden unter mir ist rutschig, Laub und Wurzeln übersäen den Boden wie Fallen. Ich stolpere, fange mich, stolpere wieder. Meine Lunge brennt, mein Herz rast, doch ich zwinge mich weiterzulaufen, immer weiter.

»Julia! Bleib stehen!« Lars' Stimme hallt durch den Wald,

ein hohes, schneidendes Echo, das mich schneller rennen lässt.

Ich habe keine Ahnung mehr, wo ich bin oder wohin ich flüchten soll. Ich werde nicht ewig davonrennen können, Lars wird mich niederhetzen wie ein Tier. Und dann? Wieder muss ich an den Ausdruck in seinen Augen denken, die Krümmung seiner Hand. Nein, er darf mich nicht erwischen.

Ich habe einen Vorteil. Ich kenne diesen Wald, habe tagelang darin gelebt. Lars nicht.

Noch immer renne ich, aber jetzt zwinge ich mich, die Augen aufzumachen, mich genaustens umzusehen, während ich über Sträucher hinwegspringe und Baumstämmen ausweiche.

Dann entdecke ich endlich die erste Markierung: das X, das ich in die Rinde geritzt habe, um mir meinen Weg durch den Wald zu kennzeichnen.

Ich schlage einen Haken, um die Richtung zu wechseln, direkt auf den markierten Baum zu. Meine Augen suchen weiter, und schon bald finde ich die nächste Markierung, dann die nächste. Baum für Baum hangle ich mich vorwärts, doch das Suchen nach Markierungen macht mich langsamer. Lars scheint aufzuholen, ist mir wieder ganz knapp auf den Fersen.

Fast glaube ich, dass ich es nicht schaffe. Dass er mich einholt, ehe ich mein Ziel erreichen kann. Da dringt aus der Ferne endlich ein vertrautes Geräusch zu mir: das dumpfe Tosen von Wasser, das über Felsen stürzt.

Ich japse vor Erleichterung. Der Fluss ist nicht mehr weit.

Der Nebel hängt hier tief, dennoch kann ich bereits das vertraute graugrüne Schimmern zwischen den hohen Birken ausmachen und zwinge meine Beine, noch einmal alles zu geben.

Die Markierungen müssten mich genau zu der Stelle führen, wo der umgestürzte Baumstamm quer im Wasser liegt. Der Stamm ist schmal und brüchig. Zu schmal, um einen ausgewachsenen Mann zu tragen, aber vielleicht gerade stark genug, dass ich darüber ans andere Ufer fliehen kann.

Endlich breche ich durch die letzte Baumreihe und erreiche das Ufer. Schlitternd komme ich zum Stehen, loses Geröll rutscht unter meinem Stiefel weg und fällt klackernd über die Felsen.

Mein Blick huscht hektisch hin und her, während mein Magen ins Bodenlose fällt. Etwas stimmt nicht. Der Baumstamm. Er ist nicht da.

Die Erkenntnis trifft mich wie ein Schlag. Ich muss falsch sein. Habe ich die Markierungen nicht richtig gelesen?

Dann sehe ich einen vertrauten Stein am Ufer liegen. Scharfe Kanten und dunkles, getrocknetes Blut. Der Stein, mit dem ich das Rentierkalb von seinem Leiden erlöst habe. Es war genau hier. Ich bin nicht falsch, der Baumstamm ist bloß fort. Weggespült von den tosenden Wassermassen zu meinen Füßen.

Ich stehe wie versteinert, unfähig, mich zu bewegen. Mein Atem geht flach, als hinter mir Laub knirscht. Lars. Mein Zögern hat mich wertvolle Sekunden gekostet, und jetzt ist er da. Ich habe mich selbst in eine Sackgasse manövriert.

Als ich mich umdrehe, trennen uns nur mehr ein paar Meter. Betont langsam kommt Lars auf mich zu. Er hat keine Eile mehr, mich zu erreichen. Er weiß, dass ich in der Falle sitze. »Was hast du vor, Julia?«, säuselt er lieblich. »Willst du in den Fluss springen? Sei keine Närrin. Bei den Temperaturen würdest du bloß erfrieren.« Er streckt die Hand nach mir aus, ein lockendes Lächeln um die Mundwinkel. »Komm zu mir, und wir reden über alles. Du bist nicht ganz bei Sinnen.«

Ich weiche zurück, spüre meine Beine unter mir zittern. Ich bezweifle, dass ich überhaupt noch genug Kraft für einen weiteren Fluchtversuch hätte, selbst wenn der Weg nicht versperrt wäre. »Vielleicht ist mir der Fluss lieber«, knurre ich.

Mit einem harten Glanz in den Augen lässt Lars die Hand wieder sinken. »Du entpuppst dich als Enttäuschung. Ich hätte wirklich mehr von dir erwartet. Dass du zu uns stehst und nicht zulässt, dass irgendwer so einfach einen Keil zwischen uns treibt, schon gar nicht so eine dahergelaufene Schlampe ...«

»Tu nicht so, als wäre das ihre Schuld! Ich weiß alles! Über eure Beziehung. Das Baby. Die Pillen ...« Bei der Erinnerung schnürt sich mein Hals wieder zu, so dass ich die nächsten Worte nur mit Mühe herausbekomme. »Du hast es getötet.«

»Hat sie dir das etwa erzählt?« Bei Lars' gespielt betroffenem Gesicht möchte ich am liebsten aufschreien. »Aber es stimmt. Wir hatten letztes Jahr eine kurze Affäre miteinander. Bloß etwas Lockeres, Monate bevor du und ich uns kennengelernt haben, deshalb habe ich so lange gezögert, es dir zu sagen. Ich wollte eure Freundschaft nicht belasten, und Nicki war da schon sehr ... instabil. Sie ist damals ungeplant schwanger geworden und hat das Baby sehr früh verloren, das hat sie schlecht verkraftet. Ich wollte für sie da sein, aber sie ließ niemanden mehr an sich ran. Der Kontakt brach ab, und dann habe ich dich getroffen. Ich hatte keine Ahnung, dass Nicki und du Freundinnen seid, aber ich fühle mich schlecht, weil ich nicht sofort etwas gesagt habe. Das war falsch, und ich verstehe sogar, dass du deswegen wütend bist.«

»Du glaubst, ich bin deswegen wütend?«, rufe ich. Meine Stimme überschlägt sich, mischt sich mit dem Tosen des Flusses. Fassungslos schüttle ich den Kopf. »Du hast sie gebrochen. Ihren Körper. Ihren Geist. Nur weil sie sich nicht so verhalten hat, wie du wolltest.« Kampfeslustig recke ich das Kinn. »Sag, hättest du das Gleiche mit mir nach der Hochzeit gemacht? Wenn ich keine brave, perfekte Ehefrau gewesen wäre?«

»Red keinen Unsinn. Ich liebte dich.« Lars macht einen neuerlichen Schritt auf mich zu. Liebte. Vergangenheit.

»Und Nicki?«, zische ich.

»Sie war nie von Bedeutung.«

Lars sagt das so, als sollten die Worte mich beruhigen, erreicht damit aber das genaue Gegenteil.

Meine Kehle schnürt sich zu. Instinktiv weiche ich weiter zurück, spüre jeden Kiesel, der sich in meine Sohlen bohrt. Was habe ich nur jemals in ihm gesehen?

Früher konnte ich mich in seinen dunklen, fast schwarzen Augen verzückt verlieren. Jetzt ist es, als würde ich in einen tiefen Abgrund blicken.

Lars bemerkt die Abscheu in meinem Gesicht. Seine Miene verändert sich, seine glatte Maske bekommt Risse, macht Platz für eine kalte Entschlossenheit, die das Blut in meinen Adern gefrieren lässt.

»Julia, lass uns erstmal zur Ruhe kommen, ja?« Seine Stimme ist ruhig, bemüht sanft, aber seinen Augen fehlt jede Wärme. »Du hast viel durchgemacht die letzten Tage. Es muss schrecklich hier draußen gewesen sein, und es ist ganz normal, dass in so einer Situation die Gefühle hochkochen. Aber ich bin mir sicher, dass wir das klären können. Nicki hat das alles ganz falsch dargestellt.« Noch ein Schritt, doch jetzt kann ich nicht weiter zurückweichen. Hinter mir sind nur mehr spitzer Fels und eisige Fluten. »Sagst du mir jetzt endlich, wo sie ist?«

»Nicki ist tot«, keuche ich, während sich mein Brustkorb vor Schmerz zusammenzieht. Regentropfen benetzen meine Wangen wie Tränen.

Lars' Augenbrauen zucken, während er mir forschend ins Gesicht blickt. »Lügst du auch nicht wieder?«

Ein kehliger Laut entkommt mir, halb Schrei, halb Wimmern. »Denkst du wirklich, dass ich sie sonst allein gelassen hätte? Sie ist hier draußen gestorben, und das ist deine Schuld! Sie hat diese Wanderung nur geplant, um mich vor dir zu warnen, damit ich nicht den größten Fehler meines Lebens begehe.«

»Weil sie eifersüchtig auf dich ist, merkst du das nicht?

Sie wollte uns auseinanderbringen, weil sie mich nicht halten konnte. Deshalb hat sie auch aufgehört zu verhüten und war so verzweifelt, als sie das Baby verloren hat.«

»Ach ja? Und weil das alles nur Lügen sind, hast du dich so sehr davor gefürchtet, was sie über dich erzählen könnte? Deshalb wolltest du sie um jeden Preis finden, nicht wahr?«

»Ich bitte dich, Julia.« Lars lächelt, doch seine Mundwinkel zittern dabei. »Du kennst mich doch.«

Ich sehe Lars lange an, in das schöne Gesicht, das ich früher jede Nacht mit meinen Blicken nachgezeichnet habe.

»Nein«, antworte ich dann. »Ich habe dich nie gekannt.«

Etwas in ihm kippt. Sein Lächeln erstarrt, wird leblos. Für einen Moment ist da nur Stille, dann schießt sein Arm nach vorne. Um zu mich packen oder zu stoßen – genau weiß ich es nicht, aber ich reagiere instinktiv, weiche zurück.

Und trete ins Leere.

Kein fester Boden mehr unter mir. Mein Innerstes verkrampft sich, als ich abrutsche. Die Uferböschung gibt nach, Geröll und Erde lösen sich unter meinen Füßen. Ich stürze. Meine Beine knicken ein, spitzer Fels zerreißt den Stoff meiner Kleidung, gräbt sich in meine Haut. Schmerz explodiert in meinen Armen, als ich panisch nach Halt suche. Ein spitzer Schrei entringt sich mir, doch ich schaffe es, die Finger um das Gestein unter mir zu krallen, und kann mich gerade noch abfangen, ehe ich in den Fluss stürze. Das Wasser ist so nah, dass ich den eisigen Sprühnebel auf meiner Haut spüre.

Über mir taucht Lars' Schatten auf. Fluchend legt er den Rucksack ab, dann setzt er sich in Bewegung, klettert mir über die Felsen der Uferböschung hinterher. »Weißt du, wieso ich das alles getan habe? Weil ich mich für dich entschieden habe und gegen Nicki. Aber du hast offensichtlich die falsche Entscheidung getroffen.«

»Du hattest Nicki überhaupt nicht verdient. Sie war viel zu gut für dich.« Wimmernd ziehe ich den schmerzenden Arm an meine Brust, spüre, wie durch einen Riss in der Jacke warmes Blut zwischen meine Finger sickert.

»Ach, Julia.« Mit einem Seufzen baut Lars sich über mir auf. »Wieso machst du es dir so schwer?«

Ich presse mich fester gegen den Felsen, um Lars' ausgestrecktem Arm zu entkommen. Mein Atem rast. Direkt unter mir schäumt das Wasser, tobt um die glitschigen Steine. Mir fehlt die Kraft, mich noch länger zu wehren. Gleichzeitig will ich nicht wahrhaben, dass es tatsächlich hier enden soll. Nicht nach allem, was ich durchgemacht habe, um zu überleben. Nickis Tod darf nicht umsonst gewesen sein.

Lars kommt näher, sein Blick ist fest auf mich gerichtet. Seine Finger streifen bereits den Rand meines Ärmels.

Dann sehe ich eine Bewegung zwischen den Felsen und erstarre. Das Zucken eines vertrauten Zickzackmusters, gut getarnt auf dem grauen, feuchten Untergrund. Ich halte ganz still, wage es kaum hinzusehen. Ich will Lars nicht alarmieren, der nichts davon merkt, wie nah er der Gefahr kommt, während er sich über mich beugt.

»Ich bin eigentlich hergekommen, um dich zu retten«,

raunt er. »Aber so, wie du dich verhältst, machst du es mir unmöglich, dich noch länger zu heiraten.«

Mein Magen dreht sich um. Wieder ist Lars' Tonfall ruhig, aber die Spannung in seinen Schultern verrät ihn. Als würde er sich wappnen.

Ich raffe mich auf, winde mich ein wenig nach rechts, direkt auf die Schlange zu. Mein Blick fliegt kurz zu Lars, dann zu dem Tier. »Hier draußen solltest du aufpassen, wo du hintrittst«, sage ich heiser.

Lars' Stirn legt sich in Falten, als er mir folgt. »Was für ein –«

Dann passiert es. Die Kreuzotter zuckt, schnellt vor – und vergräbt ihre Fänge in seinem Bein. Genau wie bei mir vor ein paar Tagen.

Lars' Worte brechen in einem grellen Schmerzensschrei ab.

Er zuckt zurück. Sein Fuß rutscht auf dem feuchten Gestein weg, verliert den Halt. Er taumelt, reißt die Arme hoch. Für einen kurzen Moment kann ich seine Finger auf mir spüren, wie er nach mir greift, sich festhalten will, aber ich lehne mich nach hinten, weg von ihm – und lasse ihn fallen, direkt in die eisige Umarmung des Flusses.

Wasser spritzt zu allen Seiten hoch, als Lars untergeht. Einmal kommt er hoch, wild rudernd und mit weit aufgerissenen Augen.

Dann erfasst die Strömung ihn. Lars geht erneut unter, sein dunkler Haarschopf versinkt unter schäumenden Wellen. Atemlos starre ich auf das Wasser in der Erwartung, ihn jeden Moment wiederzusehen, eine Hand, die aus den Fluten bricht, ein Schrei, ein Fluch. Doch es bleibt still. Der Fluss gleitet ruhelos dahin. Und Lars taucht nicht wieder auf.

* * *

Ich brauche eine Weile, bis ich mich vom Fluss losreißen kann und den Rückweg antrete. Über die Felsen, durch die Bäume und zurück in den Wald. Meine Beine sind taub. Alles an mir ist taub. Ich spüre weder das Gewicht des Rucksacks noch den Boden unter meinen Füßen, als würde ich durch einen Traum wandeln. Obwohl es um mich still herum ist, hallen noch immer Lars' Schreie in meinem Kopf wider.

Ich achte kaum darauf, wohin ich gehe, setze bloß mechanisch einen Fuß vor den anderen. Dennoch finde ich den Ausgang fast mühelos. Als würde der Wald selbst mich hinausführen.

Als ich erneut den Kungsleden betrete und meinen Weg nach Ammarnäs fortsetze, verwandelt sich der feine Nieselregen allmählich in Schnee. Weiße Flocken schweben lautlos herab, schmelzen auf meinen Schultern und legen sich wie ein zarter Schleier über die goldroten Heidegewächse, die das Fjell säumen.

Wenn der Schneefall anhält, wird die Ebene in wenigen Stunden unpassierbar sein – ein stilles, weißes Gefängnis, das niemand überwinden kann.

Sollte Lars es irgendwie schaffen, sich aus dem Fluss

zu befreien, wird spätestens dieses Gefängnis sein Tod sein.

Eiskristalle knirschen unter meinen Stiefeln, als ich meinen Weg fortsetze. Der Schnee fällt dichter, Nebelschwaden mischen sich mit den Flocken, tanzen wabernd um mich herum.

Einmal glaube ich, eine Silhouette darin zu erkennen. Ein schlanker Frauenkörper, der mit federnden Schritten den Weg vor mir entlangläuft. Das Aufblitzen von Rot. Der Hauch eines Lächelns.

Dann zerreißt eine Windböe die Nebelformation, zerstäubt sie in wirbelnde Flocken, und zurück bleiben nur die leere Weite des Fjells, Frost und Schnee und der gewundene Weg zu meinen Füßen.

29.

Wir sind fast da. In Ammarnäs, wo wir den Kungsleden wandern werden. Ich kann es immer noch kaum glauben.

Bis zuletzt war ich der festen Überzeugung, dass Lars einen Weg finden würde, dich von der Reise abzuhalten.

Versucht hat er es ja. Keine Sekunde glaube ich, dass du deinen Pass selbst verloren hast. Dennoch sitzt du jetzt hier, bei mir. Der Busmotor vibriert gleichmäßig unter unseren Sitzen, während die schwedische Landschaft wie ein endloser graugrüner Schleier an uns vorbeizieht.

Ich weiß immer noch nicht, wie genau ich es dir sagen soll. Wann der richtige Zeitpunkt gekommen ist, um dir das Notizbuch zu geben, in dem ich die letzten zwei Wochen alles niedergeschrieben habe.

Ich hoffe, dass es ausreicht, um dich zu überzeugen. Dass du mir glaubst. Dass ich nicht zu spät bin.

Wahrscheinlich merkst du es selbst nicht, aber Lars' Einfluss hat bereits seine Spuren an dir hinterlassen. Ich sehe es an deinem Blick, dem gedimmten Licht in deinen Augen. An der Schwere, die ich erkenne, weil ich sie selbst gespürt habe: die leicht gesenkten Schultern, die unbewusste Vorsicht in deiner Stimme – ich kenne all das, weil ich es bei mir selbst bemerkt habe. Aber erst, als es schon zu spät war.

Ich kann nicht aufhören, den Blick über die Landschaft schweifen zu lassen. Diese unendliche Weite.

Hier draußen habe ich zum ersten Mal das Gefühl, vollkommen frei von ihm zu sein. So weit weg, dass er mir nichts mehr anhaben kann. Und dir auch nicht.

Wahrscheinlich wirst du mich erst einmal hassen, wenn ich dir die Wahrheit über Lars sage, aber das ist okay. Ich bin dabei, das Leben zu zerstören, das du dir mit ihm aufbauen wolltest, dir den rosafarbenen Schleier von den Augen zu reißen. Das wird wehtun, und es ist okay, wenn du mich dafür hasst. Es ist auch okay, wenn du danach nicht mehr mit mir reden willst. Ich bin bereit, das alles zu opfern, wenn ich dich dafür nur vor ihm bewahren kann.

Obwohl ich Angst vor deiner Reaktion habe, freue ich mich auf diese Reise mit dir, die Wanderung, die wir hier oben unternehmen werden. Es erinnert mich an früher, an die schönste Zeit in meinem Leben. Wie wir sorglos mit unseren Rucksäcken durch Wälder und über Berge gewandert sind, mit dem Wind in den Haaren und dem berauschenden Gefühl, die Welt liege uns zu Füßen. Damals schien alles möglich, findest du nicht? Ich vermisse dieses Gefühl. Und ich vermisse dich. Vielleicht können wir hier oben etwas davon für uns zurückerobern.

Egal, was passiert und wie du dich entscheidest, ich will, dass du eines weißt: Du bist unendlich wertvoll. Mehr, als Lars es dir je gezeigt hat, und mehr, als du selbst es vielleicht von dir glaubst. Du trägst eine Stärke und eine Wärme in dir, die Menschen um dich herum aufleuchten lassen – auch mich. Zweifle niemals daran.

Ich liebe dich. Für immer.

Nicki

30.

Der frische Wind fühlt sich an wie eine sanfte Liebkosung auf meinem überhitzten Gesicht. Kiesel und Zweige knirschen unter meinen Schuhsohlen, als ich langsam meinen Weg Richtung Gipfel beschreite.

Je weiter und höher ich komme, desto leiser werden meine Gedanken, das Tosen und Rauschen, die Verzweiflung und die Trauer, die mich jede Sekunde begleiten, weshalb ich trotz des Brennens in meiner Brust noch schneller gehe.

Der Anblick ihres Sarges will mir nicht aus dem Kopf gehen. Ein schmuckloser Kasten, schlicht und viel zu klein. Zu eng, um darin einen Körper zu bergen, der einmal so voller Leben war.

Nickis Beerdigung war gestern, vier Wochen nach ihrem Tod, nachdem ihr Leichnam endlich nach Deutschland hatte überführt werden können. Der anhaltende Schnee hat die Bergung und Ermittlungen erschwert, weshalb ich selbst wochenlang in Schweden festsaß.

Ich war allein nach Ammarnäs zurückgekehrt. Halb erfroren, mit einem gebrochenen Unterarm und Schrammen am ganzen Körper, und obwohl solche Unglücke in der Wildnis nicht selten waren, musste ich mich erklären.

Ein Todesfall ließ sich leicht als Unfall abtun, aber zwei? Noch immer spüre ich die misstrauischen Blicke der beiden Polizeibeamten in Sorsele auf mir, wie sie mich stundenlang auf einem harten Holzstuhl sitzen ließen, ohne Essen oder Trinken, und mir immer wieder die gleichen Fragen stellten.

»Wieso haben Sie nicht sofort Hilfe geholt, nachdem Nicki gestürzt ist?«

»Wie konnten Sie sicher sein, dass sie sofort tot war?«

»Was haben Sie so lange im Wald gemacht?«

»Wie haben Sie sich den Arm gebrochen?«

»Was haben Lars und Sie unten am Fluss gewollt?«

Mein Glück war, dass Lars niemandem erzählt hatte, dass er mich vor der Pension aufgelesen hat. Niemand hat uns zusammen gesehen, als wir von dort aufbrachen. Aber alle wussten, dass er nach mir suchen wollte. Das machte meine Geschichte glaubhafter:

Mein Verlobter kam mir auf dem Kungsleden entgegen, auf dem ich umherirrte. Ich erzählte ihm vom Sturm und davon, dass Nicki sich auf der Flucht vor dem Unwetter tödlich verletzt hatte. Also bestand er darauf, dass ich ihn zum Unfallort führte, falls er ihr noch helfen konnte.

Doch auf dem Weg dorthin haben wir uns im Wald verirrt. Wir sind dem Fluss gefolgt, um uns neu zu orientieren. Es hat leicht geregnet, die Felsen waren rutschig. Lars wollte unsere Trinkflaschen auffüllen und kletterte ans Ufer hinunter. Dann ging alles viel zu schnell, so dass ich kaum gesehen habe, wie er ausrutschte und in den Fluss fiel.

Ich wollte Lars noch helfen und bin selbst über die Felsen geklettert. Dabei habe ich mir den Arm gebrochen, aber als ich das Ufer erreichte, war es bereits zu spät: Die reißende Strömung hatte Lars weggetragen.

Diese Worte wiederholte ich so oft vor mir selbst und den Polizisten, dass ich sie selbst fast glaubte. Dabei waren sie gar nicht so weit von der Wahrheit entfernt. Lars' Tod war ein Unfall. Vielleicht hätte ich ihm helfen können in diesem Sekundenbruchteil, in dem er hilfesuchend die Hand nach mir ausstreckte. Doch ich entschloss mich, es nicht zu tun.

Nickis Notizbuch und alles, was Lars ihr angetan hat, ließ ich unerwähnt. Am liebsten würde ich es in die Welt hinausbrüllen, damit jeder weiß, was für ein Monster er in Wahrheit hinter seinem hübschen Gesicht versteckt gehalten hat, aber es war klüger, kein Motiv zu liefern und weiter die trauernde Verlobte zu spielen.

Eine Woche nach seinem Sturz wurde Lars' Leiche gefunden – mehrere Kilometer flussabwärts. Ein Hubschrauber entdeckte ihn aus der Luft, eingekeilt zwischen moosigen Felsen. Sein Körper war von der Strömung über Steine geschleift und bis zur Unkenntlichkeit zerschrammt worden. Ich konnte ihn nur noch anhand seiner zerfetzten Kleidung identifizieren, doch das wächserne, aufgedunsene Gesicht war das eines Fremden.

Danach ließ die Polizei mich endlich gehen. Ich durfte zurück nach Deutschland fliegen, in ein Leben, das mir fremd geworden war, in dem ich mich nicht mehr wiederfand. In der Wohnung sah ich überall Lars. Obwohl wir gemeinsam darin gewohnt hatten, war sie hauptsächlich ein Spiegel seines Wesens, nicht meines. Es fiel mir nicht schwer, sie zu verlassen. Ich betrat sie nur noch, um meine Sachen zu packen, und ließ seinen Verlobungsring zurück, den ich in die leere Badewanne warf. Anschließend zog ich zu meiner Mutter. Nur vorübergehend, bis ich mich gesammelt hatte und wieder etwas Eigenes fand.

Trotz meiner Mitschuld verfolgte Lars' Tod mich nicht lange. Es war Nicki, die ich nicht vergessen konnte. Ihr Sarg, den ich ständig vor Augen sah. Bei ihrer Beerdigung stand ihre Mutter neben mir und weinte, von tiefen Schluchzern geschüttelt, an meiner Schulter. Ich konnte ihr kaum ins von Tränen verquollene Gesicht blicken. Kein einziges Mal machte sie mir einen Vorwurf, dass ich ohne ihre Tochter zurückgekehrt war.

Und doch spüre ich sie bei jedem Atemzug: die Schuld, wie ein unerbittliches Gewicht, das ich nicht ablegen kann. *Ohne mich wäre sie noch hier. Ohne mich läge sie nicht da unten.*

Ihren Sarg zu sehen, hat all die Wunden wieder aufgerissen. Trotzdem hatte ich während der Beerdigung dieses seltsame, surreale Gefühl, als wäre das überhaupt nicht Nicki, die da drinnen liegt, als wäre sie in Wahrheit weit, weit weg und in das Loch im Boden würde bloß Staub hinabgelassen.

Also habe ich gleich heute Morgen meine Wanderstiefel übergestreift und bin noch im Dunkeln Richtung Süden gefahren, um den höchsten Berg zu erklimmen, den ich finden konnte.

Jetzt fühle ich sie viel stärker bei mir. Hier oben auf dem

Rücken eines Berges, zwischen hohen Gipfeln und weiten Tälern, wo sie sich zu Hause gefühlt hat wie nirgendwo sonst auf der Welt.

Der Breitenstein war einer ihrer Lieblingsberge. Sie liebte den dramatisch abfallenden Westgipfel und die Aussicht auf die Alpen: das sanfte Vorgebirge, das sich bis zu den schroffen, schneebedeckten Gipfeln in der Ferne erstreckt.

Fast bin ich da. Auf den letzten Metern wird der Weg zunehmend steiler, die Steine unter meinen Stiefeln sind rau und uneben, während die letzten Grashalme verschwinden und nur noch karge Felsen den Boden bedecken. Der Wind fegt über den Bergrücken, zerrt an meiner Jacke und jagt weiße Wolken über den Himmel.

Ich gehe weiter, die Hände in den Fels gekrallt, um Halt zu finden. Noch ein paar Schritte bis zum Gipfelkreuz, dessen dunkles Holz sich klar gegen den Himmel abhebt. Hier oben ist nichts mehr sanft – hier gibt es nur den schroffen Fels, den weiten Himmel und die Kälte, die durch meine Kleidung dringt.

Als ich das Kreuz endlich erreiche, lasse ich mich auf einen der Kalksteinfelsen sinken und hole etwas aus meinem Rucksack.

Nickis Notizbuch.

Nach allem, was wir auf dem Kungsleden durchgemacht haben, hält die Bindung das Papier kaum noch zusammen. Das Leder ist fleckig, die Seiten von Feuchtigkeit gewellt. In Sorsele habe ich es sorgfältig vor den Beamten versteckt, habe es auf dem Rückweg nach Deutschland unter meiner Kleidung getragen, damit niemand es mir wegnehmen kann. In den vergangenen Wochen habe ich es nicht angerührt. Bis heute Morgen, als ich, wie magisch davon angezogen, wieder über das weiche Leder strich und es im Boden meines Rucksacks verstaute, bevor ich aufbrach.

Jetzt schlage ich es wieder auf, blättere durch die knittrigen Seiten, die gleichzeitig so viel Schmerz und Liebe enthalten. Manche Zeilen sind kaum noch lesbar, die Tinte verlaufen, die Buchstaben aufgelöst. Aber vergessen werde ich sie nie, jedes Wort hat sich tief in mein Gedächtnis gegraben.

Mit einem tiefen Atemzug greife ich nach dem Feuerzeug in meiner Jackentasche. Der Wind lässt die zarte Flamme flackern. Mit zitternder Hand halte ich sie unter die aufgeschlagenen Seiten, sehe sie am Papier lecken, bevor das Feuer überspringt.

Schnell wird die Flamme so groß, dass ich das Buch fallen lassen muss, um mich nicht zu verbrennen. Knisternd frisst das Feuer sich von Seite zu Seite, lässt Nickis Worte ausfransen, bevor sie völlig verschwinden.

Es macht die Vergangenheit nicht ungeschehen. Nichts von dem Leid, das Lars ihr angetan hat. Dennoch hat das Züngeln der Flammen etwas Reinigendes, Befreiendes. Lars ist tot. Er kann uns jetzt nichts mehr anhaben.

Die Seiten kräuseln sich, werden erst braun, dann schwarz, während Funken durch die Luft tanzen. Der Geruch von verbranntem Leder und Tinte mischt sich mit der kalten Bergluft. Die Seiten zerfallen langsam zu Asche, werden vom Wind fortgetragen, bis nur noch die verkohlte Lederhülle und ein sanftes Glühen zurückbleiben.

Ich lasse die Hülle beim Gipfelkreuz zurück, dort, wo Himmel und Erde einander näher sind als an jedem anderen Ort. Hier hätte Nicki ihre letzte Ruhe finden sollen. Nicht irgendwo tief unter der Erde, wo das Licht sie niemals findet. Zumindest das kann ich hier von ihr zurücklassen, diesen letzten Teil, den sie mir überlassen hat.

Bevor ich mich abwende, lege ich meine Hand auf das Gipfelkreuz, das noch warm von der Nachmittagssonne ist, und sage ihr ein letztes Lebewohl.

Als ich kurz darauf den Rückweg antrete und den schroffen Bergrücken hinabklettere, fühle ich mich zum ersten Mal seit Langem wieder etwas leichter.

Danksagung

Ein Buch zu schreiben mag einsam erscheinen, aber ohne die Unterstützung und den Rückhalt wunderbarer Menschen wäre diese Geschichte niemals so geworden, wie sie jetzt ist. Mein tiefster Dank gilt wie immer meiner Agentin Beate Riess, für ihr offenes Ohr und ihre immerwährende Unterstützung.

Ebenso danke ich dem Aufbau Verlag, der dieses Buch mit so viel Herzblut auf den Weg gebracht hat. Ein besonderes Dankeschön geht dabei an meine großartige Lektorin Sarah Mainka, die mir mit ihrem unermüdlichen Feinschliff geholfen hat, das Beste aus dieser Geschichte herauszuholen.

Mein größter Dank gilt den Menschen, die mich abseits der Seiten begleiten: Meinem Mann, der meine Schreibphasen geduldig erträgt und mich immer wieder ermutigt. Und meinen beiden besten Freundinnen Isabelle und Elena, mit denen ich meine ersten Wanderungen unternommen habe – ohne euch hätte ich nie gespürt, wie sehr man sich in der Natur verlieren (und finden) kann. Es wird höchste Zeit, dass wir uns mal wieder die Wanderschuhe überziehen!

Und natürlich danke ich euch, meinen Leserinnen und Lesern. Danke, dass ihr diesen Weg mit mir gegangen seid. Ich hoffe, die Geschichte hat euch berührt.

»Denn ich hatte einen Tag der Rache mir vorgenommen; das Jahr, die Meinen zu erlösen, war gekommen.«

Jesaja 63,4

Prolog

Die Linderung setzte langsam ein. So viele Tabletten auf einmal hatte sie noch nie genommen. Und sie war einiges gewohnt. Der Wasserdampf legte sich auf den Badezimmerspiegel, während das Rauschen dumpfer wurde. Sanft fuhr sie mit dem Finger über die glatte Oberfläche, hoch und wieder runter und von rechts nach links. Schon als Kind hatte sie geheime Botschaften an den beschlagenen Spiegel geschrieben. Immer in der Hoffnung, jemand würde sie entdecken. Doch niemand hatte sie je entdeckt. Niemand hatte sich darum oder überhaupt um sie geschert. Am allerwenigsten ihre Eltern.

Ihre Kleine aber, die hatte es geliebt. Es war ein Geheimnis, ein unsichtbares Band, das nur sie beide miteinander verknüpfte. Es war ihr Spiel gewesen. Doch nun war sie fort. Und auch wenn ihr jeder einreden wollte, dass sie nur weggelaufen sei, sie wusste, dass ihr Kind für immer fort war. Eine Mutter spürte das. Eine letzte Botschaft wollte sie ihr dennoch hinterlassen.

Meine kleine Große. Ich habe dich im Stich gelassen. Ich habe versagt.

Eines Tages hatte sie es einfach nicht mehr aus der Schattenwelt hinausgeschafft, jener Welt, die der einzige Ort war, an den er ihr nicht folgen konnte. Ein Ort, an dem alles gedämpft war: Geräusche, Gerüche, Gefühle. Der sie nichts spüren ließ. Wie angenehm es dort war. Als stünde sie nur als ein Beobachter daneben, wenn es wieder passierte. Irgendwann hatte sie sich darin verloren und nicht wieder herausgefunden. Nun wollte sie für immer bleiben.

Keine Schmerzen mehr. Keine Angst. Nie mehr.

Sie ließ den Bademantel auf den Boden fallen, griff das Messer vom Waschbecken und stieg in die vollgelaufene Badewanne.

Ihr Blick fiel zuerst auf ihre Brüste, dann auf den Bauch und die Beine. Überall waren die Narben ihres Lebens zu sehen. Die aufgeplatzte Haut, die nach den Schlägen schlecht verheilt war. Die kreisrunden Abdrücke der Zigarettenglut. Die mutwilligen Schnitte mit der Rasierklinge.

Während sie begann, mit dem Messer die alten Wunden von Neuem zu öffnen, blickte sie zum Spiegel. Noch konnte sie die Botschaft darauf lesen: *In der Dunkelheit warst du mein Mond.*

»Vielleicht sehen wir uns gleich wieder«, murmelte sie und setzte das Messer an. Das Wasser war angenehm warm und mittlerweile hellrot. Sie schloss ihre Augen und umfasste den Messergriff fester. Sie atmete tief ein und dachte ein letztes Mal an jene glücklichen Momente, die sie hatte erleben dürfen. Wie ihre Kleine zum ersten Mal »Mama« gesagt hatte. Wie sie mit ihren kleinen Fingern ihr Gesicht ertastet hatte. Wie sie voller Zuneigung und Vertrauen auf ihrem Schoß eingeschlafen war. Und auch später, als sie immer dagewesen war, selbst in den dunkelsten Stunden.

Keine Angst. Gleich bist du frei.

Ein letzter tiefer Atemzug.

Benommen hörte sie sich selbst röcheln, während das Blut im Takt ihres Herzschlags dem Körper entwich. Da war kein Schmerz. Im Gegenteil, alles war warm und wohlig, und sie fühlte nichts als Erleichterung. Endlich hatte sie selbst wieder eine Entscheidung getroffen. Nach all den Jahren.

Die Müdigkeit wurde stärker, ihr Atem ging flacher. Nur eines nahm sie noch wahr: die entsetzten Augen des Jungen, der in der Tür stand.

1

»Denk dran, die Schnürsenkel *in* den Schuh zu stecken«, erklärte Matthias mit einem Zwinkern. Sein Fahrschüler Silas nickte und befolgte die Anweisung, während er die Montur anzog. Als er komplett in Motorradbekleidung vor ihm stand, kontrollierte Matthias, ob Silas auch die Fahrschulweste richtig angelegt hatte. »Überlandfahrt. Wetter passt. Wie sieht es mit deinen theoretischen Kenntnissen aus?« Matthias klopfte einmal gegen Silas' Rückenprotektor, bevor er, ohne eine Antwort abzuwarten, weitersprach. »Heute üben wir das Einfahren auf Landstraßen und das Abstandhalten zu vorausfahrenden Fahrzeugen. Wie viel Abstand musst du außerhalb geschlossener Ortschaften halten?«

Matthias blickte in Silas' dunkle Augen und sah, wie der Junge überlegte.

»Halber Tacho?«

Matthias grinste.

»Ja, genau. Die halbe gefahrene Geschwindigkeit in Metern. Also wenn du hundert Kilometer in der Stunde fährst, muss dein Abstand zum vorausfahrenden Fahrzeug wie viele Meter betragen?«

»Fünfzig«, sagte Silas.

»Genau. Und wie kannst du das einschätzen? Woher weißt du, wie viel fünfzig Meter sind?«

»Weiß nicht … hat man vielleicht im Gefühl?«

»Im Moment hast du vielleicht im Gefühl, ob du auf die Toilette musst oder nicht. Aber Spaß beiseite. Später hast du das sicherlich im Gefühl, bis dahin orientierst du dich am besten an den weißen Leitpfosten am Fahrbahnrand. Die stehen nämlich auf geraden Strecken etwa fünfzig Meter auseinander. Wenn dein Vordermann an dem Pfosten vorbeifährt, darfst du bei hundert Kilometer in der Stunde höchstens bis zum Pfosten dahinter auffahren.«

Silas nickte.

»Außerdem werden wir einige kurvenreiche Strecken fahren und auch ein paar schöne Kehren üben. Das ist genau das, was Motorradfahrer lieben – und das haben wir in unserer Gegend zur Genüge. Deswegen bin ich auch lieber Fahrlehrer auf der Schwäbischen Alb als in Norddeutschland.«

Matthias klopfte Silas auf die Schulter und bewegte sich Richtung Ausgang. Delf, ein junger Fahrlehrerkollege, kam herein und begrüßte beide.

»Ach, du machst Motorrad heute? Da habt ihr euch perfektes Wetter ausgesucht. Wo geht's denn hin?«, fragte er interessiert.

»Die übliche Strecke. Metzinger Weinberg, Dettingen, Hülben. Bisschen Steigen rauf und runter. Und du? Heute ist Samstag, hast du nichts Besseres vor?«, fragte Matthias.

»Ich will nur schnell ein paar Fahrstunden ausmachen. Euch viel Spaß«, wünschte Delf, ehe er im Büro der Fahrschule verschwand.

Die Motorräder befanden sich im Garagenanbau nebenan. Hier checkte Matthias abschließend den Funk.

»Hörst du mich?«

»Ja.«

»Ist es laut genug, oder ist es zu leise, wenn ich rede?«

»Passt so.«

Wenig später waren sie unterwegs, Silas auf einer Kawasaki Z650 und Matthias auf seiner 1200er BMW Adventure. Es war ein schöner Tag zum Motorradfahren, nicht zu heiß und nicht zu kalt, die Straßen waren trocken, und der Frühling lag in der Luft. Oft wenn Matthias mit seinen Fahrschülern unterwegs war, nahm er sich vor, abends oder am Wochenende allein oder mit Kollegen eine Ausfahrt zu machen, aber wenn es dann so weit war, hatte er entweder zu viel zu tun oder ihm fehlte die Energie. Und dann war da auch noch Ronja. Seit seine älteste Tochter Lisa vor einem Jahr zusammen mit ihrem Mann verunglückt war, kümmerte er sich um seine pubertierende Enkelin. Und das war für einen verbitterten Workaholic, wie ihn seine jüngere Tochter Katha mitunter nannte, gar nicht so leicht, zumal Katha seit Jahren in Berlin lebte. Bei dem Gedanken an seine beiden Töchter wurde ihm das Herz schwer. Er vermisste sie. Jeden Tag.

Er würde heute noch einen wichtigen Anruf machen, sobald die Fahrstunde vorüber war.

Seine Enkelin Ronja hatte er als ein fröhliches, lebhaftes Mädchen kennengelernt, doch seit dem Tod ihrer Eltern verschloss sie sich, vor allem vor ihm. Matthias wusste oft nicht, wie er mit ihr ins Gespräch kommen sollte.

»Wie schnell darf man außerhalb von Ortschaften fahren?«, kontrollierte Matthias über Funk das Wissen seines Fahrschülers.

»Achtzig?«, antwortete Silas knapp.

»Nein. Ortsende heißt automatisch beschleunigen auf maximal hundert in der Stunde. Außer es steht ein Schild mit einer anderen Geschwindigkeit da. Also, gib mal Gas.«

Vielleicht würde er heute Abend eine Pizza holen und Ronja überraschen. Netflix-Abende mit Pizza und Spezi schienen für sie akzeptabel zu sein, und auch Matthias hatte nichts gegen diese Kombination.

»Also pass auf, ich überhole dich jetzt, und dann werde ich einige Kehren vorausfahren und dir die richtige Kurvenlinie zeigen. Anschließend tauschen wir wieder, und dann fährst du sie«, erklärte Matthias, als sie sich kurz vor dem Metzinger Weinberg befanden.

Er passte einen günstigen Moment ab und zog an Silas vorbei. Als er dabei in den Rückspiegel sah, fiel ihm ein schwarzer SUV auf, der so verdreckt war, dass man nicht einmal mehr das Nummernschild lesen konnte.

Nach der Steige und den geplanten Kehren fuhren sie in Richtung Kohlberg weiter und dann durch Kappishäusern. Von dort führte eine Straße mit starkem Gefälle in den nächsten Ort.

»Nutz die Motorbremse«, erinnerte Matthias seinen Schüler über Funk. »Danach geht's wieder Richtung Metzingen und dann noch einmal die Steige hoch.«

Matthias hatte sich wieder hinter seinen Fahrschüler fallen lassen. Irritiert bemerkte er, dass sich der schwarze SUV immer noch hinter ihren beiden Motorrädern befand, obwohl sie aus Sicherheitsgründen recht langsam fuhren.

Wieso überholt der denn nicht?

Normalerweise waren andere Verkehrsteilnehmer froh, wenn sie die Möglichkeit hatten, Fahrschüler hinter sich zu lassen. Als sie die Steige erreichten, fuhr Silas wie verabredet voraus und versuchte, Matthias' Kurvenlinie nachzuahmen.

»Du musst ein bisschen lockerer in den Hüften sein, du kannst noch viel weiter in die Schräglage. Das ist Physik, das funktioniert«, scherzte Matthias über Funk. Wieder und wieder blickte er in den Rückspiegel, da sich der schwarze, verdreckte SUV immer noch hinter ihnen befand.

Verfolgst du uns?

»Jetzt nehmen wir in Dettingen die Straße hoch nach Hülben. Das ist eine echt schmale Steige, die macht nicht ganz so viel Spaß. Wir fahren da direkt an einer Felswand hoch, das heißt, du musst auch mit Steinschlag rechnen, vor allem, wenn es kurz vorher geregnet hat. Die Brocken können einfach auf der Straße liegen oder plötzlich hinter einer Kurve auftauchen. Kurven daher etwas langsamer anfahren und immer nur maximal so schnell, dass du in der einsehbaren Strecke auch mühelos ausweichen kannst.«

Sie erreichten die schmale Straße der Steige. Auf der linken Seite ragte die steile Felswand rund zwanzig Meter in die Höhe, am rechten Fahrbahnrand ging es hingegen steil bergab, an manchen Stellen über hundert Meter. Teilweise war die Strecke ungesichert. Es gab keine Leitplanken, die einen Absturz verhinderten.

Der SUV schloss auf und fuhr jetzt dicht hinter Matthias.

Du hättest die ganze Zeit überholen können, du Idiot! Anzuschieben brauchst du mich jetzt auch nicht. Matthias schüttelte den Kopf, in der Hoffnung, dass der Fahrer des Wagens es sah und den Abstand wieder vergrößerte. Silas verschwand vor ihm hinter der nächsten Kurve.

»Und denk dran, wenn ich von Steinschlag spreche, meine ich große Steine. Kleinen Steinen, maximal faustgroß, muss man nicht ausweichen«, erwähnte Matthias noch, als der SUV plötzlich Gas gab und den Abstand verringerte.

Zu nah.

»Geht's noch?«, entfuhr es Matthias.

»Was denn?«, fragte Silas über Funk zurück.

Doch Matthias kam nicht dazu, ihm zu antworten. Denn der schwarze SUV, eine Mercedes M-Klasse, befand sich plötzlich unmittelbar hinter ihm, tauchte dann an seiner linken Seite auf. Um eine Kollision zu verhindern, wich Matthias scharf nach rechts aus. Vom Abgrund trennten ihn nur noch wenige Zentimeter. Von Angst gepackt, drehte Matthias den Kopf. Blut rauschte in seinen Ohren. Für den Bruchteil einer Sekunde starrte er dem jungen Mann, der den Wagen fuhr, ins Gesicht. Es waren dessen Augen, die ihm Gewissheit gaben: Hier hatte es jemand auf ihn abgesehen.

Genau in dem Moment, als Matthias den Bremshebel ziehen wollte, um sich zurückfallen zu lassen, rammte ihn der SUV und drückte ihn mit voller Wucht Richtung Abgrund. Matthias fühlte plötzlich nichts mehr, sah nur die Tiefe unter sich. Dumpf hörte er noch, wie das Motorrad die Baumkrone neben ihm zerschlug, während ihn etwas streifte. Er hörte seine Knochen brechen, erst in der Schulter, dann in der Wirbelsäule. Als er gegen einen Ast prallte, wurde er herumgewirbelt. Die Welt um ihn drehte sich schneller und schneller. Dann blickte er nur noch in den blauen Frühlingshimmel. Helle Wolkenbänder wirkten wie eine Zugabe zu dem Film, der vor seinem inneren Auge ablief, während sein Körper einen Ast nach dem anderen zerschmetterte und er eine Schneise in den dicht bewachsenen Hang schlug.

Wie in Zeitlupe sah er sich selbst fliegen, blickte ein letztes Mal in Gedanken in die Gesichter seiner beiden Töchter und seiner Frau. Beim Aufprall spürte er nichts. Eher fühlte es sich an, als würde ihm mit einem sanften Schub der Lebensatem aus der Lunge gepresst. Dann verschluckte ihn schließlich die alles umschließende Finsternis.

2

Wie selbstverständlich steckte sie den Schlüssel ins Schloss, öffnete die Tür und trat ein. Kein Wunder, schließlich hatte Katha bis zu ihrem 21. Lebensjahr in diesem Bauernhaus gelebt. Obwohl sie ihren Schlüssel nie abgegeben hatte, hatte sie ihn seit ihrem Auszug nicht mehr benutzt, sondern stattdessen immer geklingelt. Freudig war ihr Vater jedes Mal zur Tür gestürmt und ihr um den Hals gefallen. Sie bereute, dass sie seit der Beerdigung ihrer Schwester und ihres Schwagers im vergangenen Jahr nicht mehr nach Süddeutschland gekommen war. Doch jeder einzelne Besuch in Reutlingen war für sie eine Qual gewesen. Alles erinnerte sie an jene Zeit, die sie nur noch hatte hinter sich lassen wollen. Wie gern hätte sie noch einmal erlebt, wie ihr Vater sie auf diese Weise in die Arme schloss. Sie konnte einfach nicht fassen, dass er tot war.

Mit Wucht hievte sie ihren Koffer den Absatz hoch und trat in den Flur.

Es riecht nach dir, Papa. Katha wurde das Herz schwer.

Sie musste sich zusammenreißen. Stark sein. Sie wurde gebraucht. Jetzt war es an ihr, sich um alles zu kümmern. Um die Beerdigung, die Fahrschule – und um Ronja. Das Telefonat am Vorabend war kurz und kühl gewesen. Katha hatte gespürt, dass Ronja enttäuscht von ihr war. Vermutlich zu Recht. Sie hätte mehr für ihre Nichte da sein sollen, stattdessen hatte sie sich nur auf sich selbst konzentriert. Und Ronja konnte schließlich nicht wissen, dass Katha es kaum ertrug, hier zu sein. Alles erinnerte sie an das, was damals passiert war. Sie ließ den Koffer im Flur stehen und ging in die Küche. Ronja hatte entweder aufgeräumt oder aber heute noch nichts gegessen. Zumindest stand kein Geschirr herum. Ihr Vater hatte das Haus kaum verändert. In der Mitte des Raumes war noch immer der große Holztisch, der die Spuren ihres gemeinsamen Lebens trug. Tiefe Furchen im weichen Holz und ausgeblichene Stellen dort, wo die Sonne regelmäßig die Tischplatte traf. Sanft strich Katha darüber und dachte an die Zeiten, als die ganze Familie noch hier gesessen hatte. Wenn es sonntagnachmittags statt Torte oder Gebäck Pfannkuchen mit Apfelmus gab und sie alle nicht genug davon kriegen konnten. Der Letzte wurde immer durch vier geteilt.

Erschöpft ging Katha zur Kaffeemaschine und befüllte sie. Um so schnell wie möglich hier zu sein, war sie bereits in der Nacht losgefahren. Nach der erschütternden Nachricht über den tödlichen Unfall ihres Vaters hatte sie zunächst stundenlang in Schockstarre verharrt. Es hatte einen ganzen Tag gedauert, bis sie es zumindest geschafft hatte, ihrem Arbeitgeber Bescheid zu geben. Aber sie hatte nicht die geringste Ahnung, wie ihr Leben jetzt weitergehen sollte. Nur eines war klar: Sie musste die Verantwortung für Ronja übernehmen.

Katha blickte auf die Fotos, die neben der Küchentür hingen. Eines zeigte sie mit etwa sieben Jahren, auf dem Schoß ihrer Mutter. Ganze vierzehn Jahre war es mittlerweile her, dass ihre Mutter gestorben war. Der Schock war groß, als ihre Schwester und sie damals nach den Herbstferien, die sie bei ihren Großeltern an der Nordsee verbracht hatten, zurückkehrten und ihr Vater ihnen mitteilte, dass ihre Mutter bei einem Unfall ums Leben gekommen war. Genickbruch lautete die simple Diagnose.

Wärst du doch nie auf dieses Pferd gestiegen. Ihr Vater hatte sich alle Mühe gegeben, sie und ihre Schwester Lisa so behütet wie möglich großzuziehen. Doch ersetzen konnte er ihnen die Mutter nicht. Katha hatte nicht mal ein Grab gehabt, an das sie hätte gehen können. Es war der Wunsch ihrer Mutter gewesen, im Mittelmeer beigesetzt zu werden. Als auch ihre Oma zwei Jahre später verstarb – ihr an Demenz erkrankter Opa lebte zu diesem Zeitpunkt bereits im Altersheim –, war ihr einzig die Nachbarin Ursel als weibliche Bezugsperson geblieben. Die langjährige Freundin der Familie hatte sich nach dem Tod der Mutter häufig um sie und Lisa gekümmert und ihren Vater unterstützt, wo sie nur konnte. Die mittlerweile dreiundachtzigjährige Frau hatte Katha auch jetzt aus der Not geholfen und Ronja bis zu ihrer Ankunft betreut.

Surrend lief der Kaffee durch die Maschine. Nie würde Katha die »Mensch-ärgere-dich-nicht«-Nachmittage bei Ursel mit Butterbrezel und Limo vergessen. Doch die alte Frau konnte nicht schon wieder in die Bresche springen. Es war Kathas Aufgabe, sich um Ronja zu kümmern. Und sie hatte sich fest vorgenommen, nicht noch einmal davonzulaufen.

Keine Panik, eins nach dem anderen, dachte Katha, während sie an dem zu heißen Kaffee nippte und einen Stapel Post durchsah. Das meiste war an die Fahrschule adressiert, vermutlich Rechnungen. Neben ihrer Nichte und der Beerdigung ihres Vaters wäre das die nächste Aufgabe, der sie sich würde stellen müssen.

Sie war die Alleinerbin, und es lag an ihr, wie es mit dem Lebenswerk ihres Vaters weitergehen sollte.

Die Türklingel riss sie aus ihren Gedanken, vor Schreck schüttete sie etwas von dem heißen Kaffee über ihre Hand. Als sie die Tür öffnete, blickte sie in ein vertrautes, aber besorgtes Gesicht. »Ursel.« Spontan schlang Katha die Arme um die alte Frau. Die Nachbarin, die deutlich jünger aussah, als sie war, drückte sie fest an sich.

»Es tut mir so leid, mein Mädchen. Was dir und deiner Familie alles widerfahren muss, ist nicht gerecht.«

Die Worte und die Nähe lösten in ihr etwas aus, was sie bisher noch nicht zugelassen hatte: Trauer. Kathas Augen füllten sich mit Tränen, und ja, Ursel hatte recht. Es war nicht fair. Erst hatte sie ihre Mutter verloren. Da war sie gerade zwölf Jahre alt gewesen. Und dann innerhalb kürzester Zeit ihre Schwester, ihren Schwager und jetzt auch noch ihren Vater, den sie abgöttisch geliebt hatte.

»Du musst dich um die Kleine kümmern. Sie ist so zerbrechlich. Auch wenn sie es nicht zeigt und so tut, als wäre sie furchtbar stark, leidet Ronja immer noch sehr unter dem Verlust ihrer Eltern.«

Ursel schien keine Zeit damit zu verlieren, das, was ihr wichtig war, loszuwerden.

»Komm erst mal rein«, bat Katha und wischte sich mit dem Handrücken ihre Tränen von der Wange. Sie wies in Richtung Küche, und Ursel folgte ihr.

Nach einem Moment der Stille stellte Ursel die Frage, auf die Katha selbst noch keine befriedigenden Antworten erhalten hatte.

»Wie ist der Unfall genau passiert?«

»Laut der Polizei ist mein Vater von der Fahrbahn abgekommen und in die Tiefe gestürzt. Bei einer Überlandfahrt.«

Ursel schüttelte entsetzt den Kopf. »Das kann nicht sein. Matthias war doch so ein guter, besonnener Motorradfahrer.«

Katha nickte. Auch für sie war der Gedanke absurd, und dennoch war genau das geschehen. Es war undenkbar.

»Die Polizei meint, dass er vielleicht von einem Auto überholt und geschnitten oder sogar gestreift wurde.«

»Was ist denn mit dem Fahrschüler? Hat der nichts gesehen?«

»Der ist vorausgefahren und hat nur mitbekommen, dass Papa wohl noch geflucht hat. Gesehen hat er aber nichts, weil er schon eine Kurve voraus war und auch vorher nicht so oft in den Rückspiegel geschaut hat. Fahrschüler eben.«

Tiefe Furchen gruben sich in Ursels Stirn. »Was für ein furchtbarer Tod!« Sie hielt sich die Hand vors Gesicht und wiegte den Kopf hin und her. »Und wie geht es jetzt weiter?«, fragte sie schließlich.

»Keine Ahnung. Sie fahnden nach Unbekannt. Hoffen auf Zeugenhinweise und untersuchen die Reste des Motorrads auf Spuren.«

Plötzlich hörte Katha einen Schlüssel im Schloss. Das flaue Gefühl in ihrem Magen verstärkte sich.

»Hey«, sagte Ronja und trat in die Küche. Es war kein nettes oder gar freundliches *Hey*, sondern klang eher gelangweilt oder genervt. Fast hätte Katha ihre dreizehnjährige Nichte nicht wiedererkannt. Ihre dunkelblonden Haare hatte sie schwarz gefärbt, und auch ihre Kleidung wies, abgesehen von den weißen Sneakern, keine andere Farbe als Schwarz auf. Ihr Gesicht war blass, und unter ihren schwarz umrandeten Augen hatten sich dunkle

Ringe gebildet. Katha wusste nicht recht, wie sie sich verhalten sollte, hielt eine Umarmung aber für angemessen. Als sie auf ihre Nichte zuging, versuchte sie es mit einem »Schön, dich zu sehen«, doch bevor sie Ronja in die Arme schließen konnte, hob das Mädchen abwehrend die Hände.

»Ich steh nicht so auf Gekuschel, sorry.«

»Okay. Kein Problem.« Katha setzte sich wieder an den Tisch. Ursel presste die Lippen aufeinander und zog die Augenbrauen hoch, was Ronja nicht sehen konnte, weil sie sich bereits abgewandt hatte.

»Ich geh dann mal in mein Zimmer.«

»Wollen wir uns nicht … etwas unterhalten?«, fragte Katha, bevor ihre Nichte die Küche verließ.

»Worüber denn?«, fragte Ronja lauter. »Oder willst du etwa darüber sprechen, warum du hier nur auftauchst, wenn es eine Beerdigung gibt?«

Katha schluckte. Das hatte gesessen.

»Ronja, sei nicht so hart zu deiner Tante«, mischte sich Ursel ein. »Es ist für euch beide nicht einfach. Setz dich doch bitte zu uns.«

Katha kannte diesen Tonfall. Ursel hatte ihn in der Vergangenheit schon bei Streitigkeiten zwischen Katha und ihrer sechs Jahre älteren Schwester Lisa – Ronjas Mutter – eingesetzt, und meist hatte sie Erfolg damit gehabt.

»Nein, danke«, sagte Ronja, ehe sie aus der Küche stampfte, lautstark die Treppe hochstieg und die Tür zu ihrem Zimmer zuknallte.

»Das war deutlich!« Katha stützte ihren Kopf, der sich mit einem Mal zentnerschwer anfühlte, in die Hände.

»Gib ihr Zeit. Und dir auch«, riet Ursel. »Ich werde euch jetzt allein lassen. Wenn du etwas brauchst, zögere nicht, dich bei mir zu melden.«

»Danke. Ich muss wahrscheinlich tatsächlich darauf zurückkommen«, sagte Katha, während sie zur Haustür gingen.

Ursel drückte sie noch einmal fest, und Katha spürte, wie ihre Zweifel größer wurden. Wie sollte sie das alles nur überstehen? Am liebsten hätte sie sich ihren Koffer genommen und wäre wieder nach Berlin gefahren. Zurück in ihr altes Leben.

Doch dieses Leben gab es nun nicht mehr.

11

Das Erste, was sie empfand, war Kälte. Von allen Seiten. Es war eine unangenehme, feuchte Kälte, eine, die in jede Ritze kroch. Dann kam der Schmerz. In ihrem Schädel stach und dröhnte es, wie sie es noch nie zuvor erlebt hatte. Nicht einmal, als dieser Typ sie geschlagen hatte. Außerdem kam der Schmerz diesmal von innen. So, als habe sie zu viel Alkohol getrunken und einen Kater, nur etwa zehnmal so schlimm. Hatte man ihr vielleicht Drogen gegeben? Langsam versuchte sie, die Augen zu öffnen. Selbst das tat weh. Mit ihren Händen ertastete sie einen Steinboden. Kalt. Und feucht. Die Wand neben ihr fühlte sich genauso an. Ihre Augen waren geöffnet, doch sehen konnte sie nichts. Nur verschwommen nahm sie weit entfernt ein Licht wahr. Sie versuchte, sich aufzusetzen, ihre Kraft reichte jedoch nicht aus. Ihr Arm zitterte vor Anstrengung, und ihr Puls schlug immer schneller. Es dröhnte und pochte in ihrem Kopf.

Irgendetwas roch eklig. War sie das selbst? Vielleicht.

Unter großer Anstrengung schaffte sie es endlich, sich an die Wand zu lehnen. Am Hinterkopf spürte sie eine schmerzhafte Beule.

Wo bin ich, verdammt?

Das Letzte, an das sie sich erinnerte, war ihr Auto auf dem Parkplatz am Supermarkt. Und ... JONATHAN! Sie hatte das Baby gerade im Maxi Cosi auf dem Beifahrersitz angeschnallt, als ...

Was ist mit Jonathan?, *schrie es in ihr,* wo ist mein Kind?

Ein neuer, noch heftigerer Schmerz breitete sich in ihr aus, der sie die physischen Leiden augenblicklich vergessen ließ.

Plötzlich wurde es heller. Konnte das sein, oder gewöhnte sie sich nur langsam an die Dunkelheit? Hektisch suchte sie mit ihren Augen die Umgebung ab und blieb wie gebannt an dem metallenen Glänzen hängen: Gitterstäbe!

Sie befand sich in einer Zelle. Definitiv. Kein Zweifel. Eine Liege, ein Eimer, Steine oben, unten und an den Wänden und zu einer Seite Gitterstäbe. Alles zeichnete sich immer deutlicher ab, auch weil das Licht konstant näher kam.

Vor den Gitterstäben, die zu ihrem Kerker führten, stand nun ein Mann, der sie ruhig betrachtete. Er war groß, schlank, und eine furchtbare Narbe entstellte sein Gesicht. Irgendetwas stimmte nicht mit dessen ganzer linker Hälfte, aber noch viel unheimlicher war sein Gesichtsausdruck.

War das etwa Freude? Oder Mitgefühl?

In seiner Hand befand sich die Lampe, die den Raum erleuchtete.

»Wo ist mein Baby? Was haben Sie mit meinem Baby gemacht?«

Der hagere Mann lächelte. »Du wurdest auserwählt.«

Regungslos blieb er stehen und betrachtete sie, während sie versuchte, ihm fest in die Augen zu blicken.

»Für was? Was soll das?«

Sie wunderte sich, dass sie überhaupt in der Lage war, mit diesem Mann zu sprechen, der sie offensichtlich betäubt, entführt und eingesperrt hatte.

»Das wirst du noch erfahren. Ich wollte nur sehen, wie es dir geht und ob du etwas brauchst. Wasser?«

»Bitte … bitte lassen Sie mich gehen«, begann sie zu betteln. »Ich werde Sie auch nicht bei der Polizei anzeigen. Sie werden nie wieder

etwas von mir hören. Aber bitte lassen Sie mich zu Jonathan. Mein kleines Baby braucht mich.«

Der Mann kam näher an die Gitterstäbe und reichte ihr eine Flasche Wasser. Sein Blick ging ihr durch Mark und Bein, während er erneut sein unheimliches Lächeln aufsetzte.

»Das weiß ich doch, Corinna, dass dein Kind dich braucht. Aber ich brauche dich noch mehr.«

16

Ihre Brüste spannten fürchterlich. Genau jetzt schrie und weinte ihr Baby irgendwo vor Hunger, während sie hier saß und das Gefühl hatte, dass ihre Brüste gleich mit einem lauten Knall platzen würden.

Wo ist Jonathan? Wer kümmert sich um ihn?

Hilflos zog sie ihr T-Shirt nach oben und presste ihren Oberkörper an die kalte, feuchte Wand. Dann begann sie, die Milch auszustreichen, was ihr etwas Erleichterung verschaffte. Der unheimliche Mann hatte ihr eine Wasserflasche und eine Decke gegeben, auf der sie nun saß. Das Wasser hatte sie allerdings bereits komplett ausgetrunken.

Warum sie hier war, wusste sie immer noch nicht.

»Du wurdest auserwählt«, hallte es immer wieder durch ihren Kopf.

Was zur Hölle soll das bedeuten? Wozu auserwählt? Zum Sterben?

Der Gedanke ließ sie schaudern. Als sie ein Geräusch hörte, zog sie schnell das Shirt wieder herunter und setzte sich ins hinterste Eck ihres Kerkers. Die Schritte wurden lauter, und er kam immer näher, bis er schließlich vor ihrem Verlies innehielt.

»Wie ich sehe, hast du getrunken. Gut.«

Er stellte ihr eine neue Flasche durch die Gitterstäbe auf den Boden.

»*Bitte lassen Sie mich gehen. Oder sagen Sie mir wenigstens, wo mein Baby ist!*«

»*Machen wir einen Deal. Ich sage dir, wo dein Baby ist, und du wirst dafür artig mitmachen.*«

»*Wobei mitmachen? Und wo verdammt ist Jonathan?*«

Ihr Puls schlug kräftig, begleitet von einem lauten Piepton, der in ihrem Ohr erklang.

»*Das sind schon zwei Fragen, Corinna. Wenn ich beide beantworten soll, musst du erst einmal schwören, dass du brav mitmachen wirst.*«

Corinna erhob sich und ging langsam zur Mitte der Zelle. Von hier aus konnte sie ihren Entführer deutlicher sehen. Er wirkte gepflegt und schaffte es, seine Grausamkeit hinter seiner Ausdrucksweise, seiner Kleidung und seinem Auftreten zu verstecken. Nur seine Augen verrieten ihn. Der Wahnsinn funkelte darin kristallklar.

»*Sagen Sie mir erst, bei was ich mitmachen soll. Nur dann kann ich entscheiden, ob ich dazu bereit bin.*«

Der Mann trat ganz dicht an die Gitterstäbe. »*Komm näher.*«

Langsam und mit zittrigen Beinen gehorchte Corinna. Dann stand sie direkt vor ihm. Sie konnte ihn riechen. Sein Parfüm und ... einen Geruch, den sie gut kannte, aber nicht benennen konnte.

»*Du gefällst mir. Du weißt, was du willst. In Ordnung. Ich sage es dir.*« *Ein Lächeln huschte über sein Gesicht.* »*Es ist eigentlich recht simpel. Du musst dich einer Reihe von Prüfungen unterziehen. Eine Art Auswahlverfahren. Machst du es gut, wirst du wieder Mama sein. Wenn es nicht so gut läuft, tja, dann ...*«

Er ging wieder einen Schritt zurück und vollführte eine unmissverständliche Geste an seinem Hals, während er die Mundwinkel übertrieben nach unten zog.

Corinna schluckte. Sie verstand. Zumindest die Option, wie das alles hier für sie enden konnte.

»Und was muss ich tun?«

»Zuerst musst du versprechen, dass du mitmachst. Das ist der erste Schritt, um bald wieder eine Mama sein zu können. Wie bei einer Hochzeit. Da verspricht man auch, dass man artig mitmacht, ohne genau zu wissen, was noch kommt.«

Der hohe Ton in ihrem Ohr wurde lauter, und sie hatte für einen Moment das Gefühl, gleich durchzudrehen. Ihr Baby in Gefahr zu wissen erfüllte sie mit Todesangst. Also welche Wahl hatte sie? Er war bereit, sie zu töten. Egal, um was es ging, sie musste sich fügen. Für Jonathan.

»Ich verspreche es.«

»Braves Mädchen. Zu deinen Fragen. Jonathan, dein Sohn, befindet sich aktuell, sagen wir, in Sicherheit. Das muss fürs Erste reichen.«

Corinna fragte sich, bei wem sich ihr Baby in Sicherheit befinden sollte. Bei ihm etwa?

In ihrer eigenen Welt gab es niemanden mehr, der sich um ihr Baby hätte kümmern können. Jonathans Vater hatte sich kurz nach der Geburt aus dem Staub gemacht. Und der Kontakt zu ihrer Familie war schon seit ihrer Jugend erloschen. Kein Mensch würde ihre Abwesenheit oder die ihres Babys bemerken.

»Und zum Auswahlverfahren: Ich will wissen, wie gut du als Mutter bist. Mehr nicht«, ergänzte der Mann.

Ein diabolisches Grinsen lag auf seinem Gesicht, als er ihr eine Milchpumpe zwischen den Gitterstäben durchreichte.